綠色屋頂之家的安

L. M. Montgomery

露西·蒙哥瑪麗　黃素慧——譯

清秀佳人

vol 1.

ANNE *of* GREEN GABLES

目錄

CONTENTS

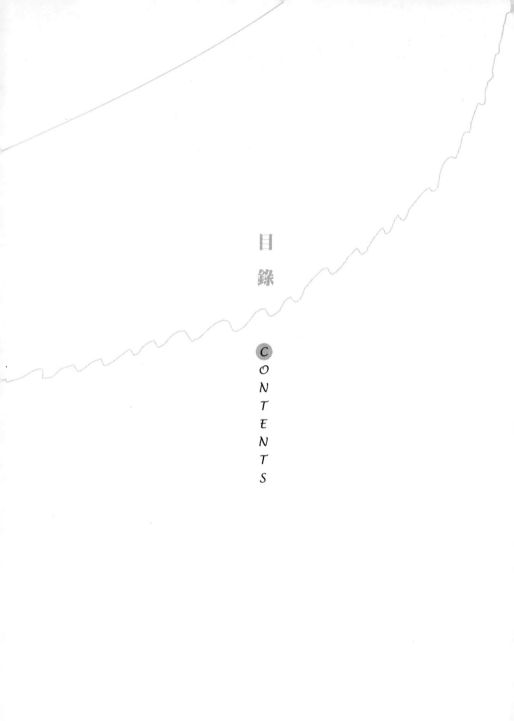

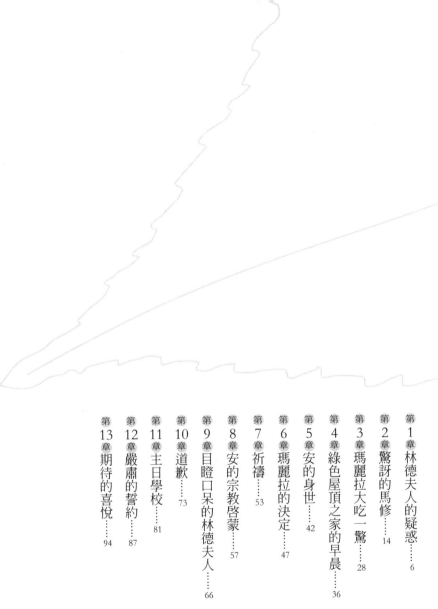

CONTENTS

第1章 林德夫人的疑惑

在艾凡里中，一個長滿了樺樹和野生花草的小窪地那兒，住著瑞雪．林德一家。再進去點是卡伯特家的老農場，在農場後頭有片樹林，從樹林裡蜿蜒出一條小河，而小河就從瑞雪．林德居住的這片小窪地上穿流而過。

在小河的上游，水流淙淙且湍急，順著地勢攀附而下，在樹林中奔馳交匯，幻化出許多村民們有所不知的深淵及小瀑布。但無論它再如何地飛騰活躍，一旦流至林德家前，早已蛻變成一條涓涓靜流。

小河會如此乖順，也許是因爲它從瑞雪．林德的家前經過的關係。小河總是安安靜靜，不敢吵鬧；瑞雪．林德經常坐在窗前，隔著窗子監看外頭的世界，從小河到孩子，無論是什麼，只要她看得到，肯定一個也不錯失。若是看到哪些稀奇古怪的事物，一定會堅持不懈地守著，不弄明白就不罷休，她這脾氣大概連小河也都知曉透徹了吧！

在艾凡里村子裡，村人們大都具有熱心助人的好心腸。而林德夫人不僅擁有如此美德，她對自身事務也是打理得相當俐落。拿家務事來說吧！對她而言可說是得心應手，條理分明，乾淨俐落。這樣就算了！她還領導著裁縫小組協助學校在星期日的工作。另外，她還是教會婦女團體和外國傳道互助會最得力的大將之一啊！

最最讓人佩服的，就是林德夫人可以坐在廚房的窗前，一連好幾個小時不停歇地縫製棉被，還能抽空抬起視線越過窪地，監視對面那條通往陡峭紅色丘崗上的街道。而她的最高記錄，就是一口氣做了十六床被子。正因爲如此，林德夫人在艾凡里的主婦間贏得了很高的名望。

艾凡里坐落在一座三角型半島上，三面被聖羅倫斯灣所環繞，所以人們出入村子，都得從紅色丘崗上的街道經過。也就是說，不論是誰從那兒走過，都無法躲過林德夫人的那雙厲眼呢！

在六月初的一個午後，林德夫人又和往常一樣坐在窗前。陽光和煦，金色光芒從窗外灑進來，讓屋內顯得特別明亮。在林德家下面的斜坡上，果園裡盛放著淺粉色花朵，伴隨嗡嗡的振翅聲，蜜蜂成群結隊地在花叢中飛舞。托馬斯·林德是一個身材矮小、老實忠厚的男人（艾凡里的人們都稱他「瑞雪·林德的老爺」），他正在倉庫對面的丘崗上撒著晚播的蕪菁種子。

在那片對稱的青綠色斜屋頂那兒，靠近河岸寬闊的紅土地上，瑞雪·林德猜想，此時此刻，馬修·卡伯特也一定做著和托馬斯·林德一樣的工作吧。在前一天傍晚，她曾聽見馬修在卡摩地的威廉·布萊亞店裡對彼得·摩利森說，他要在第二天午後種些蕪菁。馬修·卡伯特這人向來不與人主動攀談，毋庸置疑，這當然是馬修·卡伯特回答彼得的問話了。

下午三點半，正是忙碌的時候，但是馬修卻悠閒地駕著馬車經過窪地，越過山丘。他穿著正式襯衫，打了個白色領結，一副要出遠門的打扮。肯定是有什麼事要離開，究竟馬修要去哪裡？

要做什麼呢？

如果換成別人，林德夫人只要轉一下腦筋，便可猜出答案了。但馬修一定是有什麼重要的事情得辦，所以才會出門。馬修這個人性格內向、怕生，不喜歡需要說話的場合。所以，林德夫人覺得他今天特地穿戴整齊，趕著馬車出遠門，簡直像太陽打西邊出來一樣稀奇了。

林德夫人絞盡腦汁，卻怎麼也想不通。午後至今好不容易轉好的情緒，頓時又變得一團糟。

「喝完茶，我一定要到綠色屋頂之家走一趟。看來，要弄清楚這件事，非得去問問瑪麗拉不可了。」這個能幹的女人在心中堅定地點點頭。「通常馬修不會在此時到鎮上去拜訪人家。但如果是蕪菁種子不夠的話，又何必刻意打扮、穿著正式地駕著馬車去買呢？若是去請醫生，又顯得太悠閒、太輕鬆了，所以一定是昨晚到今天的這段時間發生了什麼事情，而我竟然一點兒也不知道。不把事情原委弄清楚，我是一刻也不安穩啊！」

就爲了這件事，下午喝完茶，林德夫人便急忙出門了。這裡離卡伯特兄妹所住的綠色屋頂之家並不遠。那幢掩映在一大片果樹園中的房子，離林德家的窪地僅有四分之一英里。因爲房舍遠離街道，於是必須開闢長長的小路直通屋門。

馬修．卡伯特的父親是個比兒子還要靦腆內向的老實人。當年開墾這個農場時，本想隱居在樹林裡，後來，才終於選擇了這塊遠離鄰居的地方，建造屬於自己的家。綠色屋頂之家位於開墾區最邊緣的地方，從艾凡里那些鱗次櫛比的住宅區街道遠眺，甚至根本望不到它，套用瑞雪．林德的話，住在這種地方，根本算不上是生活。

「唉，住在這種地方只能算是活著吧，眞是的。」林德夫人沿著不平坦的薔薇小徑，邊走邊犯嘀咕，「這樣閉門不出，馬修和瑪麗拉非變成怪人不可，樹再多，也不能和人聊天呀。沒錯，這兒的樹是不少，可我看還是人比樹強。這兩個人雖然對生活很滿足，但這只不過是習慣罷了，就像是脖子被勒住卻仍不在乎的愛爾蘭人。人眞是了不起，什麼都能適應！」

一邊嘟噥著，林德夫人已經走進綠色屋頂之家的後院。蔥綠的院子打理得整整齊齊，兩旁栽種了柳樹和筆直的白楊，地上乾淨得連一塊碎石或樹枝都找不到。如果有，也逃不過林德夫人那一雙銳利的眼。她猜測瑪麗拉應該經常整理院子，所以即使要把飯菜擺在地上吃，也不會吃到一粒砂子的。

林德夫人敲了下廚房的門，隨著一聲「請進」走了進去。綠色屋頂之家的廚房潔淨如新，與嶄新的客廳一般，讓人有一種冷漠疏遠的感覺。若不是弄得這麼整潔，或許會是一處感覺更加溫馨的所在。房子的東、西兩側都有窗戶，六月溫暖的陽光，從西面朝後院的窗子透射進來。常春藤爬滿了東面的窗戶，櫻桃樹的白花在左側果園裡盛開，樺樹葉在小河旁的窪地上隨風擺盪。

勤快的瑪麗拉喜歡坐在爬滿常春藤的窗邊曬太陽。果然，瑪麗拉今天依舊坐在那裡，沐浴在夕陽下做編織，桌子上擺著早已準備好的點心。

林德夫人隨手關門時看了桌子一眼，見上面放了三個碟子。顯然，是馬修要帶什麼人回來。

不過，碟子裡裝的都是些普通點心，有蜜餞、野生蘋果和一些小糕點，看來應該不是什麼特別的客人。但馬修正式的服裝和馬車又要怎麼解釋呢？一向安靜但不神祕的綠色屋頂之家，到底是怎麼了？瑞雪．林德不解地轉動眼珠。

「日安，瑞雪。」瑪麗拉愉快地打招呼，「這是個愉快的午後，不是嗎？你的家人都好嗎？」

瑪麗拉和瑞雪是兩種不同類型的人，也許正因爲性格相反，反而處得來，兩人從很早以前就保持著一種近似友情的關係。

高瘦的瑪麗拉將滿頭華髮絡成一個髮髻，用兩根髮夾別在腦後，顯得保守古板。事實上也確實如此，幸虧嘴邊的那幾分幽默表情，才總算挽救了她。

「托你的福，謝謝。」林德夫人說道，「說起來，我也挺關心你們家的。剛才我瞧見馬修出門了，是不是誰病了要請醫生呀？」

瑪麗拉的嘴角不自覺抽動一下，心想瑞雪果眞來了。「沒有，我身體一直很好，只是昨天有點兒頭痛。」瑪麗拉說道，「馬修今天是去光河車站。我們打算從新斯科細亞的孤兒院裡領養一個男孩，他搭乘的火車傍晚就會到達。」

卽使聽到馬修要迎接來自澳洲的袋鼠都不會令林德夫人感到驚訝，但此刻，她呆愣在那裡，半天都說不出話，連瑪麗拉在盯著她，她都沒覺察，滿心只想著這個大新聞。

「是眞的嗎？瑪麗拉。」林德夫人剛回過神便急忙追問。

「當然是真的。」瑪麗拉回答，「只不過是從新斯科細亞的孤兒院領養一個男孩兒罷了，有什麼好大驚小怪的。這不就和每年在農場裡耕耘勞動一樣普通嗎？」

林德夫人非常驚訝，腦海中湧現出的話，全都加上了驚嘆號。男孩兒！而且是瑪麗拉和馬修兄妹要領養男孩！從孤兒院領養！她心裡暗想：這個世界完全顛倒過來了！不知道今後還會發生什麼事情，自己可要先有心理準備呀！唉，真是的！

「你們倆怎麼會突然要這樣做呢？」林德夫人責備道。她心想：瑪麗拉兄妹倆也不同自己商量一下，隨便就決定要領養孤兒，自己責備他們也是理所應當的。

「怎麼會是突然呢？我們可是從很早以前就在考慮這件事了，嚴格算來應該是在冬季時。聖誕節前幾天，亞歷山大．史賓瑟的妻子來我們家作客，曾說過春天時要從霍普頓的孤兒院領養一個女孩兒的事，她去過那裡很多次了，還在那裡住過，所以非常熟悉孤兒院裡的事。

「從那以後，我和馬修商量了好幾次，想領養一個男孩兒。馬修已經六十歲了，身體不若以前強健，心臟也不太好。這年頭，想僱到一個好工人是很難的啊。好不容易找到幾個不算熟練的毛頭小子，可誰知等他們熟悉工作後，卻都甩手不幹了，不是去罐頭工廠，就是跑到美國去。

「一開始，馬修主張從英國的孤兒院領養一個，但我很反對，可他卻說英國也有好孩子呀，不能完全否決他們，如果倫敦的流浪兒有好的，他就領養一個。不過，要說領養孩子這件事，不管怎麼說都讓人放不下心，至少加拿大出生的孤兒，性情摸得透，晚上又能讓人安心睡覺。

「所以我們決定請史賓瑟夫人領養女孩時，也幫我們物色一個，希望找一個十歲左右、頭腦聰明，較合適的男孩。年齡不符合也沒關係，只要可以馬上做一些簡單的工作和接受教育就行。我們打算好好培養他，送他上學。

「而今天呢，郵差就送來了史賓瑟夫人發的電報，說那孩子搭今天下午五點半的火車到光河車站，所以，馬修要去接他，而史賓瑟夫人就從那兒回去白沙鎮車站。」

林德夫人一向是心直口快的。好不容易弄清楚事情原委，她便直截了當、毫不客氣地說：「瑪麗拉，說實話，我認爲這件事太危險了。你根本不知道史賓瑟夫人會帶來什麼樣的孩子，就這樣把一個來歷不明的小孩接到這裡來。但凡他的性格、父母、成長過程，你們一概不知呀！就說上星期報紙還登過一則新聞吧，有一對夫婦從孤兒院領養來一個男孩，可是那孩子！竟在午夜蓄意縱火！天哪！他們夫婦倆差一點就在睡夢中被燒死！還有啊，凡是領養的孩子都有喝生雞蛋的陋習，怎麼也改不掉。你們要是和我商量一下……唉，雖然沒商量，但我仍要堅決制止這件事！」

聽完瑞雪這番話，瑪麗拉不爲所動，手上仍在繼續打毛線。

「瑞雪，你說的也有道理，我並不是事事都放心，可馬修無論如何也要領養，爲了這件事，他整天心事重重的。看見他那難受的樣子，我只好讓步了。而且，世上有什麼事沒有危險呢？要這麼說，那連自己親生的孩子也有危險了，不見得每個孩子都有受過教育的。」

「希望如此。」林德夫人以懷疑的口吻說：「誰知道他會不會把綠色屋頂之家燒個精光呢？

說不定還會在井裡下毒哩！聽說在新布藍茲維，一個被收養的孤兒就在井裡下毒，害那一家子的人痛苦地死去，而且好像是個女孩子幹的呢！」

「不過我家不是領養女孩呀。」在瑪麗拉看來，會在井裡下毒，似乎只有女孩做得出來，對男孩子則完全不必擔心。「我們從未想過要領養女孩兒，不知史賓瑟夫人是怎麼想的。像她那種人，一個心血來潮，說不定會把整個孤兒院都接收下來。」

林德夫人原本打算等到馬修帶孤兒回來後再走，可算算還要等上兩小時。她念頭一轉，與其坐在這兒乾等，還不如到羅伯·貝爾家八卦這件事更有趣。這消息一定會引起一陣騷動的，林德夫人平時就愛四處談論這些八卦，不久便起身告辭了。瑪麗拉這才稍微鬆了一口氣，然而回想林德夫人剛才說過的話，一種不安的感覺又悄悄湧上心頭。

「太令人難以置信了！」林德夫人出了門，一踏上小路就忍不住開口大嘆：「我不是在作夢吧，真是同情那個孩子，唉，馬修和瑪麗拉對養育孩子一無所知，那個孩子是否需要他們也值得懷疑。就憑這兩個人，孩子將來是不會有什麼出息的！一想到綠色屋頂之家裡住著一個小孩子，那有多麼糟糕啊！他們家蓋房子時，馬修和瑪麗拉都長大了，讓人怎麼也想像不出他們倆也曾有過童年，簡直讓人無法相信孩子在他們的教育下會改過向善。真是可憐哪！」

好心的林德夫人對薔薇如此訴說。如果她看見正在光河車站耐心等待的孩子，一定會更增添她的憐憫之心的。

第2章 驚訝的馬修

在通往光河車站這條長約八英里的路上，馬修．卡伯特和栗色馬兒有默契地往前進。農莊疏落有致地散落在美麗道路的兩旁，穿過一片片樅樹林和開滿杏花的窪地，從附近的蘋果園中飄散出沁人香氣。起伏的原野往前延伸，終於和紫色的夜幕相連。

小鳥也逐漸停止歌唱了。

馬修愉快地趕著馬車，一路上唯一令他心煩的，就是得向途中遇見的貴婦人們打招呼；在愛德華王子島上，居民慣於向路上的熟人問候。馬修畏懼女人，除了瑪麗拉和林德夫人以外，他一見到其他女人，便總感覺她們在笑他。這是有原因的，馬修有著一頭長長的灰髮、稀疏的棕色落腮鬍、細腰垂肩的身形；除了長相不好外，他的打扮也相當怪異，他自二十歲起就長這個樣子，四十年來從未有多大的變化。

馬修到達時並沒有看見火車，心想可能是來早了，於是把馬車拴在車站附近的小旅館前，隨後直奔火車站。長長的月台上不見人影，只有一位女孩孤零零地坐在對面盡頭處的卵石堆上。馬修四處看了一下，確定沒有男孩便轉頭走掉。那個女孩則圓睜著一雙緊張、不安的眼睛盯著馬修看，期盼地等著。站長鎖好售票室的門後便要回家吃晚飯了，馬修看到他的動作，連忙上前詢問五點半的火車到達了沒。

「五點半的火車早在半個小時前就到啦，已經開走了！」站長回答得乾脆。「不過好像有一位府上的客人——是一位小姑娘，啊！就是坐在卵石堆上的那位。我問她要不要到婦女候車室等，她說在外面就好，一副心事重重的樣子，還說外面比較有想像的空間。唉，眞是個性情古怪的孩子啊！」

「怎麼會是女孩兒呢？」馬修愣住了，「我是來接男孩的啊！史賓瑟夫人應該是帶來可以幫忙的男孩啊，怎麼……」

「嗶！嗶！」站長吹起哨子。「應該是出了什麼錯吧！史賓瑟夫人就是帶著那孩子來這兒的，說是府上領養的孩子，一會兒便有人來接她了。再多我也不知道了。」

「這是怎麼回事呢？」馬修慌了手腳，開始喃喃自語：「要是瑪麗拉也一起來就好了。」

「去問一下那孩子吧！」站長說，「她好像很健談，我想她會詳細告訴你原因的。會不會是孤兒院裡沒有符合條件的男孩？」說完，肚子餓得咕咕叫的站長便走了，可憐的馬修只好硬著頭皮走向那陌生的女孩。他該去問她爲何不是男孩子嗎？這對馬修而言比在虎口裡拔牙還難啊！

馬修拖著兩條腿，在月台上怯生生地踱著步子，心裡暗自叫苦。

那女孩兒打從馬修從身邊經過時就注視他，而馬修卻沒仔細看那女孩兒，即使看了一眼，也無法看淸楚女孩的容貌。女孩大約十一歲左右，穿著棉毛混紡的淺黃色衣服，很不起眼，頭上戴著一頂褪色的水手帽，兩條紅色髮辮垂在腦後，蒼白瘦小的臉龐長滿雀斑，大大的雙眼隨著光線和情緒的變化忽綠、忽灰。但只要有敏銳的觀察力，便能發現女孩兒其實有著顯眼的尖下巴、充滿朝氣與活力的眼睛、可愛逗人的嘴巴以及寬闊的前額，顯得情感十足豐富，在她的身上蘊涵著一種與眾不同的氣質。

馬修還是呆愣著，沒能開口說話。女孩見馬修朝自己走來，一隻黑瘦的小手拎起過時的皮箱站起來，另一手則伸向馬修。

「您就是綠色屋頂之家的馬修．卡伯特，是吧？」那孩子用清澈、可愛的聲音說，「真高興見到您！我還眞擔心您不會來了呢。我想像過各種理由，還想如果您今天沒來的話，我就爬到鐵道對面那棵櫻桃樹上，這樣就算要等到天亮也不用害怕了。隱藏在盛開的櫻桃花中，沐浴在月光下睡覺，不是很浪漫嗎？就像睡在大理石砌成的客廳裡一樣。如果您今晚不來，我想明早也一定會來的。」

馬修笨拙地握著那女孩兒乾瘦的小手，該怎麼辦他已心裡有數。先把這個女孩兒帶回去吧，總不能把她丟在這裡，一切等回到綠色屋頂之家以後再問清楚吧。

「我想我來晚了。」馬修有些不好意思地說，「來吧，馬車就停在那邊的廣場上，我替你提著皮箱吧。」

「啊，沒關係的。」女孩兒爽快地說，「皮箱並不重，雖然我全部的財產都在裡面了。這個手把一不小心就會脫落，還是我自己提著吧。儘管我這麼想過，在櫻桃樹上過夜想必會很浪漫，但是您來了，眞是太好了！坐馬車要走很遠的路吧？史賓瑟夫人說要走八英里，我最喜歡坐馬車了，我眞是太高興了！從今天起，我和伯伯就是一家人，要一起生活了，眞幸福啊！直到現在，我還沒經歷過像樣的家庭生活呢。孤兒院眞是太糟糕了，雖然我只在那裡住了四個月，但我已經對它感到厭煩了。伯伯您沒去過孤兒院吧？所以我想您是不會明白的。總之，那裡是想像不到的糟糕呢！史賓瑟夫人說好孩子是不會亂說這種話的，但我卻不這麼想。本來嘛，有些錯事並非是刻意的，雖然孤兒院裡都是好人，但這種地方可沒什麼讓人想像的空間，頂多只能幻想其他孤兒們的身世。幻想是件很有趣的事。我曾幻想過同桌的小孩實際上是個伯爵千金，在她還很小的時候就被壞心的奶媽給騙走，但奶媽還沒告訴她身世眞相就死了。夜裡我總是睡不著，腦子裡充滿幻想。不過，到了白天可就沒那麼多閒工夫了，也許正因爲如此，我才會這麼瘦吧，渾身沒有多餘的肉。所以我總是想像自己胖呼呼的，只要輕輕一笑，臉上就會出現兩個酒窩。」

說完，馬修的小夥伴突然安靜下來，並且屏住了呼吸。原來，他們已經來到了馬車邊。

回程中，一直到一段陡急的下坡路爲止，那女孩始終沒再說一句話。山丘的道路是深翻軟土修築出來的，朝向遠方無限延伸。兩側的土堤有的比人頭還高，土堤上生長著盛開的櫻桃樹和白樺樹。

女孩伸出小手，「叭」地一聲，將被馬車碰倒的野杏樹枝椏折了下來。

「您不覺得很美嗎？這片從土堤上垂落宛如白紗的樹，讓您聯想到了什麼？」

「嗯，我想不出來。」馬修答道。

「哎呀，就是新娘子啊！還沒有想像出來嗎？披著如彩霞般美麗的頭紗，身穿雪白的禮服。雖然我從沒見過新娘子，但可以想像得出來。不過，我想我這輩子是無法當新娘子了。我長得並不漂亮，不會有人想和我結婚，或許傳教士例外。我一直嚮往著將來自己也能穿上婚紗，若能穿上白色的婚紗，那是再幸福不過的事了。我最喜歡漂亮衣服了，哪怕只能穿一下子也行，我一次也沒穿過白色的婚紗，只能憑空想像了。

「其實今天早上離開孤兒院時，我感到很難堪，穿這一身破舊的衣服，難看死了，連件混紡衣服也沒有。孤兒院的孩子們都穿這個，這是去年冬天霍普頓的商店捐給孤兒院的三百碼布料做的。有人說是店裡賣不出去的布料，但我覺得他們還是很善良的。您不這麼認爲嗎？坐火車的時候，大家都覺得我有些可憐，可是我並不在乎，自顧自地想像，幻想自己漂亮極了，穿著淡藍色的絲綢裙子，戴一頂用鮮花、羽毛裝飾的大帽子，還有金錶、小羊皮手套和靴子。一想到這些，我就立刻恢復精神了。一路上直到抵達島上，我都保持著很愉快的心情！就連坐船時也感到很舒服，平常會暈船的史賓瑟夫人也沒暈船，她說是因爲擔心我會不會掉下船而緊張得忘了暈船這回事了。她說，她從沒見過像我這麼不安分的孩子，老是在東張西望。不過，如果她暈船的話，我就可以上下來回地跑，把船的裡外全都看遍，因爲我不知道什麼時候才能再有這種機會了。

「啊！看，到處是盛開的櫻桃花！這個島眞是個花的世界呀！我打從心底喜歡上它了，能在這裡生活實在太棒了！早就聽說愛德華王子島是世界上最美麗的地方，我也曾幻想過在這裡生活，沒想到幻想竟然可以成眞，我眞是太幸福了！但我不明白道路爲什麼是紅色的呢？在夏洛特鎭坐火車時，看到窗外紅色的路，我曾詢問過史賓瑟夫人，夫人說她也不清楚。而且，她還求我別再向她發問，說我已經問了她一千個問題了。雖說這是事實，但不發問就什麼也不知道呀，對吧？這道路爲什麼是紅色的呢？」

「這個嘛，我也不明白。」馬修回道。

「啊，世界上要了解的事情實在是太多了，您不認爲這很令人愉快嗎？在一個有趣的世界裡生活是多麼快樂啊！什麼都知道了就沒有幻想的空間了。不過，嗯，我……是不是說得太多了？我常因爲這樣而挨罵，您要是覺得我聒噪，我就住嘴。我知道這很難受，但如果您感到厭煩，我就停止不說了。」

意外地，馬修反而覺得這小姑娘喋喋不休挺好玩的。一般而言，沉默寡言的人大抵如此，如果對方可以自顧自說下去的話，馬修是不會有意見的。

總的來說，聽這小姑娘說話非常有趣，連馬修自己也感到驚訝，他從沒遇過好對付的女人，特別是那些女孩兒更壞，她們總是用斜眼看馬修，使他不得不膽怯地從她們身邊走過。對此，他厭惡極了。可是身邊這位小姑娘卻截然不同，對馬修來說，聽她聒噪有種說不出的愉快，所以他像往常一樣靦腆地說：

「如果你喜歡說，就說吧，我一點兒也不在乎。」

「噢，太好了！我想說的時候就能盡情地說，眞是太棒了！我覺得我們好像能相處得很好。我常因爲我的聒噪而挨過不少訓斥，對此我早已經聽煩了。而且我一說長語句，大家就笑，可是要說明重要的事情，不用長語句不行啊，您說是吧？」

「對，對，對。」馬修隨口附和著。

「史賓瑟夫人總問我，我的舌頭是不是在空中懸著？其實根本就沒那回事，您瞧，明明就在裡面呀——伯伯的家是叫綠色屋頂之家吧？史賓瑟夫人全都告訴我了。聽說這座莊園被樹林所環抱，眞好，我很喜歡樹木。可是，孤兒院裡連一棵樹都沒有，只有正門的白色圍牆下，孤零零地長了兩三棵稀疏的小樹，讓人有一種孤獨、凄涼的感覺，每次見到，我的眼淚就忍不住要流下來。所以我嚮往著能在莊園那種環境中生活，在茂盛的森林裡，樹根上長著苔蘚和蘑菇，附近還有小河流過，小鳥們在枝頭上快樂地歌唱。可是事實並非這樣，可知我的心情有多麼痛苦、可憐哪！我常這麼對別人說，話雖如此，今天早晨當我告別孤兒院時，還是覺得悲傷，也許是感到有點捨不得吧。噢，我忘了問史賓瑟夫人了，綠色屋頂之家旁有小河嗎？」

「有哇，就在房子下邊的不遠處。」

「太棒了！沒想到我的夢想可以成眞！這種事太少見了，是吧？現在的一切，我應該感到太完美、太幸福了！不過，我卻沒有完美、幸福的心情。唉，您看，這是什麼顏色？」

女孩把一根垂下來的光亮髮辮拉過肩膀，伸到馬修眼前。馬修向來分不清女人的髮色，這時候也不例外。「是……紅色的吧？」馬修猜道。

女孩悲傷地長嘆一口氣，將髮辮放到手中。

「是紅色的，對吧？」那孩子似乎死了心地說道：「就為了這個，我才不會有完美、幸福的心情，其中的理由您能明白了吧？紅髮的人都是如此。什麼雀斑、綠眼睛、乾瘦，這些我都不在意，只要我運用想像力，就能將這些全部忘在腦後。我能幻想我的皮膚如薔薇一般美麗，我的瞳孔如天上藍紫色的星星一樣閃爍著光芒。我也常常告訴自己，我的頭髮就像濕潤的烏鴉羽毛一般美麗！但實際上，心裡明明知道這是一頭紅髮，我只不過是因為極度悲痛而發出哀嘆罷了。我曾在一本小說上看過這樣的故事，一個女人如何將人生中的悲哀深埋心底，但她可不是一頭紅髮，而是一頭金髮，從石膏一般的前額上，波浪似地垂下來。石膏一般的前額長什麼樣子，我怎麼也弄不明白，您可明白嗎？」

「哎呀，我也不知道呀。」

「不過，我想那一定很美，是那種超凡脫俗的美。面對這種美會是怎樣的感受呢？您想過沒有？」

「沒……沒想過。」馬修輕輕地回答。

「我總是在想，脫俗的美和不可思議的聰明以及像天使一般的好孩子，這三種哪個好呢？」

「這個……這個我也不太清楚。」

「是呀，很難下定論吧？不過追根究柢，無論怎樣都沒有關係，因爲每一個都是不存在的。誰也不能成爲像天使一樣的孩子，人不可能一點錯誤都沒有，史賓瑟夫人常這麼說。啊！卡伯特伯伯，您看！您看！」那孩子突然興奮起來，激動得差點從馬車上掉下來，而馬修對此卻無動於衷。其實不過是馬車在路上轉了個彎，駛進了「林蔭大道」而已。

被新橋鎮的人們稱爲「林蔭大道」的不過是條長四、五百碼的大街，兩旁的蘋果樹是一個性情古怪的老頭在幾年前栽種的。枝葉茂密的樹木形成一座漂亮的拱門，頭頂上一片雪白的花宛如馥郁芬芳的帳篷一樣。枝頭下，紫色的黃昏已經不知不覺來臨。極目遠眺，地平線上那如畫一般的天空中，晚霞如大教堂的薔薇窗戶一般富有詩意。

那孩子簡直被眼前的美景嚇呆了，好像啞巴似地靠在馬車後面。她把瘦削的小手合在胸前，仰起頭，出神地欣賞頭上那片雪白的美。

馬車駛出林蔭大道，通往新橋鎮的緩坡。那孩子仍然動也不動地閉口不語，兩眼緊緊凝視西方天際的晚霞。那孩子正以眼前這些令人心蕩神馳的天空爲背景，腦海中浮現出一幕又一幕美麗的幻想。

新橋鎮是個充滿生機的村莊，小狗汪汪吠叫，人們快活地談笑，女孩好奇地窺視起這一切。

即便如此，她仍舊一言不發，就這樣保持沉默。馬車靜靜地走過了三英里。

「累了吧？是不是好久沒吃東西了？」馬修打破了這長久的沉寂。

「還有一英里，眼看就要到了。」那孩子深深地嘆一口氣，終於從幻想世界回到現實。她用異樣的目光盯著馬修，神祕地提問：「啊，卡伯特伯伯，剛才咱們走過的那個地方，那個白色的世界，叫什麼名字呀？」

「那地方叫做『林蔭大道』。」馬修沉思了數秒鐘後，問道：「那裡很美吧？」

「美？單以一個美字是無法盡情形容出來的！啊，總之，是美極了，的確美極了。即使拚命地幻想，也無法超越它的美。我頭一次目睹這樣的仙境，我的心靈在那裡得到了滿足。」那女孩把手放在胸前說：「現在，我這兒非常痛苦，可這是快樂的痛苦，您有過這種痛苦沒有？」

「沒有，一次也沒經歷過。」

「我經常感到痛苦，一見到美麗異常的東西便會如此。不過，那麼美麗的地方只取個『林蔭大道』的名字怎麼可以呢！這個名字一點意義也沒有吧！嗯，應該叫它『喜悅的白路』，這是個富有想像的漂亮名字吧？我呀，要是對哪個地方或人的名字不滿意，總是自己另外再想個名字來稱呼。孤兒院裡有一個孩子名叫霍普基帕．詹金斯，我卻一直叫他羅薩利亞．迪．維亞；別人或許把那個地方稱爲『林蔭大道』，我卻要叫它『喜悅的白路』。只剩一英里就要到家了嗎？我的心裡雖然高興，可又帶著一點悲傷。悲感是因爲坐馬車非常開心，通常開心過後總是要傷感一番的，以後或許再沒有這樣的好事了吧。根據我的經驗，悲傷的時間通常比較多，但一想到馬上就要到家了，心裡還是挺高興的。到目前為止，我還沒有一個眞正屬於自己的家呢。突然間，自己一下子擁有了家，心情不知不覺就變得緊張，心跳也加快了。」

馬車翻過了山丘，往下可以看到彎曲的小河、細長的小池塘，池塘上架著一座橋。水池和蔚藍色的海灣間，僅僅相隔一座琥珀色的沙丘。

流淌在橋與沙丘之間的水面，宛如色彩交織組合一般變化多端，呈現絢爛多彩的面貌，紅、橙、黃、綠、青、藍、紫，以及叫不出名的所有顏色，全部混在一起，讓人沒辦法以所知的任何語言來形容它，簡直就是一片多彩的汪洋。

水岸邊長滿樅樹、楓樹和李子樹，彷彿幽靈一般的樹影倒映在池中。青蛙們的合唱從一旁的沼澤地飄來，對面坡上的蘋果園旁，一幢灰色的房子坐落在樹木掩映中，依稀可看到一抹微光。

「那就是『貝瑞的水池』。」馬修指著水池說道。

「啊，是嗎？可是這是個不討人喜愛的名字。嗯，對了，就叫它『耀眼之湖』吧！這樣就適合了。您知道嗎？只要想出相襯的名字，我就會激動不已，您也有這種經驗吧？」

馬修認眞地考慮過一番才說：「嗯，看到黃瓜地裡挖出噁心的白色幼蟲時，心情也很激動，只是看著就會起雞皮疙瘩。」

「啊，那也是激動，不過激動的原由是不同的，您認為它們相同嗎？白色幼蟲與『耀眼之湖』

之間並不相似吧？不過，爲什麼要叫它『貝瑞的水池』呢？」

「貝瑞一家就住在那兒。我們現在所處的地方叫做『果樹嶺』，如果後面的草木不這麼茂盛，從這裡就可以看到綠色屋頂之家了。等過了橋，拐過街道，就只剩下半英里了。」

「貝瑞家有沒有年齡和我差不多的小女孩？」

「有一個十一歲左右的女孩，叫黛安娜。」

「是嗎？多好聽的名字呀！」

「怎麼說呢？感覺上是個了不起的名字。可我還是覺得像珍妮、瑪麗這些更普通一點的名字好些。聽說黛安娜出生時，正好學校的老師借住在她家，家人請老師爲她取名字，便取了黛安娜這個名字。」

「我出生的時候，要是也有那位老師在場就好了。啊！要上橋了，我得閉著眼睛。我總是害怕過橋，常幻想一旦到了橋中間，橋就會像折疊小刀似地折成兩半，把我壓得扁扁的，所以得趕緊閉上眼。可是一但到了橋中央，我又會不自覺地睜開眼睛，如果橋眞的折成兩半的話，我倒要看看那一瞬間到底是怎樣的可怕。啊，是橋發出的『咕隆咕隆』聲！我最喜歡這動聽的聲音，這世界上有許多美妙的東西，對吧？啊，再讓我回頭看一眼吧。晚安了，可愛的耀眼之湖！假若對你喜愛的東西道聲晚安，對方彷彿也會很開心似的衝著我笑呢。」

越過山丘，拐了個彎，馬修指著前方說：「就要到家了，那就是綠色屋頂之家了……」

「啊，請別說了！」那女孩神情激動地打斷馬修的話，兩手抓住馬修伸出的手臂，閉上雙眼，不敢看馬修所指的方向。

「讓我猜，一定能猜對！」那孩子睜開眼，環顧起四周。這時，馬車正好走在山丘的脊背處，太陽已經下山，在柔和的殘光中，依稀展現在小女孩眼前的，是西邊顏色彷似金盞花的天空，聳立在教堂高聳尖塔下的是塊小小的谷地，對面廣闊而平緩的斜坡上是座整潔乾淨的農場。

那孩子盯著掠過眼前的房舍，一個一個地分辨，她的目光最後停在最左邊遠離街道的一幢房子上。那房子四周被黑壓壓的樹林環抱，在茂盛的樹叢中，些許白影的房子顯得格外引人注目。屋子的西南方，晴朗的天際間閃爍著一顆同樣白色的星，帶著希望般熠熠生輝，指引方向。

「就是那兒吧？」那女孩指著問道。

馬修得意地甩了一下轠繩，回道：「嘿，說對了！我看肯定是史賓瑟夫人告訴你的吧，要不你怎麼猜得到呢？」

「哎呀，夫人只有零零碎碎地說一些，主要是憑感覺。不知怎麼了，看到那房子就覺得像自己的家，好像在作夢一樣。您看我手臂上這幾個瘀青，當我感到心煩意亂，懷疑自己是否在作夢時，我就會掐自己，可是掐完又後悔了，擔心好夢就此醒來。可這回是實實在在的了，馬上就要到家了。」說完，那女孩便又陷入沉思。

這下子輪到馬修不安了。他心想，還是讓瑪麗拉告訴這個女孩結果吧。她是那麼期待卽將擁有一個家，可是卻不能如願。他實在不願傷了她的心。

馬車經過林德家前的窪地時，天色已經黑了，但他們的身影還是被坐在窗前的林德夫人看見了。馬車一上坡便拐進通往綠色屋頂之家的小路。

到了家，馬修就變得畏縮起來，不是考慮到自己和瑪麗拉，也不是因爲這個陰差陽錯所招致的麻煩，而是不忍心看到這孩子變得垂頭喪氣。一旦眞相大白，這孩子瞳孔中的活躍光芒肯定會立刻消失。不知爲什麼，他似乎覺得自己是個幫兇，因而產生罪惡感。

馬車進入院子裡的當下，白楊樹葉發出了沙沙聲。

「啊！樹在睡夢裡說著夢話呢，您聽。」馬修剛把女孩從車上抱下來，她又嘰磯喳喳地說起話了。

「一定是個美夢吧！」說著，她便提起那只「裝有全部財產」的皮箱，跟著馬修走進家門。

第3章 瑪麗拉大吃一驚

馬修一推開門，瑪麗拉便趕緊迎上來。可是，當她看見一個穿著破舊、打扮怪異，一頭紅髮梳成長辮的女孩，眼睛裡閃爍著喜悅光芒地站在她面前時，不由得停住了腳步。

「馬修，這是誰呀？男孩呢？」

「沒有男孩，只有這個孩子。」馬修回答，並對女孩抬了抬下巴。這時，他才想起還沒問她叫什麼呢。

「沒有男孩？不對吧？」瑪麗拉不肯罷休：「不是和史賓瑟夫人說好了要領個男孩子嗎？還託人捎過口信呢。」

「反正沒有男孩子，夫人領來的是這孩子，我還特別向站長詢問過呢。所以，只好先把她帶回來。無論出了什麼差錯，我也無法在火車站就弄個水落石出呀。」

「那太糟糕了！」

就在兩人激烈爭論時，那孩子來回望著他們倆，默默地聆聽他們對話，剛才滿面的歡喜早已不知去向。她似乎知道兩人爭吵的原因，於是，她隨手將皮箱扔在地上，緊握住手，大聲喊叫起來：「你們不要我是吧！因爲我不是男孩就不要我對吧？我早就有一種不祥的預感了！從沒有人眞心想收留我，我把一切想得太美好了！如今，我知道誰都對我不感興趣，如果你們不要我，那我該怎麼辦呀？」那孩子一下子坐到一旁的椅子上，抱頭趴上桌，放聲大哭起來。

馬修和瑪麗拉對看著，不知該如何是好。最後，瑪麗拉只好出面。

「行了，行了，別哭了，好嗎？」

「不！我偏要哭！」

那孩子一抬起頭，臉上滿是哭過的淚痕，嘴唇還在顫抖著。

「史賓瑟夫人見我是個孤兒，想爲我找個家，好不容易才來到這裡。如果孤兒院的人聽說，我是因爲不是男孩而被退回去的話，他們會怎麼想呀！連史賓瑟夫人知道了也會難過的！這是我有生以來最大的一場悲劇了！」

瑪麗拉臉上硬是擠出笑容，剛才嚴峻的表情開始變得溫和。

「別哭了，不是要你今晚就走。在把事情弄清楚前，你就先在這裡住著。你叫什麼名字？」

那孩子一瞬間猶豫了一下。「能不能叫我蔻蒂莉亞？」那女孩挺著胸說道。

「蔻蒂莉亞？這就是你的名字？」

「不，不是我的名字，但您要是這麼叫的話，我會很高興的。這名字多優雅呀。」

「到底是怎麼回事？如果蔻蒂莉亞不是眞名字，那麼你的眞名字是什麼？」

「安・雪莉。」

女孩低著頭，心不甘情不願地說：「拜託，請叫我蔻蒂莉亞吧，反正是暫時的，怎麼叫都沒有關係吧？安這個名字一點兒也不羅曼蒂克。」

「羅曼蒂克的名字聽了會讓人吃驚的！」瑪麗拉毫不留情地駁斥，「安這個名字聽起來純樸、實在，是個好名字，對不對？沒什麼好可恥的。」

「哎呀，我並不是感到羞恥，只是喜歡蔻蒂莉亞這個名字。」安進一步解釋：「我總是認爲我叫蔻蒂莉亞，最近也一直這麼自稱，更小的時候，我叫吉拉汀。不過，您若堅持要叫安的話，就請用有字母『E』的安。」

「這字母怎麼樣的拼法不都是一樣的嗎？」手拿茶壺的瑪麗拉臉上又浮起牽強的笑容。

「當然不對了……」安又要繼續說。

「知道了。好吧，安，能不能告訴我，是什麼地方搞錯了？我們對史賓瑟夫人說想領養個男孩子，孤兒院裡沒有男孩子嗎？」

「有哇，有很多哪，但是史賓瑟夫人卻明確地說想要一個十一歲左右的女孩，管事就問我願不願意來，我當然願意了，昨晚整整一夜，我高興得連覺都沒睡好。」

說到這裡，安對著馬修責備道：「你們不想領養女孩這件事，如果在車站時就說明白，我也不會到這兒來了，也不會看見『喜悅的白路』和『耀眼之湖』，更不會有現在這樣的痛苦了。」

「你們到底在說些什麼呀？」瑪麗拉驚訝地盯著馬修。

「那……那是她在途中說的話。」馬修支支吾吾地說，「我去把馬牽進來，回來就吃晚飯。」

「除了你之外，史賓瑟夫人沒從孤兒院裡帶別人出來嗎？」

馬修剛出去，瑪麗拉繼續問道。

「夫人她自己領養了一個叫莉莉·鐘斯的孩子。莉莉今年才五歲，長得非常漂亮，有一頭褐色秀髮。要是我也有一頭褐髮，臉蛋更漂亮些，您會願意收養我嗎？」

「不，我們需要一個能幫馬修做事的男孩，而不是女孩。來吧！拿著帽子、皮箱，把它們放在正廳的桌子上。」

安像洩了氣的皮球一樣，無精打采地提起皮箱和帽子，照瑪麗拉說的放上桌。

這時，馬修回來了，三個人來到飯桌前吃飯。安實在是沒有胃口，只是輕輕碰了碰奶油麵包，眼睛直盯著碟子旁玻璃碗內盛裝的蘋果蜜餞，呆呆地發愣。

「為什麼不吃啊！」瑪麗拉不解地問道，面有難色地看了看安。

安嘆了一口氣。「完了！我已經掉進絕望的深淵了！請您試想，當您陷入絕望時，您能吃得下飯嗎？」

「你陷入什麼絕望了？我可什麼都沒說。」瑪麗拉反問。

「那麼，讓我想像一下不行嗎？」

「別想了。」

「我怎麼解釋諒您也不會明白的，眞煩死人了。剛要吃，喉頭就好像哽住了，肚子也脹得鼓鼓的，一點也嚥不下東西，就算是這麼好吃的巧克力奶糖也吃不下。兩年前我曾吃過一塊巧克力奶糖，好吃極了。從那以後，我有好幾次都夢見自己得到好多好多的巧克力奶糖，可是總是剛到嘴邊，夢就被驚醒了。請您別勉強我了，雖然桌子滿是好吃的食物，可我就是沒有食慾。」

「啊！太累了。」從倉庫回來後，就一直沉默的馬修這時插話道，「先讓我歇歇吧。」

瑪麗拉沒搭理他，她正在考慮該如何安頓安。之前原本以爲會來個男孩，所以就在廚房邊的房間準備了躺椅，並把房間收拾得乾淨整齊。沒想到卻來了個女孩，那麼那樣的地方是不可以給女孩子睡的。除了客廳，能睡的地方就剩樓上東邊的房間了。

瑪麗拉點燃蠟燭，對安說「跟我來吧」，便帶領低垂著頭的安來到房間。安順手把放在正廳桌上的帽子和皮箱也提在手中。

三人走過整潔的大廳，上了二樓，走進一間收拾得更乾淨，卻黑得有些冰冷、淒涼的房間。瑪麗拉把蠟燭放上三角桌後，便開始爲安鋪床。

「有睡衣吧？」

安點點頭道：「帶了兩件，是孤兒院管家做的，有點緊。因爲孤兒院的物資缺乏，什麼都得節省，孤兒院就是那樣。我討厭又窄又小的睡衣，要是能有件綴有長長的下襬，以及波浪褶邊的睡衣該有多美呀。但想歸想，我能有件這麼短小的睡衣也就知足了。」

「快換上睡衣吧，我一會兒來拿蠟燭，我可不放心讓你吹熄蠟燭，要是引起火災可就糟了。」

瑪麗拉一走出去，安就開始打量起房間。雪白的牆壁讓四周顯得空盪盪的，安內心也是空盪盪的。普通的地板上鋪著一張安從未見過的編織地毯，房間一角放著一張低矮的老式黑色木床，另一角擺了一張三角桌，上面放一個天鵝絨針插。牆壁上懸掛有一面方形小鏡子，銀白色的窗簾掛在桌子和床之間的窗戶上，前方還有個洗臉台。

房間裡充滿冰冷的氣氛，安害怕得連骨頭都在打顫。她啜泣著，趕緊脫掉衣服換上又小又緊的睡衣跳上床，然後把臉深深埋進枕頭裡，大力地拉過被子，將自己從頭到腳給包了起來。

瑪麗拉回來取蠟燭時，只見安的衣服扔了滿地，不過，從被子抓得亂七八糟的樣子來看，安還在房間裡。瑪麗拉把安的衣服一件一件撿起來，整齊地放到一旁的椅子上，然後拿起蠟燭走到床邊。

「晚安。」瑪麗拉語氣生硬卻流露出關懷之意。

安突然從被子下面冒出頭來，埋怨道：「還說晚安呢，今晚是我一生中最不安、最煩躁的夜晚了。」發完牢騷，安立刻又蒙上被子。

瑪麗拉緩慢地來到廚房，開始洗碟子。廚房要是有一點點不乾淨，瑪麗拉就會受不了。

馬修抽著煙斗，顯得心事重重。他平時其實很少抽煙，可是這時他無論如何也想抽上一口。

「萬萬沒想到會變這樣。」瑪麗拉生氣地說：「就因爲委託別人才弄成這樣，肯定是史賓瑟夫人誤會了。總之，我們明天必須到史賓瑟夫人那裡去問個清楚，那孩子也不得不送回去了。」

「那……那好吧。」馬修冷冷地說道，「看來也只有這麼辦了。話說回來，瑪麗拉，那孩子確實是個非常、非常可愛的孩子。她是這麼地想留下來，咱們卻非得把她送回去，你不覺得……她有一點可憐嗎？」

瑪麗拉被他的話嚇到了。

「哥，你該不會是想把她留在咱們家吧？」

「不，不，你說得有道理。」馬修的態度立刻轉變。他可受不了瑪麗拉一再地追問。「我本來就沒有要留下她的意思呀。那孩子能有什麼用處呢？但，或許我們對她會有用處。」他突然冒出了這麼一句。

「我看得出你想要收養那孩子，對吧？」

「不知爲什麼，我總覺得那孩子非常有趣。」馬修也堅持起來。「從火車站回來的這一路上，她一直和我說個不停……」

「是呀，看得出來她非常健談，可這也不能當成她的優點呀。我不喜歡多嘴的孩子，所以怎麼也不能收留她，她也不是我喜歡的那種類型。這孩子身上有種摸不透的感覺，眞令人討厭。反正不行，讓她老老實實地回去！農場裡的活，還是僱個法國男孩幫忙吧，我們不是要領養這個女孩來和我閒話家常的！」

「好吧，既然決定了，那就這麼辦吧！我去睡了。」馬修說著，站起身來收拾煙斗，隨後便回到自己的房間了。

瑪麗拉收拾完碟子，也懷著一肚子不滿地皺眉回到自己的房間。而在二樓東邊的安，則懷著對新生活的渴望、委屈和痛苦，流著眼淚，不知不覺地進入了夢鄉。

第4章 綠色屋頂之家的早晨

安睜開眼睛時，太陽已高掛天空。她翻身從床上爬起來，望向窗外，陽光照射進來，頓時，她記不起自己身處什麼地方，彷彿有什麼好事發生過一樣，有一種說不出的雀躍。但可怕的記憶迅即恢復：這裡是綠色屋頂之家，昨晚這個屋子的主人們因爲自己不是男孩，所以不要她了，而早晨依舊如尋常到來。安走到窗邊，費了好大勁兒才推開那扇彷彿許久沒開過似的窗戶。

安跪在窗前，睜著大眼睛，環視起眼前的景色，「眞美呀！多麼漂亮的地方啊！要是眞的能留在這裡……對啊，何不在這裡自由自在地幻想一下呢？」

窗前有棵高大的樹，樹上雪白的櫻桃花競相怒放，兩側的蘋果園和櫻桃園也不甘寂寞地盛放出鮮花，樹下的雜草中更點綴了幾株蒲公英，看來別有一番情趣。

窗下的花壇中，紫色花瓣簇擁著紫羅蘭樹，沁人心肺的甘草香隨著晨風飄進窗內，綠油油的苜蓿長得格外茂盛。窪地裡流淌過如玉帶般的小河，小河兩岸白樺樹成群。

白樺樹林裡的草地上分佈著許多蕨類、苔蘚類植物，看起來非常好玩。小河的那頭還有一座被針樅和冷杉瓜分的綠色山丘。從樹叢間隙中，安看到了「耀眼之湖」，另一邊則是曾見過的灰色小屋。左邊有成排的倉庫，在平緩的草原那邊還可以望見藍色的大海。安完全陶醉在這如詩的景色裡，可憐的她從未身處在美麗的環境中，也難怪她把這裡當成夢境了。

安看得出神，沒注意到瑪麗拉已經站在她背後了。

「該換衣服了。」瑪麗拉冷冷地開口。說實在的，瑪麗拉完全不懂得該如何和小孩子說話，緊張之下，不由得口氣有些生硬。

安從窗前站起，深吸了口氣說：「您看窗外多美呀！」她揮動手臂，指著外邊精彩的世界。

「樹木很高大吧！」瑪麗拉說，「還開了許多花，但卻沒啥用處，果實既少又易招蟲咬。」

「哎呀，不只是樹木啊。當然了，樹是很美，花也很漂亮，可是，我說的是果樹、小河、草地……這個周圍一切的一切！總之，這一切是多麼引人入勝，我眞是喜歡這清晨的世外桃源！您不喜歡嗎？潺潺的流水聲彷彿是小河快樂、興奮的歡笑聲，即使在冬天的冰面下，肯定也會這麼歡笑著。綠色屋頂之家旁邊有小河穿過眞是美妙！也許您認爲我已不能留在這裡了，無論景色好壞都一樣，但實際上並非如此，即使我走了，我也會常常想起綠色屋頂之家旁的小河；即使在沒有小河的地方，我也會想像要是有條小河該多好呀。幸好有早晨美麗的景色，我才沒有墜進絕望的深淵，變得像昨晚那樣的愁眉苦臉。但我還是很悲傷，你們要是眞的收養我，我就可以在這裡生活一輩子了，那該多好呀！最讓我難過的是，幻想再好也有被打斷的一刻……」

「什麼幻想不幻想的，快點穿上衣服下來吧。」瑪麗拉趁著安停頓時插嘴，「早餐準備好了，去洗臉、梳頭，窗戶就這麼開著吧，被子疊好放到床的一側，儘量快點。」

安動作很快，十分鐘後，她便換上衣服、梳好頭、編好辮子、洗過臉，一身整潔地下樓了。她正高興地以爲把瑪麗拉吩咐的事情都做完了，卻壓根兒忘了要疊被。

「啊，今天早晨肚子特別餓。」安一坐下就說，「想不到，惡夢醒來後竟會是個如此明媚的早晨，下著濛濛細雨的早晨也一定很美吧？它會變成怎樣的一天呢？誰也猜不透，能使人產生好多遐想呢。幸虧今天早晨天氣好，讓精神飽滿的我能戰勝不幸，但不管怎麼說，我的遭遇還是很不幸的。我看悲劇故事時，曾下過決心不向苦難低頭，要勇敢地面對；不過想歸想，當真的遇到這種事時，我就不知道該怎麼辦才好了。」

「求求你閉嘴行嗎？雖說你是個孩子，可是你的話也太多了吧！」

被瑪麗拉這麼一說，安立刻沉默下來，沒再開口。但這樣一來反倒令人覺得怪怪的，瑪麗拉心裡沒了底，馬修也不發一語，早餐就在這一切都彷彿凝固的狀態中進行。沉默寡言對馬修來說是老習慣了，可是安卻愈來愈心不在焉，焦點模糊的大眼睛凝視著窗外的天，嘴巴只是機械似地咀嚼食物。

見到安這個樣子，瑪麗拉總覺得心裡有點兒不舒服。眼前這怪異的孩子身體確實是在桌邊，靈魂卻早已插上幻想的翅膀，飛到九霄雲外去了。她被這孩子弄得心神不寧，快忍受不了，而馬修還口口聲聲說要留下這孩子，他肯定和昨晚一樣，還惦記著這件事呢。馬修的脾氣她再清楚也不過，這事非得弄個明白不可。

吃完早餐，安才從幻想中回過神來，並且要求由她來洗碗。
「你能洗好嗎？」瑪麗拉懷疑地問。
「還好啦，洗碗的經驗也都是積累起來的，實際上，我更擅長照顧小孩，可惜這裡沒有。」
「光是你一個就夠了。眞是的，馬修辦事總是這麼糊塗！」
「不，您說錯了，他不是那種人！」安像是責備瑪麗拉似的叫道，「他很有同情心，我怎麼聒噪他都不嫌煩。我們初次見面，我就覺得自己和馬修有『相同的靈魂』，如果您認爲『相同的靈魂』是某些怪人才有的話，那我們倆就都是怪人了。」
瑪麗拉哼了一聲，說：「好了，好了，請你去洗碗吧，用熱水好好洗一洗，擦乾淨。下午要到白沙鎮去見見史賓瑟夫人，你也一起去，我已經想好辦法了。洗完就上樓去把床收拾好！」
安做事時，瑪麗拉就在旁邊全程盯著。她覺得安洗碗還算可以，但收拾床鋪卻不那麼令人滿意。羽絨被子怎樣也無法疊整齊，可是看得出她已經盡力了。不知爲什麼，瑪麗拉始終覺得安在她面前晃得讓她心煩，於是便對安說中午之前可以在外面玩。
安一聽，精神爲之一振，閃動著雙眼直奔門口。她一下跑到門前，卻又突然止步，轉過身折了回來，坐到桌前，興奮的神情和眼中的光芒已然消失。
「怎麼了？」瑪麗拉問道。
「我決定不到外面去玩了。雖然我不能留下來，但我已經深深愛上綠色屋頂之家了，如果我到了外頭，和樹木、花草、果園以及小河交了朋友，就會離不開它們了。我已經夠難過了，不想再受到打擊。我雖然渴望到外面去玩，而且它們好像都在呼喚我！可我還是不去的好。既然要被拆散，就別再自尋煩惱了，您說對吧？話說當初，我知道能留在這裡時，興奮了好一陣子呢，我覺得自己可以盡情地去喜愛這裡的一草一木，誰知這不過是個短暫的夢境罷了，所以我只好認命啦。我要是到了外面，心一動搖，不就完了嗎？那窗邊的植物叫什麼？」

「叫蘋果葵。」

「不，不是，我是問您爲它取的名字。怎麼，您沒爲它取名字嗎？那我可以爲它取個名字嗎？嗯，對了，就叫它波尼吧。我暫時可以叫它波尼吧？」

「隨便，可是，幫蘋果葵取名字，究竟有什麼意義呀？」

「我喜歡幫植物取名字，將它們當成人。總叫蘋果葵、蘋果葵的，它也許會悲傷的。如果阿姨您老是被人叫『女人、女人』的話，您肯定也會厭惡的。今天早上，我已經幫窗外的櫻桃樹取好名字了，叫『白雪女王』，因爲它是如此地雪白。雖然花遲早會凋謝，但您隨時可以想像它怒放時的美麗身姿。」

「我還眞沒見過像你這樣的孩子。」瑪麗拉一邊說，一邊逃命似地躲去地窖拿馬鈴薯了。

「眞像馬修說的那樣，這孩子的確有點兒意思。我似乎開始期待她下一次會說出什麼了，不過這樣下去的話，連我也會被她的魔法給迷惑住的。剛才出去時的表情和昨晚完全一樣，馬修如果可以說些意見，那我還可以反駁他，但他只用眼神表達，眞是傷腦筋。」

瑪麗拉從地窖出來時，只見安兩手托腮，望著天空，已然沉浸在自己的幻想中。瑪麗拉這會兒要早些準備午飯，所以就把安扔在那裡不管她了。

「下午得準備馬和馬車。」瑪麗拉對馬修說道，他點點頭，不安地朝安那邊看了一眼。瑪麗拉趕緊擋住馬修的眼光，嚴厲地說：「我準備到白沙鎮去把事情說清楚，安也得一道去。史賓瑟夫人應該會想個辦法把安送回新斯科細亞，擠牛奶的時間我就會趕回來。」

馬修依然沉默，這使得瑪麗拉反而感到理虧。不論你說什麼，馬修從來不會回嘴，從來不會惹你生氣。

儘管如此，馬修還是按照瑪麗拉的吩咐套好了馬車。瑪麗拉和安要出門了，馬修趕緊把門打開，自言自語說道：「早上克里克的小傑利．布托來過，我打算僱用他一個夏天。」

瑪麗拉沒理他，一揚鞭，「駕」地一聲，家裡的胖馬平時沒受過這樣的待遇，因此像生氣，也像玩命似的奔馳起來。瑪麗拉從飛奔的馬車上回頭看，那個可恨的馬修正靠在門邊，難過地目送她們離去呢！

第5章 安的身世

一路上，安的話匣子又開了：「啊，我早就盼望旅行了，只要下定決心，心情就會變得愉快。這期間，我儘量不去想要回孤兒院的事，心裡只要有旅行——啊！快看！那裡有一朵早開的野薔薇，眞漂亮呀！如果我就是那朵薔薇花，那會有多美呀……薔薇花的紅是世界上最美的顏色，可是我獨愛粉色，但又不能穿粉色的衣服，紅髮和粉色多不相襯啊，眞是無法想像。您有沒有聽說過有人在小時候長了一頭紅髮，長大後又變成別的顏色？」

「沒聽說過。從你現在的髮色看，將來也很難能改變顏色了。」瑪麗拉冷冷地回答。

安失望地嘆道：「唉，又一個希望破滅了。我的人生是座『埋葬希望的墳場』，這是從書上讀到的。如果我遇到沮喪的事，就念給自己聽，安慰自己，簡直把自己當成小說中的主角了，很羅曼蒂克吧？今天咱們會從『耀眼之湖』前經過嗎？」

「如果你說的『耀眼之湖』是指貝瑞家的水池，我們今天不走那兒，今天從海岸大街走。」

「眞的？是海岸大街嗎？太好了！」安情不自禁地說道，「那裡有像它的名字那麼美嗎？『海岸大街』這個名字，好像世上所有美麗的景色都一下子呈現在我眼前了。白沙鎮也是個很美的名字，不過，我更喜歡艾凡里這個名字。『艾凡里』，聽起來就很美吧？像音樂一樣，白沙鎮也多少有點那個意思，對吧？」

「還有五英里的路，東一句西一句的，能不能說些實在的東西？說說你自己的事吧。」

「我？我的事用不著特別說，我幻想出來的人生還比它有意思。」安把身體探出來說道。

「不，我已經不想再聽你幻想了，說點實際的，從頭說起，你在哪裡出生的？多大了？」

於是安輕輕地嘆一口氣，敘述起自己的身世。

「今年三月我就滿十一歲了。我出生在波林布洛克，父親叫華爾達・雪莉，是當地高中老師，母親叫芭莎・雪莉。父母的名字好聽，我也感到很驕傲。」

「往下說吧，姓名不太重要。」瑪麗拉催促道。

「母親也是那所高中的老師，但和父親結婚後就被學校解僱了。光靠父親工作來維持生活太艱難了，聽托馬斯夫人說，他們兩人始終過著貧困的日子。我家就在當地一間窄小的房子裡，雖然我沒見過那房子，但卻幻想過許多次了：客廳窗邊開著金銀花，前院種有紫羅蘭，柵欄裡還有鈴蘭，而窗戶上掛著用麥斯林紗製成的窗簾……我就是在那樣的房子裡出生的，托馬斯夫人說她從沒見過像我這樣的嬰兒，長得又醜陋又瘦小，只有水汪汪的大眼睛顯得很光亮。不過，在母親眼裡，我還是最可愛的。不幸的是，母親在我三個月大的時候，就因病去世了，如果她能活到我會叫『媽媽』的時候，那該有多好呀！叫一聲『媽媽』會是多幸福呀！父親也染上了同樣的病，在母親死後第四天也離開了我。

「頓時，我成了孤兒，鄰居都束手無策。托馬斯夫人說，彷彿命中注定沒人要我似的，父母雙亡、舉目無親，最後還是托馬斯夫人好心收養了我，她當時還有個貧窮酒鬼丈夫要擔心呢。我是阿姨一手帶大的，她希望我成為一個好孩子，儘管我是她養大的，可是我若做了什麼錯事，她還是會嚴厲地責備我。不久，托馬斯一家從波林布洛克搬到了瑪麗斯維爾。八歲之前，我一直住在她家，並且幫忙照顧她那四個麻煩的小孩。後來，托馬斯叔叔被火車撞死了，阿姨及孩子被叔叔的母親收容，但他們無法繼續收養我了，我該到那裡去呢？連托馬斯阿姨也無法可想了。

「再後來，上游的哈蒙特夫人需要有人幫忙看顧孩子，便收留了我。就這樣，我逆流而上，來到用樹墩圍成的哈蒙特夫人家。那裡非常寂寞，如果沒有想像力的話，我簡直要徹底地完了。哈蒙特大叔開了一個小小的鋸木加工廠，夫人生了八個孩子，其中孿生子就有三對。我是很喜歡嬰兒，可是哈蒙特阿姨連生了三對雙胞胎，是不是有點誇張？當最後一對出生時，我清楚地告訴阿姨，再這樣下去連我也會累垮的。

「我在哈蒙特夫人家生活了兩年，後來大叔去世，阿姨一家也就離散了。孩子們被送到親戚家，阿姨一人去了美國，還是沒有人要我，最後我只得進了孤兒院。然而那裡並不歡迎我，因為孤兒實在太多了，但我沒有別的去處，只好硬著頭皮待在那兒，直到史賓瑟夫人來接我，我在那裡共生活了四個月。」說完之後，安才總算鬆了一口氣。

「你上過學嗎？」瑪麗拉問道，同時駕駛馬車直奔海岸大街。

「沒正式上過。在托馬斯夫人家的最後一年有上過幾天，但是到哈蒙特家以後，因爲住得離學校太遠，只有春、秋兩季才能上學。倒是，在孤兒院裡當然要讀書了，我會閱讀，也會背詩，例如，〈霍恩林丹之戰〉、〈愛丁堡〉、〈萊茵河的賓根〉以及〈湖上的美人〉等，我都能熟練地背誦下來。詹姆斯．湯姆〈四季〉的大部分內容我也知道。五年級的課本裡還有一課名叫〈波蘭的陷落〉，讀起來更是令人顫抖不已！」

「托馬斯太太和哈蒙特太太，她們對你好嗎？」瑪麗拉看著安問道。

「怎麼說呢？嗯……」安的臉突然一下子脹紅，說話吞吞吐吐的，額頭也沁出汗來。「唉，這麼說吧。她們內心都是爲我好，也盡可能地對我溫柔，她們也有她們的難處呀。前一個有個酒鬼丈夫，日子肯定不好過；後一個生了三對雙胞胎，日子更是糟糕透頂，所以我試著理解她們，認爲她們都是心地善良的女人。」

說到這兒，瑪麗拉也沒再追問下去了。眼看正出神欣賞大街美景的安，瑪麗拉心不在焉地在駕駛馬車中陷入沉思，一股憐憫之情油然而生。

這孩子一直過著孤兒的生活，強烈地渴望家庭的溫暖與愛，卻沒人照顧她。她周圍的人們只顧著辛勤工作，過著艱難、貧困的生活。

瑪麗拉已然體會出安的話中涵義了，也察覺出安眞實的心情。當她知道擁有自己的家時，是像那樣地高興、雀躍，這時再把她送回到孤兒院，是不是有點太殘忍了？馬修對這孩子是那麼地熱心，安也的確是個相當不錯、可愛的孩子。當然，她的話是說得太多了點，但這點可以透過教育逐漸改正。愛說話不代表她的品格不好，她也沒有無禮之處。安會成爲一個懂禮貌、高尚文雅的人，因爲她的父母肯定也都是規規矩矩的人。

從海灣吹來的風拍打著海岸大街右側低矮、茂密的樅樹，大街的左側是紅砂岩斷崖，有些地方的道路幾乎緊挨著懸崖。要不是老馬經驗豐富，也許是會教乘車人捏一把冷汗的。

一直默默不語的安，此時瞪大眼睛打破了沉寂：「大海美極了！我在瑪麗斯維爾的時候，有一次，托馬斯大叔僱了一輛馬車，領著大家到十英里外的海邊玩了整整一天。雖然我不得不照顧那些孩子，但還是快樂極了。從那以後，我經常夢到那次旅行，不過，這裡簡直比瑪麗斯維爾還美！看，那些海鷗眞棒啊！您不想變成一隻海鷗自由地飛翔嗎？我倒是非常想！海鷗在海面上翺翔，一會兒俯衝水面，一會兒又飛向高空，多逍遙啊！啊，最前方那幢大房子是什麼地方？」

「哦，那是白沙鎭大飯店。現在不是旅遊旺季，一旦到了夏天，美國人就會蜂擁而至，這兒的海濱可以說是世界一流的。」

「我還擔心那裡是史賓瑟夫人的房子呢！」安說道，聽起來似乎頗爲悲傷，「我可一點都不想踏足那兒，一旦抵達了，一切就都完了。」

第6章 瑪麗拉的決定

談話間，馬車已經到了史賓瑟家門口，他們一家就住在白沙鎮海邊一棟黃色房子裡。史賓瑟夫人熱情好客，這時趕緊從房子裡走了出來。

「哎呀，哎呀！」史賓瑟夫人驚喜地叫道，「沒想到有貴客臨門！歡迎，歡迎！快請下車吧，來，來，把馬拴上吧。安，你好嗎？」

「普通。」安繃著臉回答，臉上蒙著一層陰影。

「眞不好意思，在百忙之中打擾您。」瑪麗拉說道，「我已經和馬修說好了要儘早回去的，我來只是想問問夫人，是不是有什麼地方出了點差錯？馬修和我都希望領養一個男孩，並託您弟弟羅伯特捎過話來，說要收養一個十到十一歲的男孩子的。」

「啊？瑪麗拉，是眞的嗎？」史賓瑟夫人聽了之後，發覺事情有點複雜。

「羅伯特派女兒南茜來，說你們想要個女孩的。珍，她是這麼說的吧？」史賓瑟夫人轉而詢問在門口的女兒。

「南茜確實是這樣說的。」珍認眞地證實。

「太對不起了。」史賓瑟夫人趕緊解釋：「弄錯了這件事，並不完全是我的責任，我只是盡力按您的意思去做。南茜眞是個馬虎的姑娘，爲了她的這個毛病，我已經說過她好幾次了。」

「這麼說來，我們也有責任。」瑪麗拉無可奈何地說，「這麼重要的事不該只有口頭傳達，我們直接到這裡來面談就好了。錯都錯了，沒有辦法挽回了，問題是安該怎麼辦呢？讓她回孤兒院？還是求誰收養她？」

「這倒沒有什麼問題。」史賓瑟夫人沉思了一會兒說：「我想沒有必要讓她再回孤兒院了。昨天，彼得．布列維夫人來我家，託我幫她找一個能幹的女孩子，她家是個大家庭，很缺人手。安正好能去，這眞是巧極了。」

出乎瑪麗拉的意料，安的事這麼快就解決了，但她卻絲毫感受不到歡喜，相反地，倒是有些茫然了。

瑪麗拉和彼得．布列維夫人不太熟，只見過幾次面。這女人渾身沒有多餘的肉，個頭小、心眼壞，而且聽說她對人粗暴蠻橫，沒有一個離開的女傭說她好的。她除了脾氣暴躁、小氣之外，她的孩子們也很狂妄、蠻橫。

一想到安要到這種人家裡去，瑪麗拉似乎覺得良心受到了譴責。

「能不能讓我們進去坐坐，咱們再商量一下好嗎？」瑪麗拉說。

這時，只聽史賓瑟夫人叫道：「哎喲！那不是布列維夫人嗎？太巧了。」

接著，史賓瑟夫人把人全請到了客廳，將深綠的百葉窗放下來，室內頓時變得昏暗、冷清。

因爲長長的百葉窗落下來，屋內的暖空氣彷彿一下都消失了。

「安眞是太幸運了，咱們馬上就可以把事情談妥的。來，來，瑪麗拉請坐在這把扶手椅上，安坐到那邊的長椅上，別把椅子弄得嘎吱響，把帽子給我吧。珍，你把水壺吊到火上——布列維夫人，您好！我正好有事想跟您說，這位是卡伯特小姐——啊，對不起，我忘了吩咐珍，讓她把麵包從烤爐裡拿出來了，請稍等。」說著，史賓瑟夫人便把百葉窗拉起來，急急忙忙地出去了。

安緊握的雙手放到膝蓋上，悶不吭聲地坐到長椅子邊，一雙大眼睛死盯住布列維夫人。她心裡暗想：難道我眞的要去這看起來心眼很壞的人那裡嗎？她越想越悲傷，眼睛不由得疼了起來，止不住的淚幾乎要奪眶而出了。

此時，史賓瑟夫人回來了。

「本來，我聽到卡伯特小姐說想要收養個女孩子，但實際上，她是想收養個男孩。如果夫人您和昨天的想法一樣，您看這個女孩子合適嗎？」

布列維夫人聽了，將安上上下下、來來回回仔細打量了一番。

「多大了？叫什麼名字？」這位夫人盤問。

「安．雪莉，十一歲。」安嚇得直往後縮，膽怯地回答。

「哼，太瘦了，不怎麼健壯，看起來倒還滿有精神。到了我家，不求你做個好孩子，只要能聽話，幹活俐落爽快，懂得自己本分就行。」布列維夫人說，「所以是溝通過程裡出了差錯嗎？

那麼，這孩子就由我家來照顧吧。卡伯特小姐，我家孩子太難照顧了，我已經累得精疲力盡了，如果可能的話，現在我就把她帶回去。」

瑪麗拉看了安一眼，只見她正沉浸在極度悲傷中，一言不發，發白的臉上浮現出一種悽慘的神情。

瑪麗拉心想：如果此時將安推出去，無視安這種無言的悲慘傾訴，就是死也會受到良心上的譴責。這個布列維夫人眞讓人放不下心，實在不能把這麼一個極度敏感、容易衝動的孩子交到這樣的人手中啊。「啊，這件事嘛……」瑪麗拉慢條斯理地開口：「馬修和我並不是不想收養這個孩子。說實話，他很想留下她，我只是想來弄個明白而已，這孩子我看還是先讓我帶回去好了，讓我和馬修商量商量。如果我們決定不收養了，明晚就把孩子送到您府上；如果人沒有到，那就是我們決定收養了。您看這樣做好嗎？」

「沒什麼好不好的，看來也只能如此了。」布列維夫人不高興地說。

就在瑪麗拉剛才說話時，安的臉如雨過天晴一般，絕望頓時消失，又恢復充滿希望的紅潤。眼神如同星子般明亮、深邃，簡直判若兩人。

布列維夫人這時向史賓瑟夫人說明來意，她只是要來借食譜的，兩人於是到另外一個房間去了。她們一出去，安便一頭撲進瑪麗拉懷裡。

「卡伯特小姐，我還有希望能留在綠色屋頂之家嗎？」安急切地低聲問道，好像生怕聲音稍大，美夢就會立卽化成泡影，「您眞的是那麼說的？還是我在作夢？」

「安，你連眞假都分不淸，你這個幻想症也太嚴重了。」瑪麗拉似乎有些生氣了，「是呀，我確確實實是那麼說的，不過只是說說，並沒有確定，也許最後還是要把你送去布列維夫人家；比起我家，她家似乎更需要你。」

「要是必須到那個人家去，那我還不如回孤兒院！」安忿忿地說道，「那個人好像一把錐子一樣尖酸刻薄。」

瑪麗拉聽了這話，覺得有點兒好笑，暗想：這孩子對我說這話，是不是在指責我呀？但她強忍住沒有笑出來。「一個小孩子家卻如此評論一位初次見面的貴婦人，你不覺得害羞嗎？」她嚴厲地訓斥道：「到那邊去，乖乖坐著，保持安靜！」

「您若是答應收養我，讓我做什麼我都願意。」安懇求道，又順從地回到長椅上。

傍晚，瑪麗拉和安回到了綠色屋頂之家。馬修此時早已站在小路上迎接，瑪麗拉遠遠地就注意到馬修，只見他在小路上走來走去的，似乎正爲了什麼事而焦躁不安。當他望見瑪麗拉帶著安一起回來，心裡的一塊石頭終於落了地。

有關安的事，瑪麗拉一句也沒提，一下車，她就和馬修到後院擠牛奶了。邊擠牛奶，才邊向馬修講述安的身世以及這次面談的結果。

「說什麼人？就算是一隻狗給她我都不願意！」馬修聽完，用少見的嚴厲口吻說道。

「我也不太喜歡她。」瑪麗拉也承認，「我當時十分為難，不知是該送人還是留下。你似乎想留下她，我也認為留下來是上策，我覺得我們有義務這麼做。我從沒有帶過孩子，特別是女孩子，儘管我清楚留下她會很麻煩，但我無論如何都想盡力做好。所以，我決定收養那個孩子。」

聽見此言，一向靦腆的馬修臉上露出愉快的神情，「啊，你終於想通了！那孩子的確是個非常可愛、有趣的孩子吧？」

「最好是可愛，且有用的孩子。」瑪麗拉糾正道，「這孩子必須好好教育，請你不要過問我的教養方法。一個老姑娘或許不太懂得怎樣教育孩子，但總比單身漢要強些吧，所以，你最好少管閒事。如果我失敗了，你再接手也不晚。」

「好，好，你願意就好，瑪麗拉。」馬修哄著她說，「只是對她既不能嬌慣、放縱，又要儘量溫柔、體貼、好好教育，只要能抓住這孩子的心就可以了。這孩子可是棵好幼苗喲！」

馬修接下來又發表了一堆關於女人完全靠不住的意見，瑪麗拉實在受不了，「哼」的一聲，提起桶子，到加工牛奶的小屋去了。

既然確定了，那麼今晚就告訴安吧。瑪麗拉一邊將牛奶倒進奶油分離器，一邊思考著，那孩子聽了肯定會興奮得睡不著覺。眞難想像我們會收養一名孤兒，光這件事就夠令人吃驚了，這都多虧了馬修。更令人難以相信的是，非常害怕女孩的馬修，居然也開口為她說話。總而言之，既然決定了，那就試試看吧，至於以後會如何發展，只有交給上天了。

第7章

祈禱

晚上，瑪麗拉來到安的房間，以親切又認眞的口氣對安說：

「安，昨晚你把衣服扔得到處都是，如果總是這樣就不好了。記住，衣服一脫下來，就應該馬上整齊疊好放到椅子上，太隨隨便便的女孩子可不能留在我家呀。」

「眞對不起，昨晚我實在太難過了，根本沒有心思整理衣服。」安解釋道，「從今天起我一定會好好做的。昨天晚上我恨不得馬上上床，盡情幻想一番，不知不覺就把這件事給忘了。」

「要在這裡住，就少幻想！」瑪麗拉告誡安，「好了，祈禱後就上床睡覺吧。」

「我從未祈禱過。」

瑪麗拉聽了，茫然地望向安，「啊？沒有人跟你說過要祈禱嗎？上帝特別喜歡孩子們禱告，安，你對上帝一無所知嗎？」

「每個人都知道上帝的存在，智慧、力量和神聖是建立在公正、善良和眞理的基礎之上的。它是無限、永恆、不變的靈魂所在。」

聽了安流利地背誦出《西敏信條》，瑪麗拉這才放下心，「哦，看來你也稍微懂一些，不是完全不信上帝。你是在什麼地方學的呢？」

「在孤兒院的主日學校學的。我們把教義問答都背誦下來了，其中的許多詞語，如『無限、永恆、不變』等等，有種雄壯、豪邁的音調，就像是從管風琴中發出來似的。雖然它和詩不同，但聽起來就像詩一樣。」

「我沒有在和你談詩，安，我在跟你說祈禱的事。晚上怎麼可以不祈禱呢？如果不祈禱，人們會把你當成一個壞孩子的。」

「就因爲我的一頭紅髮，所以很容易從好孩子變成壞孩子！」安生氣地叫道：「不是紅髮的人是無法了解的！托馬斯阿姨說我的紅髮是上帝的意思，所以無論我怎麼祈禱都沒用了！此外，一到夜晚，我早已累得精疲力盡了，根本顧不得禱告啊！讓一個不得不忙於照顧好幾對雙胞胎的孩子去做禱告，是不是有點兒太勉強、太過分了？」

瑪麗拉這時已暗自決定，從現在開始，必得將安的宗教觀念導回正軌才行。

「只要你在這個家住一天，就必須禱告！」

「既然您這麼要求，那我當然要做了。」安順從地答應了，「只要是卡伯特小姐說的事，我都聽，不過請您告訴我該怎麼做，要不，我先鑽進被子裡好好想一想，然後再來禱告，這事好像挺有趣的。」

「首先……首先要跪下。」瑪麗拉有些尷尬地說。

安跪在瑪麗拉的腳邊，認眞嚴肅地望著她，不解地問：「禱告時爲什麼要跪下來呢？我想像的禱告應該是這樣子的：一個人獨自來到一座森林深處，仰望清朗、碧藍的天空，就這麼一直、一直仰望著，什麼也不做。您覺得這樣算祈禱嗎？好了，我準備好了，說些什麼好呢？」

起初，瑪麗拉想教安說些「上帝請保佑我入睡吧！」之類兒童用的禱告詞，但這種禱告詞只適合穿著純白睡衣、窩在母親懷中、嗲聲嗲氣說話、口齒不清的幼兒，已經不適合眼前這個滿臉雀斑的小姑娘了。她覺得安已經長大了，可以自己表達心情、進行禱告了。

「只要簡單地感謝主的恩典，並謙虛地說些自己的願望。」瑪麗拉說，「好了，你試試吧。」

於是，安把臉伏到瑪麗拉的膝上。「慈愛的主啊——教會裡的牧師就是這樣說的，我自己祈禱時也這麼說，可以吧？」安抬起頭問道。

「慈愛的主，感謝您賜予我『喜悅的白路』、『耀眼之湖』、『波尼』和『白雪女王』。此刻我能想到的是這些，接下來要拜託您的事情就大得太多了，所以我就先說兩件最重要的事：請主讓我永遠留在綠色屋頂之家；另一件是求主讓我長大變成一個美人。來自您忠實的僕人，安．雪莉——禱告完畢！如何呢？」

安站了起來，興奮地說道：「要是再給我一些時間想想，我會說得更好！」

但令安大出意料的是，瑪麗拉差點沒氣昏過去。如此輕佻的禱告，不是在輕視主嗎？她只好承認安對上帝的無知。

瑪麗拉一邊幫安鋪被褥，一邊在心裡發誓，從明天起要正式教她怎樣做祈禱。她拿著蠟燭剛要出去，安卻叫住了她。

「啊，我想起來了，不應該說『您的僕人』，而應該說『阿們』，牧師就是這麼說的，我一下子忘記了。我想祈禱也需要個結語吧，所以才鬧笑話，是不是有點弄巧成拙了？」

「沒有，沒關係。」瑪麗拉說，「做個好孩子，快睡吧，晚安。」

「今天晚上可以說是打從心底說晚安了。」安心滿意足地上了床，舒舒服服地睡著了。

瑪麗拉一回到廚房，立刻瞪著馬修說：「眞不像話！眞該有人收養這孩子，好好地教育教育她！今晚竟是她第一次睡前禱告！你能相信嗎？明天就到教堂去，向牧師借本兒童的宗教叢書、做幾件像樣的衣服，還得把她送到主日學校去。看來，這又夠我忙的了。唉，沒辦法，暫時還是讓她高興高興吧。」

第8章 安的宗教啓蒙

瑪麗拉有她的想法和打算。直到第二天午後，安仍不知道自己已被留下來了。上午，瑪麗拉安排各種事情給安去做，並在一旁仔細觀察。她發現安是一個溫順、機伶、有幹勁、理解力強的孩子，最大的問題就是常在工作中出神，沉浸於幻想中，需要很長時間才能回過神來。為此，瑪麗拉不客氣地批評了安一頓。

中午清理過碗盤，安帶著壯烈的表情來到瑪麗拉面前，兩隻小手緊緊交握，以懇求的口氣說道：「求求您，卡伯特小姐，我能不能留在這裡呢？從早晨起，我就一直忍著不敢問，可再這樣下去，我會受不了的，請您快告訴我吧。」

「我跟你說過抹布要用熱水消毒過吧？」瑪麗拉不動聲色地說，「等做完這件事再說吧。」

安只好先去洗抹布，回來後便緊盯住瑪麗拉不放，瑪麗拉再也沒有拒絕的理由了。

「好吧，現在就告訴你，馬修和我都決定讓你留下來。希望你做個好孩子，好好聽話……喂，你怎麼了？安！」

「我……哭了？」安一臉不可思議地說道，「為什麼我會哭呢？我非常的高興！能留在這裡的心情已經無法用高興來形容，我太快樂了！我會試著當個好孩子的，這是一件艱難的工作，托馬斯夫人總說我是個非常壞的孩子，不過，我會努力去做的！但是爲什麼我會哭了呢？」

「你太興奮了，所以樂極生悲。」瑪麗拉訓斥道：「到椅子上坐著吧，稍微冷靜一下。又哭又笑的，你的情緒起伏也太激烈了。總之，我們決定讓你留下來，我們會教導你正確的事。而你也必須上學，但一、兩週後學校就放假了，所以還是等到九月新學期開始再說吧。」

「要如何稱呼您呢？是繼續稱呼您卡伯特小姐，還是改稱您卡伯特阿姨？」

「不，你叫我瑪麗拉好了，不然我會感到彆扭的。」

「瑪麗拉？這樣大沒禮貌了！」安抗議。

「如果你能以恭敬的口吻來稱呼我，那就好了。在艾凡里，不分老幼，大家都叫我瑪麗拉，只有牧師才會稱我爲卡伯特小姐。」

「我眞想叫您瑪麗拉阿姨。」安懇切地說，「我從沒有阿姨或其他親人。如果我眞的可以跟您一起生活，這樣會讓我有多一個親人的感覺。我還是不能叫您瑪麗拉阿姨嗎？」

「不，我不是你阿姨。」

「您可以想像是我的阿姨啊！」

「不行。」瑪麗拉嚴肅地說。

「難道您從不想像和眞實不同的情況嗎？」安張著大眼問道。

「不。」

「噢！」安抽了長長的一口氣，「噢，瑪麗拉小姐——瑪麗拉，您錯過太多了。」

「我從不幻想些不切實際的事。」瑪麗拉打斷他的感嘆，「上帝創造人，不是爲了讓他整天幻想的。你到起居室去，把壁爐上的卡片拿來，上面寫有『主的祈禱』，今天起你要記住它，像昨天晚上那樣的禱告是不行的。」

「是的，我也覺得昨晚的禱告很生硬。」安向她道歉，「但我從沒做過啊！第一次總是有缺失的吧。不過昨晚上床後，我忽然就想出一篇非常棒的禱告詞，就像牧師說的那樣具有詩意的長篇，但今早起床就一點兒也想不起來了，儘管我絞盡腦汁也無濟於事，禱告詞徹底消失在我的記憶中了。」

「說到記憶，安，當我讓你做事時，別總是說個不停，要立刻照我說的去做。去吧，照我剛才說的做吧。」

安此時才趕緊到起居室去，但一去便沒回來。瑪麗拉等了一會兒，實在等不下去了，便放下手裡編織的東西，板著臉過去叫喚安。到了起居室，只見安背著雙手，出神地睜圓一雙大眼，望著掛在兩扇窗戶中間的畫，一動也不動地佇立在那兒。陽光透過窗外蘋果樹和常春藤照射進來，灑落在牆上有白有綠，以及令人難以想像的顏色，安的心完全陶醉在這陽光絢爛的空間裡了。

「安，你到底在想什麼？」瑪麗拉沒好氣地問。

安這才猛然回過神來。「這個……」安指著畫。瑪麗拉轉頭看去，原來是一幅名爲「向孩子們祝福的基督」的石板畫。

「我幻想我就是角落裡身穿藍色衣服的那個孤苦女孩。她非常像我，孤零零地站著，寂寞、孤單，一副悲傷的樣子，對吧？不過，那個孩子也得到了主的祝福。她在大家的後面怯生生、靜悄悄地向前。除了耶穌以外，好像沒有人注意到她，我很清楚了解這孩子的心情，眞像當初不知能不能留下來的我，心臟撲通撲通地跳，兩手發冷，直擔心耶穌沒注意到她，我完全能想像她當時的心情。小女孩慢慢地靠近，終於來到耶穌的跟前。這時，耶穌看見了那孩子，便把手放到她頭頂，於是，一股無法形容的愉悅暖流傳遍了她全身！可是，我想，如果繪畫的人別把耶穌畫得這麼悲傷就好了。不知您有沒有發現？凡是耶穌的畫都是這樣，總是一副悲傷的表情，教人難以相信。果眞如此的話，孩子們就會因爲害怕而不敢接近他了，不是嗎？」

「安！」瑪麗拉阻止道。她感到非常後悔，怎麼沒早一點讓這孩子閉上嘴呢？「這樣說是很不敬的！」

安驚訝地眨著眼辯解：「怎麼會呢？我對耶穌可是非常敬仰，從未有不敬的心……」

「我想你也不會，但這樣談論耶穌的事是不對的。還有，安，我再說一次，好好地記住：當我要你做什麼的時候，你就應該立即去做，別看著畫入迷，別沉浸在幻想中。現在，把那張卡片拿來，然後馬上到廚房那個角落坐好，把禱告詞記起來。」

安聽從瑪麗拉的話，拿了卡片到廚房餐桌前，不過先將摘來的蘋果花插在了桌上的花瓶裡。

瑪麗拉只斜眼看了她一下。

安接著把卡片立放在花瓶上，托著腮，開始認眞背誦起來。

「噢，這個禱告語眞美！」安情不自禁地叫出聲。「這樣的禱詞我也曾聽過一次，記得是孤兒院的主日學校校長示範給我們看的。不過，我不覺得好，因爲校長先生的聲音非常沙啞，顯得悲傷，讓人感覺祈禱是件討厭的事。但這禱告語！雖然不是詩，卻能有詩的感受，比方說『在天國的我們……』就像音樂中的一小節似的，很容易就能記下來呢。」

「那麼，你就安靜地記誦吧。」瑪麗拉冷冷地回應。

安把花瓶弄斜，輕輕吻了吻淺桃色的蘋果花蕾，然後認眞地背誦。

「瑪麗拉。」一會兒後，安又喊道。「在艾凡里，會有人成爲我的知心朋友嗎？」

「啊……你說什麼朋友？」

「知心朋友，就是可以傾吐心聲的朋友。我一直在期待著，什麼時候才能有這樣的朋友。」

「黛安娜．貝瑞的年齡和你差不多，住在果樹嶺，是個可愛的小女孩。或許等她回家後可以成爲你的玩伴，她現在到卡摩地的親戚那兒去了，不過，貝瑞太太是不會讓粗俗無禮的孩子和黛安娜一塊兒玩的。」

安眨著眼睛，隔著蘋果花束看向瑪麗拉。

「黛安娜長什麼樣子？不會是紅頭髮吧？噢，但願她不是紅頭髮，我已經受夠紅髮了。要是我的知心朋友也長著一頭紅頭髮，那就更讓人難以忍受了。」

「黛安娜可是個非常漂亮的姑娘。薔薇色的臉頰、黑色的瞳孔和頭髮，另外，她聰明、善良，這些比漂亮更重要。」

瑪麗拉認爲管教孩子最好用訓誡的口吻，然而，安卻一點兒也不在乎。

「噢，眞高興她是個漂亮的女孩，我跟她眞是差太多了。啊！我渴望擁有一個漂亮的知心朋友。當初在托馬斯夫人家，起居室裡會放著一個有玻璃門的書櫃，裡面放的不是書，而是托馬斯夫人最心愛的瓷器和蜜餞，其中一扇玻璃被喝醉的托馬斯先生給打碎了。我總是把玻璃裡面映出來的我當成是住在裡邊的女孩，爲她取名凱蒂．莫利絲，我們是非常要好的朋友，常常一聊就好幾個小時，特別是禮拜日。我們之間什麼事都能談，凱蒂是我的安慰，也是我的鼓勵。

「在我的想像中，書櫃彷彿具有魔法，如果我知道咒語，就能打開門進去凱蒂的房間。我能讓凱蒂牽著我的手，進入一個充滿陽光、鮮花與精靈的奇妙王國，在那裡過著幸福美好的生活。當我要到哈蒙特夫人那裡，而必須跟凱蒂告別時，我難過極了，凱蒂好像也很痛苦，當我們隔著書櫃的玻璃門吻別時，我們倆都哭了。哈蒙特夫人那裡沒有書櫃，不過，附近河流的上游有一個小小的綠色山谷，可以產生非常美妙的回聲，連小小的聲音也能迴響，於是，我便幫它取個女孩名，叫做維奧蕾塔。雖然比不上凱蒂，但也相差不多。要回孤兒院的前一晚，我還特別跑去向維奧蕾塔道別，她很難過地回說『再見』，我是不會忘記維奧蕾塔的。在孤兒院，我就一點幻想知心朋友的動力也沒有了。」

「沒有時間不是更好嗎？」瑪麗拉冷冷地說。「一天到晚熱中於幻想太不切實際了，若是結識了眞正的朋友，你就不會想到傷心事了。別跟貝瑞大太太提起凱蒂和維奧蕾塔的事，她會認爲你在撒謊。」

「沒關係，我不說就是了。我跟她們倆的事可是非常珍貴的回憶，只有瑪麗拉問了，我才會說的。哎，看！從蘋果花裡飛出了一隻大蜜蜂。蘋果花眞是個迷人的地方！啊，如果能躺在微風吹拂的蘋果花中進入夢鄉，該有多浪漫呀！我要不是女孩子，也想變成一隻蜜蜂，就這樣生活在花叢中裡呢。」

瑪麗拉哼了一聲說道：「昨天不是才說想變成海鷗嗎？眞是善變。我說過了，你要記住禱告詞。到自己的房間去，並把禱告詞背下來。」

「背得差不多了，就剩下最後一行。」

「好了，好了，快照我說的做，到房間去背，喝茶時我會叫你的。」

「蘋果花也一起帶去行嗎？」安懇求。

「不行，會把房間弄得亂七八糟的，再說，隨便摘花是不好的行爲。」

「好不容易綻放的花朵，被摘下來後生命就縮短。我要是一朵蘋果花，肯定會討厭別人摘我的。可是，我怎麼也抵擋不住它美麗的誘惑，您說在這種情況下，我該如何是好呢？」

「安，我已經說過多少遍了：請你進房間去。難道你沒聽見嗎？」

安這才嘆了一口氣，回到二樓房間，坐在窗邊椅子上。

「啊，太好了！終於把禱告詞背下來了！剛才上二樓時，我就把最後一行記住了。從現在開始，我要用想像妝點這個房間——玫粉色的地板上鋪著白色天鵝絨地毯，窗戶上垂掛粉紅色的絲綢窗簾，牆壁上則掛著金銀掛毯，家具都是用桃花心木製成的。我雖然沒有見過桃花心木，但聽說非常地有名。

「我優雅的側臥在堆著粉色，藍色，鮮紅色和金色絲綢墊子的躺椅上。從牆壁上的大鏡子中，可以目睹自己的風姿。高瘦的我如女王般，穿上有長長蕾絲下襬的白色曳地晚禮服，胸前佩掛珍珠十字架，夜色般漆黑的頭髮上點綴著珍珠，肌膚如象牙般潔淨，我變成蔻蒂莉亞・菲茨傑拉爾德侯爵夫人！不，不行，這太不切實際了。」

安輕舞著步伐接近鏡子，看著鏡面，倒映出來的是一張長滿雀斑的臉，閃動著一雙認眞的灰色眼睛。

「你只是綠色屋頂之家的安。」安自言自語道。「不論怎麼幻想成蔻蒂莉亞侯爵夫人，到頭來還是這張臉。不過，綠色屋頂之家的安總比無家可歸的安要好多了。」

安吻了下鏡中的自己，便又回到開啓的窗邊。

「親愛的『白雪女王』，午安！窪地的白樺樹們，午安！山丘上可愛的灰色小屋午安！我將結識一位新朋友——黛安娜，希望她可以成爲我的知心好友！當然，我不會忘記凱蒂和維奧蕾塔的。」安向櫻花送去兩個飛吻，再次以雙手托腮，愉快地飄向了幻想的海洋。

第9章

目瞪口呆的林德夫人

林德夫人來看望安時，已是兩週後的事了。當然了，未能及時來訪並非林德夫人所願，她沒料到自己會突然感染嚴重的流行性感冒。自上次拜訪綠色屋頂之家後，她就一直抱病在家。

醫生剛說可以到戶外活動了，林德夫人便急急忙忙跑向綠色屋頂之家。這段時間，艾凡里流傳起各式各樣關於此處的謠言和猜測，使林德夫人對這件事的好奇心有增無減。

這兩週，安一刻也沒閒著，她和農場裡的一草一木可說是完全混熟了。此外，她還有一個重大發現，在蘋果園下方有一條小路，可以一直通往山丘上一片細長森林的深處。

安沿著這條小路到處探險，發現了小河上的橋，小樅樹林、野櫻樹形成的拱門，還有茂盛的羊齒草，以及生長著楓樹、歐亞花楸的岔路，小路的周邊處處都留下了安的足跡。

安和窪地的泉水也成了朋友。深邃清澈又涼爽的泉水底下，鋪滿了光滑的紅色砂岩，在泉邊生長的水羊齒草像椰子葉一樣寬大，對面的小河上還架了一座獨木橋是通往山丘上樹林的入口。粗大的樅樹和松樹雄踞在裡頭，林間草地總是如暮沉時分般昏暗，草地中開滿古老精靈似的星狀花朵，樹木的枝椏間有銀絲般的蛛網相連，彷彿不時就在親熱地竊竊私語。

安利用每天半小時的遊戲時間進行探險，她會將探險歷程詳細告訴馬修和瑪麗拉。馬修總是微笑地默默聆聽。瑪麗拉雖然也任安盡情地說，不過總會在發現自己無形中被安的話題吸引時立刻打斷，並且教訓一頓，好讓安變得安靜些。

林德夫人來訪時，安正在果樹園裡玩，於是夫人趁機逮住瑪麗拉，詳細說起了自己生病的始末，從渾身關節疼痛的病徵，一路說到脈搏變化、感冒症狀等。她不管對方喜不喜歡聽，嘰嘰喳喳說了一大堆，直到瑪麗拉相信流行性感冒的嚴重後，才說出她此行的目的。

「聽說府上發生令人驚訝的事？」

「只是我自己嚇了一跳。」瑪麗拉解釋道。「根本沒事。」

「這種錯誤的發生眞是太糟糕了！」林德夫人同情地說。「不能送回去嗎？」

「想過，不過後來就放棄了。說實話，馬修很喜歡這孩子，我也不討厭她，一點小毛病並不礙事。她認爲我家和她以前生活過的家庭不同，而且她是個非常開朗的孩子。」

因爲看到林德夫人臉上不贊同的神情，瑪麗拉不知不覺解釋起來。

「既然如此，你得負起相當大的責任！」林德夫人沉著臉說。「沒有育兒經驗，完全不了解孩子，也不了解她的本性，沒有人能預料到她將來會變成怎樣。我這可不是在潑你冷水。」

「我不認爲你在潑我冷水。」瑪麗拉一點也不在乎。「我下定決心的事，就不會輕易動搖。你想見安吧，我幫你把她叫來。」

一會兒，在果園裡玩耍的安臉頰紅咚咚地跑了進來。她沒料到有客人在場，不知所措地呆立原地，心裡緊張得撲通撲通直跳。她穿著孤兒院那件短小的混紡布衣，竹竿似的雙腿露在外面，非常顯眼，眼睛下方又多了些雀斑，沒戴帽子的頭髮被風吹得猶如燃燒的火一樣。

「你好歹也挑一下長相！」林德夫人語氣直接，她說得直率，毫不客氣。「實在不好看啊！而且還生得骨瘦如柴！瑪麗拉，讓孩子到這兒來，讓我好好看一看。天哪，從未見過如此多的雀斑，還長著一頭胡蘿蔔似的紅髮！」

安並沒有馬上回應林德夫人的要求。過了一會兒，她實在受不了了，便舉步穿過廚房，來到林德夫人的面前，小臉氣得漲紅，嘴唇直哆嗦，瘦小的身體不停地顫抖。

「我非常討厭你！」安一邊瘋狂地喊著，一邊抬腳踱地板。「我討厭！討厭！非常討厭！你憑什麼說我骨瘦如柴，嘲笑我滿臉雀斑和一頭紅髮？你眞是沒禮貌，沒感情的女人！」

「安！」瑪麗拉吃驚地阻止。

可是安卻依然昂著頭，毫不畏懼地面對林德夫人。她感覺非常憤怒，全身熱血幾乎就要沸騰起來。「你怎麼可以這樣批評我？別人聽了會怎麼想？我要是說『你是個蠢豬，沒有頭腦』，你能忍受嗎？你甚至說得比托馬斯先生爛醉時挖苦我的話更過分！我絕對不原諒你！絕不！絕不！」安使勁跺著地板。

「太不像話了！」林德夫人驚慌地喊道。

「安，給我進屋去！」瑪麗拉喝斥。

安「哇」地一聲大哭起來，飛快地跑進正門，將門狠狠甩上，震得外邊陽台上堆積的空罐也一陣亂響。她穿過正廳，旋風似的奔上二樓，「碰」地一聲，房門也被猛力關上。

「哎喲，收養這樣的孩子眞夠你受的了！瑪麗拉。」林德夫人嚴肅得令人討厭。

瑪麗拉張著嘴，不知是要謝罪還是抗議，接著說出的話，事後連她自己也不敢置信。

「瑞雪，你實在不該如此挖苦安的長相。」

「瑪麗拉！她那麼囂張地大叫，亂發脾氣，你還爲她辯護！」林德夫人忿忿不平地問道。

「不，我並非在爲她辯解。」瑪麗拉緩慢地說。「做出這種行爲，我當然會教訓她，從未有人教過她什麼是對的，我們必須樹立規矩給她。不過，瑞雪，你確實說得有些過分了。」

林德夫人像被傷了自尊一般站了起來。

「哎呀，看來以後說話得格外小心了！但是，瑪麗拉，我眞是搞不懂，爲何你那麼關心那個來路不明的孩子。別擔心，我沒有生氣，我只是可憐你，那孩子會讓你煩心的！唉，我生過十個孩子，夭折了兩個，孩子們如果不聽話，根本用不著說教，有樺樹枝就足夠了，對這種孩子就只能用這種辦法。有什麼樣的頭髮就有什麼樣的性格，唉！這還是我有生以來頭一次被小孩這樣地訓斥、侮辱！」

說完，林德夫人便悻悻然地告辭了，留下瑪麗拉一人心情沉重地走向二樓。

邊上樓梯，瑪麗拉邊琢磨著該怎麼辦。安在林德夫人面前亂發脾氣，這事眞難處理。該怎樣懲罰安呢？以林德夫人的孩子們來說，打罵或許有效，但瑪麗拉從未想過要用這種方式來教育孩子。對，要讓安知道她所犯的錯誤的嚴重性，一定得想一個更有效又特別的辦法。

瑪麗拉一上樓，就見安趴在床上放聲大哭。帶著泥土的鞋子被甩到洗淨的床罩上，但她已經無暇顧及這些了。

「安。」瑪麗拉用難得親切、溫柔的口氣喊道。

沒有反應。

「安！」這次瑪麗拉有些不高興了。「現在馬上給我從床上下來，聽我說話。」

安慢吞吞地從床上下來，坐到一旁的椅子上，動也不動。雙眼紅腫的她，滿臉淨是淚痕，倔強地直盯著地板。

「這眞是好樣兒的啊，安，難道你不會感到羞愧嗎？」

「她沒權力說我醜以及一頭紅髮……」安企圖反抗辯解起來。

「你也沒有權力對她發脾氣。安，我眞為你感到羞恥！我本想讓林德夫人看到一個好孩子，沒想到你卻讓我感到丟臉，她不過是說你長得不好看，還有一頭紅髮，有必要生那麼大的氣嗎？你自己不也總說你是紅頭髮。」

「可是，自己說和被別人說根本不同！」安含著淚水。「被人那麼挖苦，我一時忍不住，就大聲喊叫了。」

「即使如此，也夠丟人的了，林德夫人肯定會四處張揚的。要是把她惹火了，安，結果不堪設想啊。」

「要是您當面被人挖苦說長得多麼醜陋，您會怎麼想呢？」安噙著眼淚啜泣。

聽了這話，瑪麗拉猛然想起自己小時候的一件事。當時，有兩位鄰居說她長得又黑又醜，眞可憐。到現在已經五十年了，每當瑪麗拉想起這件事，內心仍會感到疼痛不已。

「安，雖說林德夫人也有些不對。」瑪麗拉的口氣稍微緩和了些。「她說的話是直接了點，但你也不能因此就用這樣的態度對她呀。對你來說，她雖是個陌生的長輩，但她仍算是咱們家的客人，無論哪一種對象都該以禮相待，可是你這麼失禮，太不像話了。」說到這兒，瑪麗拉已經想出處罰安的好辦法了。

「等一下你到林德夫人家去，當面承認錯誤，就說自己亂發脾氣是不對的，請求夫人原諒、寬恕。」

「我絕不向她道歉！」安固執己見，一臉激憤。「瑪麗拉，隨你怎麼處罰我都行，即使把我關在陰暗潮濕又爬滿蛇和蟾蜍的地牢裡，每天只給我水和麵包，我也能忍受！」

「不好意思，我對把人關進地牢裡不感興趣。」瑪麗拉冷冷地說。「更何況，艾凡里也沒有地牢。無論如何，你都得向林德夫人道歉。想通了才能走出這道房門！」

「那我就永遠待在這兒了，因爲我是不可能向林德夫人道歉的。」安悲傷地說，「我不覺得自己有錯，我不可能向她道歉的！雖然這會讓您感到難堪，但如果我眞的去道歉的話，她肯定痛快極了。我根本無法想像這樣的畫面。」

「也許到了明天早晨，你的想像力就會恢復了。」瑪麗拉站起來說道。「好好反省一遍自己的所作所爲，要是你還想留在綠色屋頂之家，就得做一個好孩子。但從今晚這樣看來，你好像不太想呀。」

瑪麗拉丟下這幾句話便下樓了。她煩躁的心情久久不能平復，可是一想起林德夫人當時那種目瞪口呆的表情，她忍不住又「噗」地笑出聲來。

第10章 道歉

那天晚上，瑪麗拉什麼也沒對馬修說。到了第二天早晨，安仍是不肯認錯，她只好向馬修解釋安不能吃早飯的理由，把安如何頂撞林德夫人且大發脾氣的事說了一遍。

「換作是我，我也會發脾氣的，誰讓林德夫人總是那麼多嘴又愛管閒事呢？」馬修聽完不滿地表示。

「馬修，我真訝異你這麼說，你明知是安闖了禍，還這樣護著她，說不定下次你就會要我別處罰她了呢。」

「哎呀，不是那回事……」馬修左右為難地說，「還是要處罰，但是不必那麼嚴厲，因為從未有人教她禮節。瑪麗拉，你會讓她吃飯吧？」

「我從不認為以挨餓強迫人反省是個好辦法。」瑪麗拉忿忿地說，「每頓飯做好以後，我都會送上去，看她什麼時候想通，同意去林德夫人家道歉，那時才能放她出來。」

就這樣，這一天三餐都在非常寂靜的氣氛中進行，安始終堅持自己的意見。

每頓飯做好後，瑪麗拉都用碗盤盛裝好，送到安的房間，但每次幾乎都原封不動地端回來。馬修瞧著端回來的飯菜，注意到安沒有吃。

傍晚，瑪麗拉到後方牧場，正在倉庫四周轉來轉去的馬修馬上像小偷似的溜回家裡，悄悄地上了二樓。

馬修平時只習慣待在廚房和正門盡頭那間窄小的臥室裡，只有在牧師來作客，得陪牧師喝茶時，才偶爾心不甘情不願地來到客廳和起居室。他只有在四年前的春天，幫瑪麗拉換壁紙時來過二樓，此後就再也沒上去過了。

馬修輕手輕腳地來到東側房門前，站了足足好幾分鐘，最後終於鼓起勇氣，用指尖敲敲門，然後推開房門，偷偷朝裡邊瞥了兩眼。

只見安就坐在窗邊黃椅上，悲傷地俯視著院子。看到她那衰弱憂愁的模樣，馬修心疼極了，輕輕地掩上門，來到安的身邊。

「安。」馬修怯生生地問道：「安，你怎麼樣了?」

安微微地苦笑一下，回道：「還好，幻想可以讓時間過得快些，當然有點兒寂寞，但我會儘量習慣的。」想到不知何時才能結束這漫長的禁閉，安有滿腹的委屈，可是當著馬修的臉，她又極力裝出一臉微笑。

馬修擔心瑪麗拉回來，所以想盡快結束談話。

「安，這事快點讓它結束吧。」馬修小聲說道：「這事早晚都得做的，瑪麗拉一旦認定的事情就絕對不會讓步。安，還是早點解決它吧。」

「您指的是向林德夫人道歉的事嗎？」

「對，就是那件事。」馬修急切地說。

「爲了您，我就試試吧。」安想了想後，說道：「這件事是我不對，是我的錯，現在我承認了。昨天晚上，我爲這件事氣得一夜沒睡好，驚醒好幾次。不過今天早晨起來，我覺得好多了，不再那麼生氣了，也爲自己所做的一切感到羞恥。儘管如此，我還是無法向林德夫人道歉。我也被她挖苦了呀，要我認錯，還不如一輩子都在這裡閉門不出！但爲了馬修，如果您眞的希望我去的話……」

「是的，我是希望你去。安要是不到樓下來，這個家就一點生氣都沒有啦。孩子，聽話，去道個歉吧，好孩子。」

「好吧，我去！」安終於鐵了心，「瑪麗拉回來後，我馬上就告訴她我悔改了。」

「對，對，這樣太好了！安，不過，你不必對瑪麗拉說我會來這裡勸過你，她或許會認爲我亂插嘴。答應我，你不會對她說。」

「我保證不會洩露出去。」安一本正經地發誓。

等安回頭一看，膽小怕事的馬修已經不見了。原來，馬修估計瑪麗拉要回來了，便急急忙忙下了樓，朝牧場方向過去了。

瑪麗拉一回來，就聽見從二樓欄杆方向傳來呼喚她的微弱聲音，她抬頭一看，原來是安。

「什麼事，怎麼了？」瑪麗拉站在正門廳裡問道。

「瑪麗拉，我昨天對林德夫人發脾氣，亂吼亂叫的，太失禮了。我認錯了，我想去林德夫人家向她道歉。」

「好呀。」瑪麗拉回道。剛才，她心裡仍是一團亂，擔心要是和安這樣僵持下去，該怎樣收場才好呢？「等擠完了牛奶，我就帶你去。」

擠完牛奶，瑪麗拉便領著安出門了。她的精神抖擻，心情舒暢；安則低著頭，一副無精打采的樣子。但剛走了一會兒，安那失魂落魄的樣子便如魔法般消失了，她揚起臉，望向晚霞映紅的天空，臉上早已掩飾不住內心興奮，腳步也不知不覺輕快起來。

瑪麗拉很快注意到安的變化，不由得感到疑惑。

「安，你在想什麼呢？」

「在想要對林德夫人說些什麼。」安的語氣像在說夢話。

這是個好現象，瑪麗拉原本的懲罰計畫也不打算施行了。然而，安現在這種出神的樣子，可不能去見林德夫人呀。

當她們進入林德家的大門時，林德夫人正在廚房窗邊織毛衣。一見到林德夫人，安立刻表現出悔恨的表情，她默默跪在林德夫人面前，誠懇地向被嚇呆的夫人伸出手。

「噢，林德夫人，真對不起。」安聲音顫抖地說，「就是用完一本詞典的辭彙，也說不盡我的悲哀和悔恨，我做了錯事。儘管我不是男孩子，但還是幸運地可以留在綠色屋頂之家，可是不爭氣的我卻讓善良的馬修和瑪麗拉蒙羞了。壞孩子的我，不知感恩圖報，活該受罰，我實在不該因爲夫人您講了實話而亂發脾氣。噢！請您無論如何也要寬恕我，若不然，我會終生遺憾的。雖然我的脾氣不好，但請不要讓我這個命運悲慘的孤兒遺憾終生吧，您無論如何也要寬恕我啊。」

說完，安緊握雙手，低下頭，似乎在等待審判。

安的悔過與眞誠的話語深深打動了瑪麗拉和林德夫人。但瑪麗拉此刻又覺得，安似乎陶醉在這樣表達屈辱的形式上，她感到有些驚慌失措，安將這種懲罰當成樂趣了。

幸好善良的林德夫人沒有洞察，她認爲安是徹底地認錯了，這位愛管閒事卻又仁慈、熱心的夫人，所有怒氣頓時消失了。

「好了，好了，快站起來，我當然會寬恕你的。」林德夫人趕緊說道，「本來嘛，我也說得太過分，都怪我說話太直了，你不要放在心上。不過你的頭髮的確太紅啦，以前我有一位同學，小時候頭髮的顏色也和你一樣紅，後來長大，髮色逐漸變深，結婚後就生了一個有著一頭漂亮褐髮的孩子。你的頭髮也會和她一樣變深的。」

「噢，夫人！」安起身，深深地吸了一口氣，「您的話帶給了我希望！今後，您就是我的恩人了。如果將來頭髮眞能變成漂亮的茶褐色，那我不就成了一個眞正的美人了嗎？夫人和瑪麗拉說話時，我能不能到院子裡，坐在蘋果樹下那條長凳上？那裡有著如此多的想像空間哪。」

「當然可以了。你要去就去吧，要是喜歡，還可以在角落那兒摘些百合花。」

安一出去，林德夫人便站了起來，點上了燈。

「這孩子眞可愛呀！瑪麗拉，快坐到這張椅子上，還是這邊舒服呀，那兒可是給幫忙幹活的男孩坐的地方呢。你說的沒錯，這孩子的確古怪，但卻不令人討厭。當初聽說你和馬修收養她，眞讓我嚇了一跳。現在我明白了，她不會帶來任何不幸，你們因錯得福，收養了這麼一個善良、聰明的好孩子。當然，她的說話方式有點古怪，還有點倔強，不過，能和你們這樣有良知、仁慈的人一起生活，她一定會變好的。她是脾氣暴躁，動不動就發火的孩子，往往清醒後就能悔過，這類孩子就好在不會撒謊、不會耍心眼，只有耍心眼的孩子才會立刻希望得到寬恕原諒的。不知爲什麼，我想我已經喜歡上那孩子了，瑪麗拉。」

直到瑪麗拉要回去時，安才從那座瀰漫陣陣清香的昏暗果園裡走出來，手裡握著一束潔白的百合花。

「我的道歉很徹底吧？」安在小路上走著，怡然自得地問道，「我覺得要道歉的話，最好做得徹底些。」

「的確是夠徹底的了。」瑪麗拉感慨地說。

一想起剛才那幕，瑪麗拉就忍不住要笑出來，但她對安那浮誇的道歉仍感到頭疼。瑪麗拉嚴厲地說：「別再像剛才那樣道歉了。今後，希望你多注意，不要再任性、亂耍小孩子脾氣了。聽見了沒，安？」

「只要她別再批評我的長相，就什麼事也沒了。」安長吁短嘆地說道，「唯獨提到頭髮，我就有氣。您說，等我長大以後，頭髮眞能變成茶褐色嗎？」

「你太關心你的外表了，安，我擔心你會是個虛榮的小女孩。」

「我知道自己長得難看，但我喜歡漂亮的東西，在鏡子中發現不美的東西就很討厭。每次總是如此，正因爲我長得醜，才變得這麼可憐。」

「花容月貌不是美，只有善良心靈修養出的舉止才算美。」瑪麗拉引用了一句諺語。

「以前也有人對我這樣說過，不過我還是不太相信。」安懷疑地說道，並且嗅了嗅百合花的香味。「多香啊！送我花的林德夫人眞是好人呀，我已經一點也不恨她了，被原諒的感覺眞好。今晚的星星眞好看！瑪麗拉，要是能住在星星上，您想選哪一顆呢？我喜歡山頂上那個大得閃閃發光的星。」

「安，求求你住嘴！」瑪麗拉深刻覺得，和這個不停說話，充滿古怪幻想的孩子一路思考著往回走，眞是夠累的。

直到拐入綠色屋頂之家的小路，安才安靜下來。晚風吹拂著被露水打濕的羊齒草嫩葉，散發絲絲沁人肺腑的幽香，迎接這一老一小回家。樹叢中透露出綠色屋頂之家廚房的燈光，在黑暗裡一閃一閃的，煞是好看。

安突然緊緊依偎在瑪麗拉身上，把自己的小手放進瑪麗拉乾瘦的手中。

「一邊想著這就是自己的家，一邊往回走，這是多麼幸福呀！我已經深深愛上綠色屋頂之家了。我從來沒愛上過什麼地方，也沒把哪裡當成過自己的家！噢，瑪麗拉，我太幸福了！」

被安瘦削的小手一碰，瑪麗拉心裡逐漸漫過一股暖流。也許是母性本能的流露，她平常從未有過這樣的感受。這種令人心曠神怡的甜蜜感，卻讓瑪麗拉有些招架不住了，爲了平穩自己的情緒，她又對安訓話起來。

「只要是好孩子，總會得到幸福的，安，在禱告時可不許亂說些什麼。」

「知道了。」安回道，「我現在正幻想著我變成了風，拂過樹梢，輕輕吹著樹下的草，然後再飛到林德夫人家的院子裡，微微地搖晃花朵，再呼嘯過長滿三葉草的大原野，然後飄到『耀眼之湖』，掀起層層漣漪。風的確能使人產生出各種聯想啊！瑪麗拉，我想安靜一會兒了。」

「那眞是太好了，感謝上帝！」瑪麗拉虔誠地長嘆了一聲。

第11章 主日學校

「怎麼樣，喜不喜歡？」瑪麗拉問道。

此時的安正在自己房間裡，審視著放在床上的三件新洋裝。一件是用茶色方格花布做成的，是去年夏天瑪麗拉向一個商販買下的布，看起來十分結實耐穿；第二件是黑白方格緞面洋裝，是在冬季拍賣時購入的；第三件是瑪麗拉前些日子剛從卡摩地的店裡買來的，用的是質地較硬挺、外觀較不起眼的藍色印染布料。三件新洋裝全部由瑪麗拉縫製，樣式統一、直袖子、沒打褶，只有簡單地縫個腰身，樣式非常簡單耐穿。

「我將幻想我很喜歡它們。」安一臉嚴肅。

「我不希望你幻想喜歡它們。」瑪麗拉不滿地說，「看得出來你不喜歡，爲什麼呢？你認爲它們不整潔、不夠新穎嗎？」

「才不是呢。」

「那爲什麼不喜歡？」

「只是……只是不漂亮。」安客氣地迴避。

「你是說不漂亮呀。」瑪麗拉用鼻子哼一聲，「我從不打算做漂亮的洋裝給你，我不打算助長你的虛榮心。安，今天這些衣服都沒有無聊的波浪褶邊和多餘的裝飾，是實用、樸素又大方的款式，今年夏天就只爲你做這幾件了。茶色方格花布和藍色印染布那兩件，你等上學時再穿，緞子那件可以在去教會和主日學校時穿，但都得小心點兒，別弄髒、弄破了。你自從到這兒後，還是一直穿著這件又短、又小、又不像樣的混紡衣服，有新衣服穿便要感謝了。」

「噢，我很感謝！不過，如果能做成燈籠袖的，哪怕只有一件也好，我會更加感激您。您不知道吧，現在燈籠袖很流行的，要是能穿上有燈籠袖的衣服，我會打從心底感謝您的。」

「本來要做燈籠袖的，可是沒有多餘的布料，所以就沒做了。而且燈籠袖的衣服看起來怪裡怪氣，哪有普通樣式好呀。」

「我倒是覺得穿得怪點兒比獨自一人穿得土裡土氣要好。」安無可奈何地辯解。

「的確像你說的那樣。現在你先把衣服掛起來，然後坐在這裡，預習一下主日學校的課程，我已經從貝爾老師那裡拿來教材，明天你就到主日學校上課去吧。」瑪麗拉說完，便悶悶不樂地下樓去了。

安握住雙手，盯著新衣服，「唉，要是有件燈籠袖的白洋裝該有多棒呀。雖然我也祈禱過，但不指望，恐怕上帝沒閒工夫關心一個孤兒要穿什麼衣服吧，看來只能指望瑪麗拉了。」

第二天一早，瑪麗拉由於頭痛得厲害，沒辦法帶安一起去主日學校。「安，你到林德夫人那兒去，請她帶你去學校吧，讓她告訴你在哪個班級，還有，要懂禮貌，注意言談舉止。拿去吧，這是要捐獻的一分錢。不要總是盯著別人，回來後跟我說說傳教的內容，我很想聽一下。」

安穿上了黑白方格的緞子衣服，照著鏡子，什麼也沒說地走了出去。

太大的洋裝使得原本瘦削的安顯得更加瘦弱了，頭上戴的是一頂小而扁平的水手帽，對奢望擁有一頂裝飾著緞帶和鮮花帽子的安來說，這頂樣式簡樸的帽子實在令她很失望。

才走了一會兒，她便被兩旁的金鳳花和野薔薇給吸引住，於是，她將花採下來，編成一頂花冠戴在帽子上，並不在乎別人眼光，反正安自己感到非常得意。她搖晃著被粉色、黃色妝點起來的腦袋，踩著輕快的腳步，蹦蹦跳跳地走著。

來到林德夫人家時，夫人早已上教堂去了，安便獨自一人奔向教會。

教會的陽台上，女孩們的服裝色彩豔麗，她們好奇地盯著這個頭戴奇特花飾的新臉孔。艾凡里的女孩們早聽說過安的事情，聽林德夫人說是個脾氣古怪的孩子，馬修家的雇工傑利·布托更說安似乎是個頭腦有毛病的人，老是自言自語的，還會和花草樹木談心起來。

女孩們偷偷瞄著安，用書本掩住嘴，嘰嘰喳喳地小聲談論。禮拜結束後，安到了羅傑遜小姐的班級，卻沒人主動對安表示友善。

羅傑遜小姐是位中年婦女，在主日學校教了二十年的書，最喜歡照本宣科地提問，當她要哪個孩子回答時，就會站在那個孩子的背後，用可怕的眼神盯著他。

此時，羅傑遜小姐沉著臉打量了安一番，還好瑪麗拉嚴格地幫安做過預習，所以安能對答如流，但能否充分理解就還是個問題了。
初次見面，安對羅傑遜小姐便心生壞印象，甚至覺得自己非常淒慘。因爲除了自己以外，所有女孩都穿著有燈籠袖的衣服，這件事令她無法忍受，更導致她覺得沒有燈籠袖衣服可穿，生活已經毫無意義。
「今天對主日學校的印象怎麼樣啊？」安一回到家，瑪麗拉便問道。因爲花冠早已被太陽曬乾，安便把它扔在小路上，所以瑪麗拉對此還一無所知。
「一點也不喜歡，總之，糟透了。」
「安！」瑪麗拉發出斥責。
安哀聲嘆氣地坐在搖椅上，撥弄著花草，「我不在家時，您一定很無聊吧？還有，在主日學校時，我有聽您的話，表現得很有禮貌。到林德夫人家時，她已經走了，所以我就自己過去。做禮拜時，我坐在窗邊角落的那個位置上。貝爾先生的祈禱佔了好長的時間，若不是位置在窗邊，我早就坐不住了，因爲從窗戶可以看見『耀眼之湖』，我還可以一邊望著湖水，一邊幻想呢。」
「你怎麼可以不認眞聽貝爾先生祈禱呀！」
「但他又不是對著我說。」安抗議道，「貝爾先生是對上帝說話呢。不過，我自己也默默地祈禱著，陽光透過伸展出來的白樺樹枝直射湖底，呈現在我眼前的彷彿是一個仙境呀。這使我感動極了，我情不自禁地說了三次：『主啊，謝謝您，謝謝您。』」

「你有沒有發出聲來？」瑪麗拉追問。

「沒有，我只是小小聲地說而已。等到貝爾先生的祈禱總算結束了，我被分到羅傑遜小姐的班上。除了我以外，那個班還有九個女孩，個個都穿著燈籠袖衣服。我嘗試幻想一下自己也穿著燈籠袖衣服的情景，卻沒成功，您說這是爲什麼呢？一個人在房間裡的時候，很容易可以想像出來的呀，您眞想像不到我當時被包圍在她們中間有多難受。」

「在學校滿腦子想著袖子的事可不行呀，不好好地聽講也不對。課文弄懂了嗎？」

「啊，沒問題的，羅傑遜小姐向我提了許多問題，我都流利地回答了。但整個班上只有她一個人提問，眞不公平，我也有一肚子問題想問她，但我覺得我們的靈魂在本質上有所不同，便打消了這個念頭。還有，別的孩子都會背誦《聖經》，羅傑遜小姐就問我會些什麼，我說我什麼也不會。如果是〈守衛主人之墓的犬〉我還能背誦，三年級的教材中就有這首詩，雖然它不是一首宗教詩，但內容非常悲哀淒涼，我認爲和《聖經》裡的詩篇很相似。羅傑遜小姐不同意，她希望我在下個禮拜日前，把第十九首讚美詩背下來，然後在教會裡誦讀。這首詩寫得實在是太美了，特別是有兩行令我激動不已。『在密底安的邪惡日子裡，遭屠殺的騎兵快速地倒下。』雖然我不太了解這首詩的意義，但它強烈地震撼了我，我已經迫不及待要在這禮拜開始練習了！

「主日學校放學後，羅傑遜小姐把我領到我們家的位置，林德夫人就坐在對面，所以我沒去打擾她，一直乖乖地坐著。今天講的是《啓示錄》第三章的第二節和第三節，時間太冗長了，我要是牧師，肯定選擇那些較簡短的。畢竟，聽教眞要有點時間，有時連講題也讓人厭煩，牧師的話更是沒意思。要是沒有想像力那就太糟糕了。我沒仔細聽，只顧著在那兒天馬行空地想些稀奇古怪的事。」

瑪麗拉眞想狠狠地教訓安一頓，可是安所說的事，特別是有關牧師佈道和貝爾校長祈禱的牢騷，也正是瑪麗拉心裡眞實的感受，所以瑪麗拉也就沒再說什麼了。長期以來，對牧師和貝爾校長的一些不滿一直籠罩在瑪麗拉的心裡，今天卻被安說了出來。可別小看這個孩子，瑪麗拉似乎覺得安在毫不留情地譴責自己。

第12章 嚴肅的誓約

關於安用花冠妝點帽子的事，瑪麗拉是週五以後才知道的。她從林德夫人那裡回來後，便把安叫到面前。「安，聽林德夫人說，上週日你去教會時，帽子上還戴著頂花冠，怪模怪樣的。爲什麼要這樣呢？」

「我知道粉色和黃色很不相稱。」安說道。

「不是相不相稱的問題，而是在帽子上亂加花朵，讓人感覺不對勁呀!你眞是個令人傷腦筋的孩子。」

「爲什麼花可以別在衣服上，卻不可以戴在帽子上呢？」安反問，「好多孩子都把花別在胸前的，這到底有什麼不同呀？」

「不許你頂嘴，安!你做了蠢事就是不對，不能再有第二次了。當時林德夫人見到你那種奇怪打扮，她羞得想挖個洞鑽進去。林德未人雖想阻止，卻沒有及時靠近你，說了也來不及。我們今天全在談論這件事，她肯定以爲是我讓你那樣打扮的。」

「對不起，我沒想到那是不對的事情，只是想要好看點。可愛的花要是戴在帽子上該有多美呀，其他小孩不也都在帽子上別朵假花嗎？」安含著眼淚解釋，「自從我來了以後，常帶給瑪麗拉許多麻煩，或許我回孤兒院反而比較好。」

「不許胡說八道！」看著哭哭啼啼的安，瑪麗拉有些怨起自己，氣自己把安弄哭了。「我從沒打算要送你回孤兒院，眞的。你只要像其他孩子那樣規規矩矩，不做些稀奇古怪的事就好。別哭了，告訴你一個好消息吧，黛安娜．貝瑞今天回來了，我打算向貝瑞太太借用做裙子的紙型，你要是願意，就一起去吧。你不是想見黛安娜嗎？」

安緊緊地握住雙手，滿臉淚痕地站起來。「瑪麗拉，我好害怕呀，一想到要見到黛安娜，就緊張得不得了。她要是不喜歡我該怎麼辦呢？若眞的那樣，那可是我人生中最大的悲劇啦！」

「別慌張，冷靜點。還有，別總是說個沒完沒了，像你這樣大小的孩子唸個不停，很容易讓人感到厭煩。黛安娜肯定會喜歡你的，問題是她媽媽。要是她媽媽不喜歡你，那任憑黛安娜有多喜歡也沒用。如果讓她知道你朝著林德夫人發脾氣，還有戴花冠去教會的事情，她會怎麼想呢？所以，你要儘量克服自己的缺點，表現得有教養、有禮貌，別動不動就發表你那些自鳴得意的議論。怎麼了？你這孩子，直打哆嗦！」

安哆嗦得厲害，而且緊張得臉色一陣青一陣白。「噢，瑪麗拉，要是她媽媽眞的不喜歡我怎麼辦呀？換成是您也會緊張的。」說完，安便趕緊去拿帽子了。

兩人渡過小河，穿過山丘上的樅樹林，抄小路到達貝瑞家門前。瑪麗拉敲敲門，出來開門的是貝瑞太太。個頭高大的貝瑞太太黑髮、黑眼，給人一種果斷、堅毅的印象，據說教育孩子的方法更以嚴厲而聞名。

「你好嗎？瑪麗拉。」貝瑞太太熱情地問候，「快請進，這位就是你領養的女孩吧？」

「哎，是的。她叫安，雪莉。」瑪麗拉介紹道。

「是字尾有『E』的安。」安急忙補充，既興奮又害怕。事關名字的拼法，她就豁出去了。

貝瑞太太不知是沒聽見，還是沒理解，只是親熱地握了握安的手，問道：「你好嗎？」

「託您的福，我現在緊張極了。」安幽默地回答。然後，她放低聲音，對瑪麗拉說：「我還算正常吧？」沒想到這句話被大家全聽見了。

黛安娜原本坐在沙發上閱讀，見瑪麗拉她們進來後趕緊放下書本。她遺傳了母親的黑頭髮、黑眼睛，臉頰的薔薇色看上去非常漂亮，直爽的神態很像她父親。

「這是我家的黛安娜。」貝瑞太太介紹道。「黛安娜，帶安到院子裡去賞花，光是悶頭看書對眼睛不大好，最好是到外面待一會兒。」

兩個孩子一出去，貝瑞太太便和瑪麗拉聊起來了！

「這孩子看書看得有點過頭，但不論我說什麼，我丈夫總是袒護、支持她。這下可好，有個要好的朋友，也許能經常出去玩玩了。」

院子裡，初次見面的兩個女孩隔著花草害羞對視，如果此刻不是站在命運的十字路口，安肯定會因爲這庭院裡的美景而陶醉不已的。

貝瑞家的庭院四周環繞著高大、古老的樅樹和柳樹，樹蔭之下，兩旁嵌著小巧貝殼的小路，宛如濕潤的絲帶般，蜿蜒在爭奇鬥豔的花叢間。花叢中有紅色心形的荷蘭牡丹、碩大豔麗的紅芍藥、雪白迷人的水仙等許多花種，仔細看看，在夕陽照射下還能看見美洲蘭、喇叭水仙和白麝香花的影子。

「噢，黛安娜。」安緊握著雙手，終於開口說話了，聲音細小得幾乎聽不見。「你……你覺得我這個人怎麼樣？咱們能合得來嗎？我能成爲你的知心朋友嗎？」

黛安娜笑了，她說話前總愛笑一笑。

「當然能了，我想我們能成爲好朋友的。」黛安娜爽快地答道，「我眞高興你能從綠色屋頂之家來我家作客。結交一個好朋友不是很有趣嗎？這附近沒有一個可以和我一起玩的孩子，妹妹又太小了，玩不起來。」

「你能發誓永遠成爲我的朋友嗎？」安進一步追問。

黛安娜彷彿受到了驚嚇，「哎呀！你竟然用『發誓』這個極缺德的字！」黛安娜指責道。

「什麼？我不是那個意思！『發誓』有兩種涵義呢。」

「是嗎？可我只聽說過一種而已。」黛安娜懷疑地說。

安趕緊回道：「確實還有另外一個意思，我沒有惡意。我指的是鄭重約定的意思。」

「那還好。」黛安娜終於同意了。「怎麼發誓呢？」

「首先要手拉著手。」安莊重嚴肅地說。「其實應該在流水上起誓的，可是這裡沒有流水，我們就用這條小路當流水吧。首先由我來朗誦誓詞：我鄭重起誓，只要太陽和月亮存在，就一定竭盡一切，忠誠於我的知心朋友——黛安娜．貝瑞。這次該輪到黛安娜了，只要換成我的名字就行了。」

朗誦完畢，黛安娜微笑著對安說：「你果然如傳聞所說的那麼與衆不同，不過，我還是非常喜歡你。」

瑪麗拉和安踏上歸途時，黛安娜送她們到獨木橋邊，安和黛安娜互相搭肩而行，不斷約定好第二天午後一起玩。最後，她們不得不在小河邊告別了。

「哎，怎麼樣？和黛安娜有相同的靈魂嗎？」一踏進綠色屋頂之家的院子，瑪麗拉便開口詢問道。

「有啊。」說完，安滿懷幸福地嘆了口氣。儘管瑪麗拉的話中帶點諷刺的意味，但安絲毫沒把它放在心上。

「噢，瑪麗拉，我現在是愛德華王子島上最……最……最幸福的人了！今晚我準備誠心誠意地祈禱。我和黛安娜打算在威廉．貝爾山地的樺樹林裡蓋一座遊戲小屋，想要點兒小木屋裡面的陶瓷碎片行嗎？黛安娜的生日在二月，我的生日在三月，巧合得不可思議不是嗎？黛安娜還答應要借書給我看，眞讓人興奮。另外，她還告訴我說森林深處有百合花呢！

「您不認爲黛安娜有一對熱情的雙眼嗎？眞希望我的眼睛也是這樣！黛安娜說她還準備教我唱歌，並送給我一幅很美的畫，上面畫著一位身著絲綢衣服的美女，聽說是個縫紉機推銷員送給她的，我要是也有點東西可以送給黛安娜就好了。黛安娜的身高比我矮，體重卻比我重。她說還是瘦點的好，可以顯得優雅，她也想瘦一些，但我想那只不過是在安慰我。我們約好有一天要到海邊撿貝殼。還幫獨木橋那邊的泉取了一個名字叫『妖精之泉』，很別致吧！以前我看過一本故事書，其中有個泉就叫『德魯亞德』，我想它一定有妖精的意思在裡面吧。」

「你這樣說個不停，沒讓黛安娜覺得窒息吧？」瑪麗拉問道。「而且，不論做什麼，你都應該記住：不可以整天玩，需有節制，因爲還有必須要做的事。」

沉浸在幸福中的安，此刻卻因爲馬修的到來而欣喜若狂。剛從卡摩地商店回來的馬修，看了與安辯論的瑪麗拉一眼，怯怯地從衣服裡掏出一小包東西交給安。「你說過你喜歡吃巧克力，所以，就幫你買來了。」

瑪麗拉哼了一聲。「巧克力對肚子和牙齒都不好。好了，安，別那樣板著臉了。既然買了，你就吃吧。可以的話，你最好吃點薄荷，薄荷既健康又可以提神，別一下子全吃光了。」

「我不會一下子全吃完的。」安挺胸說。「今晚我只吃一個。瑪麗拉，我想分一半巧克力給黛安娜，幸好有東西可以送她了。」說完，安蹦蹦跳跳地上樓回自己房間了。

望著安的背影，瑪麗拉感嘆道：「這孩子一點都不小氣，這樣我就滿足了。我最討厭那種小氣的孩子，雖說安才來我們家不到三週，可不知爲何，我總覺得她好像已經和我們生活了很久似的，眞無法想像少了安的綠色屋頂之家會變成怎麼樣。

「馬修，我承認你堅持留下安是對的，甚至連我也漸漸喜歡上這孩子了，但這些想法我無法一一說給你聽。」

第13章 期待的喜悅

「安，該做縫紉的工作了。」瑪麗拉看了一下時間，自言自語道，同時用有些疲倦的眼睛探了探窗外。「距離我規定的活動時間已經超過半小時了，還以爲是和黛安娜在一塊兒玩，誰知竟是和馬修坐在柴堆上說個沒完。這個孩子，她明知道要做事了呀，馬修也眞是的，那麼老實，像傻子似的在那兒聽上了癮。安簡直越來越會說了，還有點兒得意忘形了。喂！安．雪莉，馬上給我進來！」

瑪麗拉用指尖敲了敲玻璃。聽到叫喚後，安的臉頰微紅，披散著一頭紅髮，趕緊從院子裡跑了回去。噢，瑪麗拉。」安喘著氣對瑪麗拉說道：「下星期主日學校要出去郊遊，地點就在『耀眼之湖』附近，哈蒙．安德羅斯山地上的一片草地。聽說貝爾校長的太太和林德夫人還會做霜淇淋呢！瑪麗拉，我可以去參加嗎？」

「好了，好了，你看一下，安，我說你要幾點回來的？」

「兩點。可是瑪麗拉，我到底可不可以去呀？雖然我曾經做過郊遊的夢，可是直到現在，我都還沒有……」

「是呀，我是說讓你兩點回來，可現在已經兩點十五分了。安，你爲什麼就是不聽話呢？」

「我不是不想聽話，我是眞的想聽話，可是郊遊對我來說那麼具有吸引力，所以我自然忍不住要向馬修說幾句郊遊的事，因爲馬修和我最談得來了。求求您，給我一個痛快，我到底能不能去郊遊呀？」

「我要是說幾點回來，就是指『正好』幾點要回來，而不是過了半個小時才回來，也不要藉口和誰最談得來之類的。至於郊遊的事，你當然可以去，因爲你也是學校的學生，而且別的孩子都去了，我並沒說不讓你去。」

「可是……」安呑呑吐吐地說：「黛安娜說每人都得帶一籃東西分給大家吃，可是我不會做飯，瑪麗拉。沒燈籠袖衣服倒無所謂，若是因爲無法帶食物而放棄郊遊的話，那眞是太沒臉見人了！自從黛安娜告訴我之後，我就一直愁眉苦臉的。」

「好啦，不必煩惱了，我幫你做點東西吧。」

「眞的嗎？瑪麗拉！您眞是疼我，太謝謝您了！」安說完，便一頭撲進瑪麗拉的懷裡，在血色欠佳的瑪麗拉臉上吻個不停。

瑪麗拉有生以來頭一次被小孩親吻，心裡有股說不出的甜蜜。安的舉動讓瑪麗拉高興得不得了，但她的口氣反而變得冷漠。

「行了，行了，親一下就好了，不過還是要照我說的規矩去做。我過些時候再教你烹飪，等你平靜下來後再開始。烹飪這東西要非常專注，過程中是不能心不在焉的。好了，把那些碎布拿來，儘快在喝茶以前縫成一個四方形。」

「我不喜歡這些碎布。」安不悅地嘟噥，同時找出針線盒，在紅色和白色的菱形花布堆前坐了下來。

「我本來以爲是個快樂的縫紉工作呢，可眼前卻是一堆破布，根本沒有幻想的空間。縫完了一個接下一個，一點兒也沒減少。當然，一個在綠色屋頂之家中縫紉的安，總比只顧著玩、卻無家可歸的安要好得多，不過，要是縫紉時間可以和黛安娜跟我玩的時間過得一樣快就好了。哎，瑪麗拉，通常我到了幻想的時間，不幻想就不行。幻想可是我最拿手的，而黛安娜在這一方面就稍差了點，還需要再加把勁兒。您看，我們家農場和貝瑞山地之間有片普通的山地吧，就在小河對面，那就是威廉．貝爾山地。那裡有個角落長了一小圈白樺樹，是個非常浪漫的地方，那裡就是我和黛安娜玩家家酒的地方，我把它取名叫『威頓野地』，很有詩意吧？我絞盡腦汁想了整整一個晚上哩，就在要入睡前，彷彿受到神的啓示，靈感就從腦海裡閃現出來。我對黛安娜說的時候，她竟然聽得入神，總之，取這個名字實在太難了！

「我們的小屋蓋得很好，瑪麗拉，來參觀吧！求求您了。長滿青苔的大石頭就當是椅子，在樹枝上搭木板就成了架子，上面放些盤子之類的東西，當然都是些破盤子，可是我們把它們當成新的。還有一些紅色、黃色印有常春藤圖案的盤子碎片，這些碎片可漂亮了，放在客廳裡。另外還有『妖精的鏡子』，美麗極了，是黛安娜在雞窩後面的樹林裡發現的，上面都是彩虹，不過那些彩虹還沒長大，是彩虹寶寶，它是黛安娜的媽媽使用過的吊燈碎片，我將它幻想成妖精在舞會後遺落的，所以叫做『妖精的鏡子』。桌子是馬修幫我們做的。噢，還有，在貝瑞家的田邊有一個小小的圓池，我們叫它『柳樹湖畔』，是我從黛安娜借我的書中借用來的，那是本有點刺激性的書，書中的女主角竟有五個戀人！要是我的話，有一個就滿足了，您說是吧？女主角是個絕世美女，一生遭遇了種種磨難，讀完後眞讓人感慨。

「話說，我雖然瘦小，但還挺結實的，不過最近好像有點胖了，因爲我每天早晨起來都會看看我的手臂。黛安娜會穿著短袖的繡花新衣去郊遊。要是因事不能去的話，我會受不了的，這會是我人生中的悲哀呀！卽使以後能去一百次，也不可能取代這次。我們要把船划到『耀眼之湖』中，另外還要吃霜淇淋，我從沒吃過霜淇淋。雖然黛安娜跟我解釋過霜淇淋是什麼東西，可我還是想像不出霜淇淋的樣子。」

「安，時鐘已經走了整整十分鐘，而你也滔滔不絕地說了十分鐘。你能在十分鐘以憋住不要說話嗎？」瑪麗拉終於忍不住插了嘴。

安聽從瑪麗拉的話閉上嘴，但從早到晚，她無論是想的、說的、夢見的仍舊是郊遊。

「星期六下雨了！如果雨一直下到星期三怎麼辦？」安想郊遊想得快瘋了，爲了讓她靜下心來，瑪麗拉讓安多縫了一條碎布。

星期天從教會回來的路上，安向瑪麗拉說當牧師在講台上大聲宣佈郊遊通知後，她興奮得全身顫抖。

「瑪麗拉，之前我無法相信眞的要去郊遊，直到今天牧師宣佈後，我才眞的相信了。」

「你這個孩子呀，太愛鑽牛角尖了。」瑪麗拉嘆了一口氣，「我看呀，在今後漫長的人生道路上，還會有許多失望的事在等著你的。」

「不過，瑪麗拉，期待也是快樂的。」安大聲地說，「林德夫人說期待越大，失望就越大，可什麼也不期待比失望更令人討厭啊。」

這天，瑪麗拉像平時一樣，別了一只紫水晶別針去教會，這對她來說已經成了習慣。如果忘記戴別針，就如同忘了帶《聖經》和捐獻的錢一樣，會讓她感到十足不安定。

這個紫水晶別針是瑪麗拉最寶貴的東西，是當船員的伯父送給她母親的禮物，母親又把它留給瑪麗拉。這個古樸的橢圓形別針裡裝有一縷瑪麗拉母親的頭髮，四周鑲著一圈上等的紫水晶。瑪麗拉完全不懂珠寶方面的知識，不知道水晶的價値，儘管如此，瑪麗拉依舊認爲這只別針是世上最美的東西，卽便戴上時自己看不到，卻能感覺到把它別在外出的茶色緞子衣服領口時，閃爍出的深藍色光芒，感覺好極了。

初次見到紫水晶別針的安旣興奮又羨慕地誇讚：「哎呀，這別針多漂亮呀！爲什麼非得去做禱告或者聽傳教時才戴呢？這個紫水晶眞是太美了，就像鑽石一樣。我曾在書中讀過對鑽石的描述，還幻想過鑽石的樣子。這塊紫水晶一閃一閃的，一定是種非常美麗的石頭吧！有一天，我看見一位女子手指上戴著眞正的鑽石戒指，但它卻令我大失所望。當然了，鑽石是很漂亮，可它跟我的想像不同。瑪麗拉，讓我拿一會兒好嗎？紫水晶也許是紫羅蘭的靈魂呢。」

第14章 安的供認

郊遊的前兩天，也就是週一晚上，瑪麗拉神情焦慮地走出房門，此時安端坐在潔淨的桌旁，一邊剝豌豆，一邊大聲地唱歌。她唱得非常愉快，表情豐富，這得歸功於黛安娜的指導。

「安，有看見我的紫水晶別針嗎？我記得昨晚從教會回來後就把它插在針包上了，現在卻怎麼也找不到。」

「怎麼會呢？下午瑪麗拉去婦女協會時，我還見過它哪。」安慢吞吞地說著，「當時，我正好從瑪麗拉的房門前經過，看見它插在針包上，就好奇地走了進去。」

「你摸過嗎？」瑪麗拉急忙問道。

「是的。」安毫不隱瞞地說。「只是想看看放在胸前會是什麼模樣。」

「怎麼可以這麼亂來，小小年紀就隨意亂翻別人東西，太可惡了。首先，隨便闖入我的房間就不應該了，還亂動我的東西就更不對了。說，你把它放哪兒了？」

「就放在衣櫃上，根本沒帶出去呀，我也沒隨便亂翻，我說的全是真話，瑪麗拉。要是知道隨便進入房間玩別針是不對的，我是絕對不會做的。」

「沒在原處，衣櫃上上下下我都找遍了，就是沒找到。你沒拿到外面去嗎？」

「真的沒有，確實放回原處了。」安有些不耐煩了，態度變得堅決，「雖然忘了是插在針包上還是放在盤子裡，但肯定有放回去的。」

「再想想看，別針總不會自己長翅膀飛了吧？你要是把它放回原處，那它就應該還在那裡，如果沒有，就是你沒放回去。」

瑪麗拉說完，又回到自己房間徹底翻找過一遍，不只是衣櫃，所有能放別針的地方她都找遍了，但結果仍是一無所獲。於是，瑪麗拉又回到廚房。

「安，說實話，別針到底在哪裡？是不是帶到外面弄丟了？」

「根本沒有。」安直直地盯著瑪麗拉的眼睛，認真地說：「我絕對沒帶出去，就是把我送上斷頭台，我還是這句話。」安極力爲自己辯解時，露出了一絲對瑪麗拉反抗的心理。

「我總覺得你是在撒謊。」瑪麗拉板著臉嚴肅地說。「好吧，要是你打算欺瞞下去，就必須待在自己房裡，不坦白就不許出來。」

「要拿著豌豆去嗎？」安沮喪地問。

「不用了，我自己能剝，照我說的去做！」

安離開後，瑪麗拉心神不寧地做東做西，但還是忘不了那個寶貝別針。

「如果安真的把別針弄丟了該怎麼辦？安是不是覺得沒有人看見就可以抵賴？如果她真的是這樣的孩子，還裝出一副無辜的樣子，那眞是可惡極了。」瑪麗拉焦躁不安地剝著豌豆，同時胡思亂想著。

「沒想到會出這樣的事，安當然沒有偷竊的念頭，只是貪玩拿出去罷了，也或許只是拿來提供幻想？今天下午我出去前，除了她就再也沒人進過房間，安自己不也承認了嗎？總之，別針肯定被弄丟了，只是安擔心挨罵而不敢承認，這比壞脾氣更糟。那孩子太會演戲了，根本讓人看不出在撒謊。爲了這件事，她肯定很傷心；不過，如果她說實話，我或許還不會那麼生氣。」

晚上，瑪麗拉又找了好幾次，仍然沒有什麼發現，於是她在睡前又問了安一次，可安還是那句話——不知道，使得瑪麗拉更深信安和這件事有關係。

第二天早上，瑪麗拉跟馬修說了事情的經過，馬修也沒什麼頭緒。馬修是相信安的。

「沒掉到衣櫃後面去嗎？」馬修起來要去檢查衣櫃。

「都挪開了，所有的抽屜也都逐一拉出來，每個角落也全找遍了，就是找不到，顯然就是那孩子在撒謊。眞遺憾，我們只能承認這個事實。」

「那麼，你打算怎麼辦呢？」馬修垂頭喪氣地問。

「如果她不說實話，就不許她出房間。」瑪麗拉沉著臉答道。「如果知道別針的去向，也許還能找到。」

「怎麼做隨便你了。」馬修扯扯帽子說。「這是早說好了，由你管教她，我不可以插手。」

此時的瑪麗拉有一種被拋棄的感覺，又不能跟林德夫人商量，只好沉重地去了安的房間。但當她出來時，臉色變得更難看了，因爲安依然固執己見，甚至哭了起來，這引起瑪麗拉的憐憫之心，但她馬上又責備自己不可以心軟。

到了晚上，瑪麗拉已精疲力盡，可她還是一個勁兒地對安說：「不坦白就不能出來！」

「可是，瑪麗拉，明天就要郊遊了。」安喊道。「您能讓我去郊遊嗎？只是午後讓我出去一會兒。如果您同意，隨您怎麼關我都行，我會高高興興地待在這裡的。」

「只要你不坦白，什麼都不准你參加！」

「瑪麗拉？」安錯愕地說。而瑪麗拉並不想搭理她，關上門便出去了。星期三的早晨天氣特別好，像是爲了郊遊而準備似的。綠色屋頂之家的四周，小鳥嘰嘰喳喳叫個不停，庭院裡百合花的芳香乘著微風從門窗飄進屋內，送來了祝福，隨後又飄向走廊和房間的每一個角落。窪地裡的樺樹似乎正等待著安像往常一樣的問候，正歡快地隨風搖擺著。

可是，東廂房的窗邊卻沒有安的影子。瑪麗拉去送早飯時，安正坐在床上，嘴唇緊閉，像是下定決心似的板著一張鐵青的臉。

「瑪麗拉，我說實話。」瑪麗拉放下飯，心想，這方法居然又成功了，然而成功的滋味卻是苦澀的。

「那麼就說給我聽吧，安。」

「我把紫水晶別針帶出去了。」安背書似的說著。「我將它戴出去。我剛看到它時，還沒有那種念頭，可是戴在胸前一看，覺得非常漂亮，我經不住誘惑，便帶到了外面。我想，要是戴上了眞正的紫水晶別針，自己不就變成了蔻蒂利亞．菲茨傑拉爾德侯爵夫人了嗎？我和黛安娜曾一同做過薔薇項鍊，但和紫水晶別針相比，眞是有如天壤之別！

「所以，我就拿了別針到外面，想盡情地幻想一番，想說只要在你回來以前再拿回來放就好了。我戴著它走過街道，回來經過『耀眼之湖』上的小橋，想好好地欣賞一下別針，便輕輕把它拿下來，在陽光映照下，別針閃閃發光，特別耀眼。於是，我在橋上看得入迷，哪知一不小心，別針就從指間滑落進水裡，閃爍的紫色光芒漸漸沉下去了。瑪麗拉，事情的經過就是這樣。」

瑪麗拉聽了憤怒不已。安居然把自己最重要的別針拿出去弄丟了！還毫無悔意地輕描淡寫事情的經過！

「安，你闖了這麼大的禍，竟然還這麼無動於衷，眞令人生氣！」

「反正早晚得受罰，還不如痛快點，早點罰完，我才可以去郊遊。」安不慌不忙地說。

「還提郊遊！不許去郊遊就是我對你的懲罰！但這樣也不足以平息我心頭的憤怒！」

「什麼！不准去郊遊？」安跳了起來，抓住瑪麗拉的手。「您不是說過，如果我坦白就可以出去了嗎？噢，求求您，我無論如何都想去郊遊呀！所以我才坦白的！您怎麼處罰我都行，就是別禁止我去郊遊！求求您，讓我去吧，或許我再也沒有機會吃到霜淇淋了！」

瑪麗拉不留情地甩開被安抓緊的手。「怎麼求也沒用，安，就是不許你去！明白嗎？」

安很清楚一旦瑪麗拉下定決心，就是十四馬也拉不回來。她緊握著雙手，尖叫一聲撲倒在床上，扭動著身體，哭喊不止。

瑪麗拉哪受得了這個，趕緊從房裡逃了出去。

「這孩子肯定是瘋了，正常的孩子絕不會毫不在乎地做出那種事。唉！該如何是好呢？還是瑞雪說得有道理呀，現在我是騎虎難下，只好硬撐下去了，事到如今，後悔也無濟於事。」

爲了忘掉煩惱，瑪麗拉拚命做起家事，連刷陽台這些原本沒有必要做的工作也做了。中餐準備好了，瑪麗拉到樓梯口叫安吃飯，一會兒，安淚流滿面地出現在扶手處，悲傷地看著瑪麗拉。

「安，快下來吃午飯。」

「我吃不下，瑪麗拉。」安一邊啜泣著，一邊回答。「我什麼也吃不下，我現在胸口悶得很難過，人在痛苦的時候，怎麼吃得下東西呢？不過，如果您對懲罰我這件事感到後悔的話，我會原諒您的。」

受到刺激的瑪麗拉，回到廚房後又對馬修發起脾氣。馬修被弄得很狼狽，儘管這樣，心裡還是很同情安，但又不能不顧瑪麗拉。他就這樣左右爲難著。

「安是不對，她不該把別針拿出去，現在又撒謊胡說就更不應該了。」馬修說道。但看到盤子裡原封不動的燉肉和青菜，他又憐惜起安來了。

「瑪麗拉，那孩子還很小，那麼天眞、活潑、可愛，她是如此期盼去郊遊，你卻不許她去，是不是有點過分了？」

「夠了，馬修。那孩子好像一點兒也不明白自己闖了多大的禍！要是安眞的認錯的話，或許還有救。」

「你說的對，那孩子還小。」馬修無力地辯解。「都是因爲你的寬容，你知道嗎？她從未得到勸告。」

「她現在已經得到了。」瑪麗拉反駁。

馬修沉默了。午餐吃得非常冷淸，胃口好的只有被僱來幫工的傑利·布托一個人。

吃完午飯，收拾乾淨後，瑪麗拉發好麵團，餵好了雞，才想起星期一從婦女協會回來時，她圍著的那件黑色外出披肩有一處破了，需要修補。

披肩就放在皮箱中的盒子裡，瑪麗拉拿起披肩，陽光從窗邊的常春藤縫隙間透射進來，照在披肩上。那是什麼？有一閃一閃的紫色光芒……啊！竟是紫水晶別針！別針的金屬夾子纏在披肩裡面的線上了。

「咦，這是怎麼回事呀？」瑪麗拉自言自語道。「不是已經沉到貝瑞家的水池底了嗎？怎麼這會兒好好地放在這兒？別針沒被弄丟，那孩子究竟在想什麼？一定是我星期一拿下披肩時，隨手放在衣櫃上，所以別針扎到披肩上了，肯定是這樣。」

瑪麗拉拿著別針來到了房間，只見哭累了的安正垂頭喪氣地坐在窗邊，痴痴地望著外面。

「安，我找到別針了。原來它鈎到披肩了，我剛剛才發現。」瑪麗拉冷靜地說。「爲什麼今天早上你要編造那些事情呢？」

「因爲您說過不坦白就不讓我出去。」安疲倦地回答。「所以我就捏造事實，我以爲這樣就能去參加郊遊了。昨晚上床後，我就開始考慮，想儘量編得有趣點，甚至怕會忘記，我反覆地練習了好幾遍，但還是不能參加郊遊，我的計畫最終也成了泡影。」

瑪麗拉不由得笑了起來。這時，她覺得自己有些對不起安了。

「安，我眞是服了你。我明白了，你沒撒謊，安說的話是可以相信的。當然，承認從沒做過的事情也是不對的，但這些都怪我。安，如果你能夠原諒我，我也原諒你。往後，我會更加疼愛你的。來，快點兒準備去郊遊吧。」

安猛然跳起，「瑪麗拉！還來得及嗎？」

「沒問題，才兩點鐘，大家也才剛集合，而且離下午茶還有一個小時呢。快去洗臉梳頭，換上你的方格花布洋裝。點心我已經準備了許多，都放到籃子裡了，還有，我讓傑利準備了馬車，讓他送你去。」

「太好了！瑪麗拉！」安興奮得高喊，飛也似地去洗臉。五分鐘前，她還沉浸在極度的悲哀之中，還在想要是沒有降臨人世該有多好，可是現在突然喜從天降，高興得她不知如何是好。

到了晚上，疲憊不堪的安懷著無盡的滿足，回到了綠色屋頂之家。

「噢，瑪麗拉，我度過了非常絕妙的時光。絕妙這個字是我今天才學會的，瑪莉·愛麗絲·貝爾曾用這個字完整表達出我的感受！所有的一切都是那麼精彩美妙，下午茶甜美極了。喝完了茶，哈蒙·安德羅斯先生在『耀眼之湖』中為我們準備了一艘小船，六個人一組，輪流坐著繞湖一圈。琴·安德羅斯差點兒掉進水裡，還好安德羅斯先生眼明手快，一把抓住了她的衣服，不然她肯定會淹死的。那要是我該有多好呀，差點被淹死是不是很羅曼蒂克呀？跟別人提起時，多刺激呀！另外，我還吃到霜淇淋了！呵！那味道簡直無法用語言形容出來，總之是美味無比呀！」

那天夜裡，瑪麗拉一邊縫著衣服，一邊把事情一五一十說給馬修聽。

「是我錯了，這也算是個很好的教訓吧。」瑪麗拉坦率地承認。「不過，一想到安所『坦白』的事，我總會忍不住笑出來。這孩子在某些地方真讓人無法理解，但我想她肯定會有出息的。只要有這孩子在，我們就不會覺得無聊、寂寞。」

第15章
校園風波

「多美的一天哪！」安說完深深地吸一口氣。「生活在這樣的日子裡眞美好，沒能看到今天或還沒出生的人眞可憐。當然，往後還是可能有這樣的日子，但卻無法體驗到今天了，能走這麼美的路去上學眞是我的福氣！」

「比走街道好多了，那邊到處是灰塵，而且日曬很嚴重。」黛安娜附和道，同時又看了看裝著飯盒的提籃，心想要是把美味的三份草莓奶油餡餅分給十個女孩的話，一個人能吃上幾口。

艾凡里學校的女學生們總是把自己的午餐分給大家吃，要是一個人獨吞，或只分給知心朋友享用，終生都會被貼上「小氣鬼」的標籤。可要是想把三塊餡餅分給十個人吃，那麼每個人就只能吃到一點點了。

安和黛安娜每天的上學之路景色的確很美，安甚至覺得，無論自己怎樣幻想，也想不出這樣浪漫的景致來。

從綠色屋頂之家的果園往下走到農場盡頭的樹林，是到後面牧場放牛的必經之路，也是冬季運送柴草的通道。安來到綠色屋頂之家不到一個月，就幫這條通道取了一個可愛的名字——戀人小徑。安曾向瑪麗拉解釋過這個名字：「其實並非眞的有戀人在那裡徜徉，它只是來自我和黛安娜讀過的一本精彩的故事書。多浪漫的名字呀！使人幻想有戀人在其中。我眞喜歡那條小徑，因爲在那裡，你可以沉思，可以大叫，都不用擔心有人把你當成瘋子。」

每天清晨，安從家裡出來，便踏上這條「戀人小徑」，一直走到小河邊，和黛安娜會合後一起上學。從這兒往前不遠，是幾棵枝繁葉茂呈拱門狀的楓樹，兩個人每次從它下方通過時，安總是興奮不已地自言自語：「楓樹眞是善於交際呀！『沙沙、沙沙』地，總是低聲在談天。」

獨木橋是小徑的終點，越過貝瑞家背後的旱田和「柳樹湖畔」，便可看見「紫羅蘭谷」了。這處「紫羅蘭谷」就是安德威·貝爾家樹林中的綠色小窪地。

「當然了，現在還不是紫羅蘭開放的季節。」安對瑪麗拉說。「每逢春天降臨，便有成千上萬朵紫羅蘭怒放，放眼望去，好看極了！這是黛安娜告訴我的。瑪麗拉，您能想像出那種情景嗎？我一想到這個，就興奮得連氣都要喘不上來了。黛安娜說從來沒見過像我這樣擅長取名字的人，她自己只要有一個拿手本事就滿足了。

「不過，『樺樹道』這個名字卻是黛安娜取的，黛安娜說她也想取名字，於是我將命名權讓給她。要是讓我取的話，就不會取『樺樹道』這種名字，而要取個富有詩意的名字。『樺樹道』這種名字，任何人都想得出來，不過，我覺得『樺樹道』是世界上最美麗的地方了。」

實際上，凡是到過這裡的人們也都有同樣看法。細細的小道從長坡上緩緩而下，穿過貝爾家的樹林，蜿蜒曲折地延伸。陽光透過茂密的綠葉灑落下來，如同沒有汙點的鑽石。小道兩旁是成排的白樺樹，樹下生長著羊齒草、伯利恆星、鈴蘭以及金露花，空氣中瀰漫著迷人的芳香，百鳥爭鳴，時時傳來美妙悅耳的旋律。微風帶著歡笑，從樹梢間輕輕掠過。如果稍作停留，偶爾還能瞧見兔子的蹤影，能讓安和黛安娜安靜下來的地方還眞不多。

順著小徑走到谷地，穿過大街，再越過長滿樅樹的山丘，學校便出現在眼前。

艾凡里學校是座白色的建築物，房簷較低，窗戶很大，看起來非常堅固、寬敞。教室裡排列著舊式書桌，桌面可以打開，上面刻滿了三屆學生的姓名首字和俏皮話。

學校遠離喧鬧的街道，背後是片不太引人注意的樅樹林和小河。每天清晨，學生們便把牛奶瓶浸泡在這條小河裡，到了中午，就會變得清涼、好喝了。

九月一日這天，瑪麗拉雖然把安送到學校，但仍忍不住擔心：「安的個性怪了些，和別人能合得來嗎？平常好動的她，上課時能守規矩嗎？」

也許是瑪麗拉多慮了。傍晚，安回來時顯得興高采烈。

「我好像已經喜歡上這所學校了！」安一放下書包就開始報告，「不過我對老師印象不深，因爲他總是在整理他的鬍子，並且注視著普里茜。她今年十六歲，算是成年人了，據說她明年準備報考夏洛特鎭的皇后學院，現在正努力地學習。狄莉．波爾特說老師已經迷上普里茜了。普里茜的皮膚細嫩潔白，茶色的捲髮梳成了髻。她就坐在教室後面的長椅上，我們老師也總是坐在那裡，老師說他是爲了督促普里茜學習才坐在那裡的，可是露比．吉利斯說，她曾看見老師有一次在普里茜的石板上寫了些東西，普里茜看完後，臉馬上紅得像蕃茄一樣，吃吃笑個不停。露比·吉利斯斷定老師寫的東西肯定和課堂無關。」

「安·雪莉，別再讓我聽見你這樣評論老師。」瑪麗拉嚴肅地說。「送你去上學，不是爲了讓你去批評老師的，老師那麼耐心仔細地教導你們，你們應該加倍努力學習才是，而不是放學回來就在背後說老師壞話，明白嗎？我可不喜歡你染上這種壞毛病，在學校就該是一名好學生。」

「我可是個非常乖的學生。」安自豪地說。「我沒像您說的那樣糟糕。在班上，我和黛安娜坐一起，座位就在窗邊，從那兒能夠俯瞰美麗的『耀眼之湖』。學校裡有很多趣味相投的女孩，中午休息時，我們總是興高采烈地一起玩耍。能和這麼多朋友一起玩，真是件令人高興的事，不過，我和黛安娜仍是最要好的一對，而且從今以後都不會改變，我就是崇拜黛安娜。

「在學習上我落後了一大截，別人都學五年級的課程了，唯獨我還在啃四年級的課本，總覺得有些丟人。但很明顯，像我這樣有豐富想像力的人卻沒有半個。今天，我們上了文學、地理和加拿大史。菲利普老師說我的拼字亂七八糟，還把我那塊全錯的石板舉得高高的，生怕大家看不見似的，真丟臉。瑪麗拉，您不覺得對一個新來的學生要更謹慎地對待嗎？還有，今天露比·吉利斯送了我一顆蘋果，索菲亞·蘇倫給了我一張寫有『歡迎到我家』的精美粉紅色卡片，我打算明天還給她。另外，狄莉·波爾特把她的玻璃珠戒指借我整整一個下午。瑪麗拉，在閣樓舊針包上的那串珍珠可以給我一些嗎？我也想做戒指玩。

「噢，對了，瑪麗拉，普里茜對別人說我的鼻子長得很好看，米妮．麥克法遜聽見了，就一臉怪怪的，這是琴．安德羅斯告訴我的。瑪麗拉，被人誇獎還是我生命中第一次，讓我有點兒不知所措。瑪麗拉，我的鼻子眞的很美嗎？我知道只有瑪麗拉才會對我講實話。」

「是的。」瑪麗拉冷冷地回答。說實在，她的確很欣賞安的鼻子，只是從不打算說出來。

這是三週以前的事情了，從那以後，一切似乎都十分順利。

九月的一個涼爽清晨，安和黛安娜又同往常一樣，愉快地跑向「樺樹道」。

「我猜吉伯．布萊斯今天可能會來上學了。」黛安娜說，「夏天他一直住在新布藍茲維的堂兄家裡，只有星期六晚上才回來。他可是個美少年，而且，他特別愛逗女孩子玩，我們全都被他欺負過。」說是欺負，倒不如說是心甘情願地被欺負，這從黛安娜的聲音裡就能聽出來。

「吉伯．布萊斯？是不是和茱麗葉．貝爾的名字一起被寫在牆上巨大愛情傘下的那個人？」

「對，就是他。不過，我確定他對茱麗葉並不怎麼感興趣，倒是聽說過他曾用茱麗葉的雀斑來背誦九九乘法。」

「哎呀，別提雀斑了。」安困窘地低聲道。「我就是滿臉雀斑，是不是很難看呀！把男生和女生的名字一起寫在愛情傘下，眞無聊。我想應該沒人敢將我的名字和男生的名字寫在一起。」

安嘆一口氣。她討厭自己的名字被寫出來，但矛盾的是，若沒被寫出來，還是會有點遺憾。

「沒那樣的事。」黛安娜很不同意安的觀點。黛安娜的黑眼睛和黑頭髮早就擾亂了艾凡里少年們的心了，因此，寫有黛安娜名字的愛情傘已有半打之多。「這些都是開玩笑寫的。安，你別擔心，因爲查理．史隆似乎喜歡你。查理對他母親說安是學校裡腦袋最聰明的人，一個人與其臉蛋長得好，還不如腦袋聰明更好。」

「你說錯了，根本沒有這回事。」安顯得女孩子氣十足。「我看還是臉蛋漂亮好。還有，我最討厭查理了，他總是賊眉眼，東張西望的。要是把我的名字和查理的名字寫在一起的話，那可就糟了。不過，被稱讚聰明我還是感到很高興的。」

「今天起，我們就和吉伯同班了。以前，吉伯一直在班上名列前茅，今後，我想他還是會力爭第一。吉伯快十四歲了，但還在學習四年級的課程。四年前他父親生病了，需要到亞伯達省療養，吉伯也被帶去，他在那裡生活了三年，回到艾凡里之前，他沒正式念過一天書。看來，今後要繼續保持第一名很困難呀，安。」

「太好了。」安急忙說道。「快十四歲的學生在只有九歲、十歲孩子的班級裡取得第一，那也不怎麼了不起，是吧？昨天，我拼出『噴出』這個單字時取得了第一名！喬西．帕伊雖然也是第一名，但她偷看了課本，菲利普老師卻一點也沒發現，因爲他當時正在偷看普里茜。要是他知道我正用冷冷的眼神輕蔑地看他的話，他的臉肯定會像蕃茄一樣紅。」

「帕伊姐妹倆都很狡滑。」黛安娜一邊翻過街道圍欄，一邊忿忿地說。「昨天，就是喬西的妹妹伽蒂，把自己的牛奶瓶放到我平常在小河放牛奶瓶的地方，眞過分。」

當菲利普老師在教室後面指導普里茜拉丁語時，黛安娜湊到安耳邊小聲說道：「安，那個就是吉伯，就是在走道對面同一排那個，他是個美少年，對吧？」

安跟著黛安娜所指的方向看了一眼，此刻，那個話題人物——吉伯，布萊斯正悄悄地把自己前面的露比‧吉利斯的金髮長辮用夾子夾在椅背上。

吉伯的個頭很高，有一頭茶色捲髮和一雙同樣茶色且調皮的眼睛，臉上總是掛著一絲頑皮的笑意。

過了一會兒，老師叫露比‧吉利斯到前面進行演算，露比剛站起來便立刻慘叫一聲，椅子也被弄倒了，頭髮像被連根拔出似的。大家聞聲全朝露比的位置望去，菲利普老師氣得沉下臉，看起來非常可怕，露比被嚇得「哇」地一聲哭了起來。

吉伯趕緊藏起夾子，然後假裝認真地看著歷史書。當事情平息，吉伯又開始轉向安，不斷地做些滑稽可笑的怪相。

「吉伯確實是個美少年。」安悄悄地對黛安娜說道。「不過，他看起來非常厚顏無恥，對一個初次見面的陌生女孩子使眼色，太失禮了。」

哪知這只是個開頭而已，眞正的鬧劇還在後面呢。

那天午後，菲利普老師在教室後面指導普里茜代數問題，其他學生也多在做自己喜歡的事。有的在啃蘋果，有的跟同學竊竊私語，有的在自己的石板上畫畫，有的則用根細繩套住蟋蟀，讓牠在走道上跳來跳去。吉伯從剛才就拚命想引起安對自己的注意，但卻每次都失敗。

此時的安早已把一切都拋到九霄雲外。她兩手托著臉，目不轉睛地從窗口眺望「耀眼之湖」的碧藍姿容，徘徊於仙境般的夢幻王國，完全被眼前這美麗景色給征服了。

吉伯在引起女孩子注意方面從沒失敗過，所以這一回他火了，發誓無論如何也要讓這個下巴尖尖、有一雙大眼睛和滿頭紅髮的安朝他這邊看！於是，他隔著一條走道伸出手，抓住安長長的辮子，用刺耳的聲音低語道：「胡蘿蔔！胡蘿蔔！」

這次，安親眼目睹吉伯令人厭惡的一面，連正在幻想的美夢也被他攪散了！安氣得跳起來，眼睛冒出怒火，狠狠地瞪著吉伯，隨後竟委屈得流出眼淚，一邊哭，一邊喊道：「你！你竟敢欺負我？還使用這種殘酷的手段！」

接著，安拿起石板往吉伯的腦袋「啪」地狠狠砸下去，石板頓時斷成兩截。黛安娜一瞬間好似停止了呼吸，歇斯底里的露比．吉利斯放聲大哭，湯米．索隆張開嘴呆若木雞，好不容易抓來的蟋蟀也跑了。

菲利普老師沿著走道大步走過來，把手放到安肩上，指頭好像要掐進去似的。

「安．雪莉！這是怎麼回事？」他生氣地吼道。

安一聲不吭，就是不回答，她死也不肯說自己在衆人面前被叫成「胡蘿蔔」。吉伯卻滿不在乎地說：「老師，是我不對，剛才我和安開玩笑。」

可是，菲利普老師根本不理會吉伯。

「你怎麼說也是我的學生，這樣發脾氣、報復人，你令我感到遺憾！」老師接著對安吼道：「安，到講台上罰站，一直站到放學爲止！」

對安來說，受到這樣的處罰要比鞭打好多了，可是，老師一宣佈罰站，安那顆極敏感、極脆弱的心似乎比遭到鞭打還要難受。最後她還是白著一張臉，僵硬地遵從了。

菲利普老師拿出粉筆，在安頭上的黑板寫道：「安・雪莉是個脾氣暴躁的人！安・雪莉必須改掉自己的壞脾氣！」接著，他又爲不認得太多字的一年級學生念了一遍。

直到下午放學，安一直罰站在這行字下面。她既沒有掉淚，也沒有因害羞而低頭。無論是黛安娜同情的眼神，還是查理・史隆忿然地搖頭，甚或是喬西・帕伊的嘲笑，安一律用氣憤的目光回應，對吉伯則連看都不看一眼。她發誓絕不再看他一眼！絕不再跟他說一句話！

一放學，安便揚起頭，飛也似地跑了出去。吉伯站在出入口叫住她。

「喂！安，對不起！我不該拿你的頭髮亂開玩笑，傷了你的心。」吉伯小聲地道歉，他似乎深深地反省過自己做錯的事了。「實在對不起。你能原諒我嗎？」

安輕蔑地和吉伯擦肩而過，似乎沒看到他，也沒聽到他的話。

在回家路上，黛安娜一邊走，一邊上氣不接下氣地用責備中帶有敬佩的語氣說：「安，你怎麼能那樣呢？」黛安娜暗想，要是自己的話，肯定不會無視吉伯的哀求的。

「我絕對不會原諒吉伯．布萊斯。」安毅然決然地說。「還有一件使我氣憤的事，那就是老師寫我的名字時，竟然忘了加上『E』！」

黛安娜一點兒也不懂安在說什麼，只知道這意味著某件可怕的事情。

「吉伯只不過是跟你開個玩笑，你千萬別介意。」貸安娜規勸道。「吉伯對所有女孩子都開過玩笑，他曾嘲笑過我的頭髮像烏鴉，但我還是頭一次聽吉伯賠罪道歉呢。」

「說你是烏鴉和說我是胡蘿蔔簡直是兩碼子事啊！」安把這件事看得很重。「吉伯傷透了我的心，黛安娜！眞像是窒息了一樣難受。」

山丘上有一片針樅樹林和廣闊的草地，雖說都是貝爾家私有的產業，但艾凡里的學生們午休時常到這兒玩。從這裡可以清楚看見菲利普老師住宿的伊文．懷特的家，一旦發現老師出來了，學生們便會一溜煙地朝學校跑，可是，從這裡到學校的距離是懷特家到學校距離的三倍，所以不管怎樣拚命地跑，學生們還是經常比老師晚到三分鐘左右。

「胡蘿蔔」事件第二天，菲利普老師按照慣例，決定要來整頓紀律。他在午休前宣佈，等他回來時，全部學生都要坐在自己座位上，誰回來晚了就得受罰。

那天中午，班上的男生和幾名女生像往常一樣又到貝爾家的針樅樹林去了。學生們是爲了玩松油才去的。他們在草地上慢慢地走，尋找松油，不知不覺間，時間飛也似的流逝。頭一個注意到老師的，是像往常一樣爬到老松樹頂的吉米．格羅，他大聲驚呼：「老師來了！」

在地面上的女孩們先跑了起來，在樹上的男孩子們慌慌張張從樹上滑下來，狂奔回去。安並沒有玩松油，而是坐在樹枝上撥弄蕨葉，一邊哼歌，一邊戴上花冠，看上去就好像是夢幻王國的快樂妖精般。她下來的時間比別人晚，所以落在後頭，但她跑起來又像羚羊一般敏捷、迅速，很快地就在校門口處追上男同學了。當她被大家擠進教室時，菲利普老師正在裡面掛帽子。

宣佈要整頓紀律的老師看到這麼多違紀的學生，想到要懲罰十幾個學生實在太麻煩，可是話已出口，也不能什麼都不做呀。所以，他決定抓一個充數，以便把這件事搪塞過去。他目光掃視了一圈，最後落在安身上。此時的安正氣喘吁吁地剛坐下，原先戴在頭上的花冠斜掛在一隻耳朵上，樣子十分狼狽，簡直像個乞丐。

「安．雪莉，你好像很喜歡扮成男孩子，今天，我就讓你達成心願。」老師諷刺道。「把花冠摘下來，和吉伯坐一起吧。」其他的男孩子都在偷偷地笑，安氣得臉色鐵青。黛安娜見她這種樣子，趕緊把花冠從她頭上拿下來。安緊握住雙拳，絲毫不動地盯著老師。

「我說的話你沒聽見嗎？安！」老師的聲音變得讓人感到恐怖、可怕。

「不，老師。」安支吾著。「我想您不是眞心要這麼做的。」

「是眞心的。」老師依然諷刺個不停。「馬上照我說的去做！」

一瞬間，安眞想站起來反抗，但她馬上意識到即使反抗也毫無用處，所以很不情願地站了起來，跨過走道，坐到吉伯身邊，一頭猛地趴在手臂上。一直在注意安的露比．吉利斯趕緊回頭，悄聲對大家說：「從來沒見過她這種樣子，臉色好蒼白。」

安委屈極了，那麼多人都遲到，卻只懲罰她一個人，而且還強行要她和男生同坐，坐在一起的偏偏又是那個討厭的吉伯。這就算了，她又被老師侮辱，這遠遠超出了她所能忍受的限度，恥辱、憤怒、害羞交織在一起，簡直讓她氣炸了。

剛開始，同學們還會邊注意安邊悄聲談論，可安始終沒抬起頭來，吉伯也爲了提高成績而埋頭學習。不一會兒，同學們便自覺沒趣地忙起各自的事情來，安挨罰的事也漸漸被忘在腦後。

菲利普老師上歷史課時，安本來應該認真聽，但她卻沒動靜。菲利普老師因爲腦袋裡在想別的事，所以沒注意到安的狀況。

吉伯會趁沒人注意的時候，把一個用金字寫的「你很漂亮」的粉色心形糖果從書桌裡拿了出來，放進安手裡。安抬起頭來，抓住糖果扔到地上，用腳跟用力踩碎，看也沒看吉伯一眼又重新趴回桌子上。

一放學，安走到自己書桌前，動作誇張地把裡面的東西全拿出來，課本、筆記本、筆、墨水、《聖經》等等，全部堆到破掉的石板上。

「安，你爲什麼要這樣？」一踏上回家的路，黛安娜便迫不及待地發問，在此之前，她嚇得什麼都不敢問。

「我再也不要上學了。」安氣呼呼地回答。

黛安娜直直地盯著安，想弄清楚是眞是假。

「瑪麗拉同意嗎？」

「我再也不想上只有男生吃香的學校了。」

「安，你在胡說什麼呀！」黛安娜幾乎快要哭出來，「有那麼嚴重嗎？我該怎樣做才好呢？求求你，安，來上學吧！」

「爲了黛安娜，我就是赴湯蹈火也心甘情願。不過，唯獨這件事，請你不要再強求我、讓我爲難了。」安悲傷地說。

「好多有趣的事等著我們去做呢。」黛安娜嘆息道。「我們不是說好要在小河那兒蓋一幢漂亮的房子嗎？下星期要上棒球課，安不是從沒玩過嗎？打棒球很好玩的，還有要演唱新歌，琴．安德羅斯現在正全力以赴地練習呢。另外，愛麗絲．安德羅斯說下禮拜要把最新出版的《三色紫羅蘭》叢書帶來，大家約好了要在小河邊每人輪流朗讀一章，安不是最喜歡大聲朗讀嗎？」

不論黛安娜怎麼說，安依舊不爲所動。她鐵了心，再也不到菲利普老師任教的學校了。一回到家，她把這一切告訴了瑪麗拉。

「別胡說！」瑪麗拉嚴厲地教訓了安一頓。

「我一點也沒有胡說，您還不明白嗎？瑪麗拉，我被人家侮辱得好慘呀！」

「我不想聽這些，明天，你還是要去上學！」

「不，我絕不！」安倔強地晃著腦袋。「我再也不去了！瑪麗拉，在家學習也可以，我會儘量做一個好孩子，如果您答應，我甘願一天不說話。總之，我再也不上學了！」

瑪麗拉這下可爲難了，她只好決定暫時不說，心想：晚上得到林德夫人那兒去一趟，畢竟現在怎麼說都是白費口舌，強迫安服從只會火上澆油，她說不定會變得更加暴躁呢。從安的說詞聽來，這個菲利普老師做事肯定十分荒唐，他怎麼能這麼無理地對待安呢？總之，要和林德夫人好好商量商量，她畢竟送過十個孩子上學，總有些好主意吧。

瑪麗拉進屋時，林德夫人就像往常一樣，正在聚精會神地縫被子。

「我猜您已經知道我是爲什麼來的吧？」瑪麗拉有些不好意思地問。

林德夫人微微點了頭。「是因爲學校那場鬧劇吧，狄莉．波爾特放學時全跟我說了。」

「該怎麼辦才好呢？安發誓再也不上學了。我想，安到學校後一定發生過什麼事，以前她在學校什麼事都沒有呀。怎麼辦才好呢？瑞雪。」

「這個嘛，假如你要聽我的意見的話……」每逢有人徵求林德夫人的意見時，她心裡總是感到很高興。「要是我的話，暫時隨她去吧，我覺得是菲利普老師不對，對孩子不應該說那種話。當然，昨天老師批評她發脾氣擾亂紀律是正確的，但今天不同，所有遲到的學生都應該受罰呀，怎麼能只罰安一個？而且讓一個女生和男生坐在一起來作爲懲罰，那更不應該。狄莉．波爾特也非常不服氣。她從一開始就站在安這邊，其他學生也都如此。安爲什麼會受到多數人的同情呢？

我看就是因爲老師對這件事處理得不好。」

「那麼您的意思就是安可以不去學校了?」瑪麗拉不解地問。

「對，除非安主動要求，不然別再提上學的事。沒關係，這事大概過個一週就會平息，安自然而然就會改變主意，你要是硬讓她去，說不定又要因爲什麼事而引起事端，結果會變得更糟。最好是別再強迫她，安不願意上學不是學習跟不上，而是菲利普有些失職。如今班級紀律渙散，他卻對小孩子們不聞不問，只熱心輔導要考皇后學院的高年級學生。要不是看在他叔叔是理事的份上，他怎麼能擔任班導師?這個島的教育簡直不知要變成如何了!」林德夫人邊說邊搖頭。

瑪麗拉聽從林德夫人的忠告，回去後，再也沒對安提起上學的事。就這樣，安留在家裡自己讀書，同時幫瑪麗拉做點活兒，或者在秋風瑟瑟的黃昏中和黛安娜一起玩耍。

若在路上偶然碰見吉伯·布萊斯，或在主日學校不期而遇，安總是冷漠地與他擦肩而過。即便吉伯想盡辦法要討好安，安就是不搭理他。黛安娜曾多次調解，卻一點效果也沒有。總之，安是鐵了心，一輩子都不與吉伯來往了，但對黛安娜，她則傾注了自己所有的熱情。

一天晚上，瑪麗拉從蘋果園摘了一籃蘋果回來，發現安獨自一人坐在東窗邊的灰暗處哭泣。

「安，這次又怎麼了?」瑪麗拉急忙問道。

「因爲黛安娜。」安啜泣著回答:「瑪麗拉，我太喜歡黛安娜了。沒有黛安娜，我、我無論如何也活不下去!可是，將來，一旦黛安娜長大結婚了，肯定會拋下我的，那麼一來，我該怎麼辦呢？我打心底討厭黛安娜未來的丈夫！有關她的結婚典禮我全都幻想過了！黛安娜身穿雪白婚紗，戴著面紗，而我則打扮得像女王一般漂亮，氣質高雅地在旁邊當她的伴娘，我還穿著燈籠袖的美麗長裙呢！雖然我面帶微笑，心裡卻充滿了無盡悲哀，不得不暗中和黛安娜道別。再見，再——見——了——！」說到這裡，安終於控制不住，放聲大哭。

差一點兒笑出聲的瑪麗拉趕緊把臉轉過去，但還是忍不住坐到身旁的椅子上哈哈大笑。也許是笑聲太大了吧，竟把院子裡的馬修給嚇了一跳，因爲他從來沒有聽瑪麗拉那樣子笑過。

「眞有意思，安，你怎麼會想到那裡呢……」瑪麗拉好不容易止住了笑，「你太杞人憂天了，可見你的想像力太豐富了。」

第16章 醉酒事件

綠色屋頂之家的十月是一年中最具魅力的時刻。小窪地裡，樺樹葉在秋日驕陽下最先轉成了金黃色，緊接著，果樹園後面的楓樹葉又被染成了深紅色，小路兩側櫻桃樹的樹葉同樣不甘寂寞地換成了深紅與暗綠色。收割過的田地悠然自得地享受著日光浴。

一個星期六的早晨，安拎了根楓樹枝飛也似的跑進屋，還沒喘過氣便興奮地喊道：「哎，瑪麗拉，十月的世界眞是太美了！您看這根樹枝多漂亮呀！在它面前，您能完全無動於衷嗎？所以我想把它拿進來裝飾一下房間。」

「什麼東西？」瑪麗拉一副不屑的表情，她實在不太具備審美能力。「安，看看你的房間，淨是些從外面帶進來的東西，寢室是用來睡覺的呀。」

「噢，那可是爲了作夢用的。瑪麗拉，是不是在美麗的環境中就一定會做好夢呢？我準備把它插到那個舊的藍色花瓶裡，放在桌子上。」

「你最好別弄得樓梯上到處是葉子。我午後要去卡摩地一趟，婦女協會在那兒有個聚會，天黑後才能回來，馬修和傑利的晚飯就交給你了。安，記住，不要像前些日子那般忘了沏茶。」

「忘了沏茶是我不對。不過，那天我正想著『紫羅蘭谷』的名字，所以不知不覺把別的事情給忘了。馬修也沒有不高興，他表示稍等一會兒也沒關係，所以趁著沏茶時，我又講了個美麗的傳說，他一點兒也沒有覺得寂寞無聊。那是個非常動人的傳說，但最後一段不記得了，是我自己編出來的。」

「行了，行了。說眞的，今天你可要好好地做呀，別再出差錯來。還有，如果你願意，可以請黛安娜來家裡玩，喝點茶。」

「眞的嗎？瑪麗拉！」安非常興奮。「太好了！還是瑪麗拉了解我的心，我早就想邀請她來作客，快要想瘋了！邀請朋友來作客喝茶，感覺挺不錯的，就像大人似的。放心吧！有客人在，我是不會忘記沏茶這件事的，噢，還有，瑪麗拉，我想用有薔薇花圖案的那套茶具來招待客人，您不介意吧？」

「那怎麼行？那套茶具只有在牧師先生或婦女協會聚會時才能使用，明白嗎？我看你就用平時那套茶色茶具吧，還可以把櫻桃、水果點心、小甜餅和餅乾拿出來吃。」

「我已經能想像自己在桌邊沏茶的情景了。」安閉上眼睛說道，「就這樣詢問黛安娜要不要加砂糖，我知道她從來不加砂糖，但要裝作不知道地問，再問她是否再來一塊水果點心，並勸她多吃些櫻桃。嘿，瑪麗拉，光幻想就這麼過癮了！黛安娜要是來了，讓她到客廳放帽子，然後再到會客室可以嗎？」

「你們在起居室就行了。噢，那瓶在教堂聚會時用的木莓露還剩下一半多，你們倆如果想喝，可以喝點兒，我把它放在起居室櫃櫥的第二層了，喝的時候可吃點小甜餅。馬修現在到船上裝馬鈴薯了，會待到挺晚的。」

瑪麗拉還要交代些別的事，可是安早已按捺不住地跑出去邀請黛安娜了。

瑪麗拉一走，黛安娜便到了。她穿著一身漂亮衣服，做出一副應邀客人的正經模樣。要是在平時，她常常連門也不敲就跳到台階上來，但這天卻裝模作樣地敲了敲門，打扮體面的安趕緊打開門，兩人就像初次見面似的，鄭重其事地握了握手。

黛安娜被引到安的房間，將帽子摘下放在那裡，最後兩人來到起居室。整個流程已經超過十分鐘，兩人仍不自然地裝腔做勢，互相客套，黛安娜的坐姿甚至併著腳尖。

早晨，安已見過貝瑞太太摘蘋果的情景，可她仍舊有禮貌地問候：「你的母親一向可好？」

「謝謝你的關心，她非常好。卡伯特大叔今天到莉莉．桑茲號搬運馬鈴薯了吧？」黛安娜也問候道。今早她才搭乘馬修的運貨馬車到哈蒙．安德羅斯家去過。

是呀，今年馬鈴薯大豐收，你父親種的馬鈴薯也豐收吧？」

「託你的福，也有豐收。你家的蘋果已經開始收成了吧？」

「是呀，摘得可多了。」說著說著，安情不自禁跳起來。「黛安娜，要不上果園摘點香甜的蘋果吧？瑪麗拉說樹上剩的可以全摘下來，瑪麗拉很大方，她說除了喝茶之外，還可以吃些水果點心。你喜歡哪一種飲料？紅色的飲料好了，比起別的顏色，紅色更能讓人喝出滋味！」

果樹園裡結實累累，枝頭被壓得垂下了頭。兩個人心裡有說不出的高興，午後大部分時光就是在這裡度過的。她們坐在尚未受霜降襲擊的茂盛綠草叢中，一邊啃蘋果，一邊盡情地交談著，周圍灑滿了秋季溫暖的陽光。

黛安娜對安說起了最近學校發生的新鮮事，她被安排和伽蒂．帕伊坐在一起，這令她感到非常厭惡。伽蒂寫字時總愛把鉛筆弄得沙沙響，每當這時，黛安娜都會煩躁得渾身打顫。露比．吉利斯從克里科的瑪莉．喬西夫人那兒得到一塊魔石，據說能磨掉疣子。查理．史隆和艾瑪．懷特的名字被寫在愛情傘下，艾瑪．懷特氣得大發雷霆。山姆．勃特因爲在課堂上表現得狂妄自大，被菲利普老師用鞭子抽了一頓，山姆的父親爲此趕到學校，警告老師不准再對他兒子動手。

另外，瑪蒂．安德羅斯穿了一件附帽子和裝飾有流蘇的披肩，得意揚揚的，非常自戀，眞令人作嘔。莉姬．懷特和梅米．威爾遜不說話了，聽說是因爲梅米．威爾遜的姊姊把莉姬．懷特姊姊的男朋友給拐跑了。

還有，自從安不上學後，大家都覺得很無聊，覺得安還是早點回學校的好，再來就談到了吉伯．布萊斯……安一聽到吉伯的名字便急忙站起身，打斷了話題，邀請黛安娜進屋喝點木莓露。

她看了看起居室櫃櫥的第二層，沒有發現木莓露的影子，仔細地找過一遍，才看到是放在最上面的架子。安把瓶子放到托盤上，連同杯子一起放上桌。

「來，黛安娜，多喝點，不必客氣。」安殷勤有禮地說。「我實在喝不下了，好像是吃太多蘋果了。」

黛安娜倒了滿滿一杯，欣賞起這種鮮紅得令人生津的液體，然後優雅地、一點一點地喝了。

「啊，沒想到木莓露這麼好喝，安。」

「眞高興你喜歡，喜歡就多喝幾杯吧。我去添點柴，家裡的事都交給我一個人，眞麻煩呀。」

安從廚房回來後，黛安娜已經把第二杯喝完了。安一勸進，她又不客氣地喝了第三杯，隨後又滿滿地倒上第四杯，誰讓木莓露這麼好喝呢！

「我從來沒喝過這麼可口的飲料，比林德夫人家做的強過好幾倍，林德夫人總是對自己釀造的飲料很得意，不過，你家的飲料和林德夫人做的味道完全不一樣。」

「對，我也覺得瑪麗拉做的木莓露比林德夫人做的好多了。」安一向是贊同瑪麗拉的。「瑪麗拉的烹飪技術是出了名的，她還教過我呢，但實在太難了，在烹飪方面似乎沒有多少令人幻想的餘地，什麼都必須按規矩來。

「例如前些日子烤點心的時候，我忘記加小麥粉，腦子裡只顧幻想一個悲慘的故事，主角就是你和我。有一天，黛安娜不幸染上天花，病情危急，所有人都不敢接近你，只有我勇敢地冒著生命危險來看你、照顧你。後來黛安娜終於得救，擺脫了死神，可是天花反而傳染到我身上，我因爲醫治無效而離開人間，死後的我被葬在白楊樹下，黛安娜還在旁邊種上可愛的薔薇花，以淚水澆灑，發誓將永遠記住爲自己獻出生命的年輕朋友。

「我一邊攪拌做點心的材料，一邊不停地流淚，把加小麥粉的事忘得一乾二淨。小麥粉是做點心不可缺少的材料吧！第一次做點心我就失敗了，可是瑪麗拉最後還是原諒了我，因爲就算她生氣了也是白費。我總是給瑪麗拉找麻煩。上星期因爲布丁的事，我還出了個大糗。那個星期二午飯我們吃的是葡萄乾布丁，剩了一半的布丁和滿滿一壺糖漿，瑪麗拉說留著下次中午時再用，讓我先放到貯藏室裡用蓋子罩好。我本來好好的，可是我在去貯藏室的路上把自己想像成修女，我雖然是新教徒，卻做著舊教的事，爲了忘記失戀的打擊而成了修女，在修道院裡閉門不出，因此把蓋子的事給忘掉了。

「第二天早晨我才想起來，跑到貯藏室一看，我嚇了一跳！你猜怎麼了？布丁糖漿裡躺了一隻被淹死的老鼠！你能想像出我當時驚嚇的模樣嗎？我用勺子把老鼠撈出來扔到後院，然後把勺子重覆清洗了三次。當時瑪麗拉出去擠牛奶了，我打算等她回來後再問她，看是要把糖漿餵豬還是扔了。可是，瑪麗拉回來時，我正在胡思亂想，早就把想說的事給忘了，後來，瑪麗拉又讓我去摘蘋果，我就去了。幾天後一個早晨，史賓瑟山谷的查斯特．羅斯夫婦來我家作客，這對夫婦很時髦，你可能早就聽說過了吧？特別是那位夫人。瑪麗拉招呼我進去時，午飯已經準備妥當，大家坐在桌子前，我儘量表現得有禮貌，一舉一動都像個大人，以便給那位夫人我很有教養的印象。開始時一切都很順利，可是過了一會兒，我突然發現瑪麗拉拿著剛熱過的布丁糖漿走了進來！黛安娜呀！黛安娜，你不知道那一瞬間我是多麼害怕呀！我想起一切了，不顧一切地尖叫，還站了起來，『瑪麗拉！那個布丁糖漿不能用！有老鼠在裡面淹死了，我忘了跟您講了！』

「噢，黛安娜，就是活到一百歲，我也不會忘記那可怕的一瞬間。查斯特·羅斯夫人什麼也沒說，只用眼睛盯著我，讓我羞得無地自容，恨不得立刻找個洞鑽進去才好。查斯特·羅斯夫人是那麼秀麗端莊、氣質高雅，她會怎樣看待我家呢？瑪麗拉的臉刷地一下紅透了，可她當時什麼也沒說，馬上把布丁糖漿拿出去。做了那種蠢事，我眞是沒臉見瑪麗拉了！查斯特·羅斯夫婦回去後，我被瑪麗拉狠狠地教訓了一頓。哎，黛安娜，你怎麼了？」

黛安娜搖搖晃晃地想起身，然而又站不起來，只好坐回去，用兩手抱住腦袋。

「我……我……我覺得好難受……」黛安娜好像喝醉了，舌頭有些不聽使喚，「我能不能馬上回家呀？」

「哎呀，還沒喝茶就要回家，不行！」安有些急了。「我現在馬上去沏茶。」

「我要回家，我要回家……」黛安娜不斷重覆道，態度特別堅決。

「吃些點心再回去呀。」安近乎懇求地說。「來點水果點心怎麼樣？在沙發上躺一會兒就會好了，你是哪裡不舒服呀？」

「我要回家。」黛安娜的嘴裡不停地重覆這句話，任憑安怎麼挽留都是白費。

「還沒聽說哪個客人連茶都不喝就要回家的。」安悲傷地說。「哎，黛安娜，說不定你眞的得了天花，別擔心，我絕不會拋棄你的，不過，我想你喝點茶或許會好些，哪裡不舒服？」

「頭暈目眩。」

黛安娜看起來的確很難受，坐在那兒還東倒西歪的。安失望之餘流出了眼淚，只好拿來黛安娜的帽子，把黛安娜送到了貝瑞家的柵欄邊。她流著淚回到綠色屋頂之家，無精打采地把木莓露放回櫃櫥，接著開始準備馬修和傑利的茶。

第二天是禮拜天。從早到晚，外面大雨滂沱，所以安整整一天待在家裡沒出去。

週一下午，瑪麗拉要安到林德夫人家去辦事，誰知才不到一會兒，安便流著淚跑回家。進到廚房後，她一頭撲倒在沙發上。

「安，怎麼了？」瑪麗拉問，有點驚慌失措。「你不會又對林德夫人無禮了吧？」

安對瑪麗拉的問話不理不睬，反而哭得更厲害。

「安．雪莉，我在問你話，請你好好回答。現在立刻給我抬起頭，說你爲什麼哭？」

安哭得像淚人兒似的，還是站起來了，「林德夫人今天到貝瑞太太家去，見到貝瑞太太正在家裡生氣。貝瑞太太說星期六那天是我把黛安娜給灌醉的，弄得黛安娜迷迷糊糊地折騰了好一番工夫。她說我太壞了，再也不許黛安娜和我這樣的壞孩子一起玩了。噢，瑪麗拉，我眞的要傷心死了！」

「你把黛安娜給灌醉了？」瑪麗拉怔了半天才說得出話。「安，你究竟給黛安娜喝了什麼？」

「木莓露呀。」安啜泣著回答。「黛安娜喝光了滿滿的三大杯。我沒想到木莓露會醉倒人，瑪麗拉，我可沒打算要把黛安娜灌醉呀。」

「別開玩笑了！」瑪麗拉說著，跑到起居室的櫃櫥那兒看個究竟。一瞧見櫃櫥裡面的瓶子，馬上就認出那不是什麼木莓露，而是自己釀造了三年多的葡萄酒。

瑪麗拉釀的葡萄酒在艾凡里是出了名的。她這時候才想到，木莓露的瓶子並沒收到櫃櫥，而是收到了地下室裡。

於是，她拿著葡萄酒瓶回到廚房，忍不住笑起來。「安，你這個孩子呀，眞是個惹事天才，你給黛安娜喝的不是什麼木莓露，而是葡萄酒呀。你自己不知道吧？」

「我根本沒喝過就認定那是木莓露了。我只不過是想好好款待黛安娜罷了，後來，黛安娜覺得非常不舒服，我只好送她回家了。貝瑞太太對林德夫人說，黛安娜回家後已經醉成一灘爛泥，貝瑞太太問怎麼了，她只是像傻子一樣地笑，不一會兒就昏睡過去，好幾個小時都沒醒來，呼氣全是酒味，這才知道是醉了。黛安娜昨天一整天都在頭痛，而且痛得厲害，貝瑞太太氣得直發脾氣，認爲是我故意把黛安娜弄成這樣的。」

「黛安娜這孩子也眞是的，竟然一連喝了三杯，眞該好好管管了。」瑪麗拉毫不客氣地說。「那麼大的杯子喝了三杯，就算是木莓露也會難受啊。好了，安，別哭了，這件事跟你沒關係。」

「不行，我心裡很難過，不哭個夠是不會舒服的！我天生歹命，瑪麗拉，黛安娜就這樣和我分別了，當初我們倆親密無私的時候，作夢也沒想到會有這一天的到來啊！」

「別說蠢話了，安。如果貝瑞太太知道責任不在你，就會改變看法的。你今晚可以去一趟，把事情說個明白。」

「可是一想到要見黛安娜的母親，我就四肢發軟，沒有力氣了。」安嘆了口氣說。「瑪麗拉您替我去好了，和我相比，還是您說話比較令人信任和接受。」

「是嗎？那好吧。」瑪麗拉也覺得還是自己去解釋較適合。「別哭了，沒事的。」

瑪麗拉回來時，表情和臨走前完全不同。安正站在陽台焦急地盼著她呢。

「瑪麗拉，看您的臉，我就知道貝瑞太太沒原諒我吧？」

「別提她了！」瑪麗拉吼道：「沒見過那樣不講理的人。我跟她解釋說是我弄錯了，不是安的錯，可她還是不相信我的話，還把我釀的葡萄酒狠狠地貶了一頓！她還說黛安娜不可能一口氣連喝三杯，她要真的那樣，準要挨揍的！」

瑪麗拉說完便一頭鑽進廚房，只剩安一個人心亂如麻，不知所措地愣在那裡。

突然，安帽子也沒戴就跑了出去，很快地消失在傍晚的霧氣中。她邁著堅定的步伐，穿過長滿枯黃三葉草的原野，越過獨木橋，走過樅樹林。西邊樹梢上，初升的月亮發出一抹淡漠朦朧的寒光。安定了定神，然後戰戰兢兢地上前敲門。開門的是貝瑞太太，她看著門前，一個臉上沒有血色、兩眼含淚的小請願者就站在那兒。

貝瑞太太一看是安，火氣立刻冒出來，滿臉不悅。她是個充滿偏見又挑剔的人，一旦生起氣來，就很難恢復如常。這時的她，認爲安是出於惡意才灌醉黛安娜，開始覺得和這種孩子來往，不知會給自己的寶貝女兒帶來什麼壞影響，爲此，她一直憂慮不已。

「有什麼事？」貝瑞太太口氣生硬地問。

安緊握兩手說：「噢，夫人，請您寬恕我吧。我從沒打算要灌醉黛安娜，那種事本就不應該發生。請您想像一下，我這個被好心人收養的可憐孤兒，在這個世界上只有一個知心朋友，我會故意去捉弄她嗎？我眞的以爲我當時拿的飲料是木莓露。請您不要阻止我們一起玩，如果非阻止不可的話，那我的命運就太悲慘了。」

如果是好心的林德夫人，或許瞬間就會改變看法，但眼前畢竟不是林德夫人，安的請求反而更加激怒貝瑞太太。安過火的言詞和戲劇化的動作，都讓她覺得可疑，更堅信安是在耍弄她、說謊話。因此，貝瑞太太斬釘截鐵地說：「就是不能讓黛安娜和你這種孩子在一起，回家去吧，學老實點！」

安的嘴唇顫抖起來，「我可以看黛安娜一眼，跟她道別嗎？」她哀求道。

「黛安娜和她父親到卡摩地去了。」說完，貝瑞太太便把門「砰」一聲關上，回屋去了。

安絕望之餘，心裡反倒坦然了，就這樣，她一無所獲地回到綠色屋頂之家。

「最後的一線希望也破滅了。」安對瑪麗拉說：「我剛才去見了貝瑞太太，結果仍舊是沒有商量的餘地。這個貝瑞太太是不是沒有受過良好的教育呀？怎麼這麼兇，像她這樣固執的人，即使上帝出馬也不能拿她怎麼樣，所以，我想就是祈禱也沒有用了。」

「安，不許說那樣的話。」瑪麗拉拚命忍笑，嚴肅責備。碰到麻煩事憋住笑反而更糟了。

當天夜裡，瑪麗拉把事情原原本本講給馬修聽。臨睡前瑪麗拉又到安的房間看一眼。安好像是哭著睡著的，瑪麗拉不由得又生了憐憫之心。「這個小可憐。」她嘟囔著，輕輕撩起垂在安臉上的捲髮，然後彎下身，親了親熟睡的安。

第17章 新生活的開始

第二天下午，在廚房窗邊忙著縫補的安剛剛縫完一個釦眼，偶一抬頭，就看見黛安娜正在「妖精之泉」那邊叫喚自己。她立刻放下手中的東西，奔出家門，朝小窪地跑去。情感豐富的安眼裡滿含希望與驚喜，可是一看到黛安娜憂鬱痛苦的臉，安的心又涼了一半。

「難道你母親還沒寬恕我嗎？」安上氣不接下氣地問。

黛安娜悲傷地點點頭。「是的，而且，安，她不許我再跟你一起玩了。我哭鬧了幾次，反覆說這件事不能怪安，可是就是沒有用。爲了能出來和你道別，我費了九牛二虎之力才說服她。不過，媽媽說只准出來十分鐘，她現在正看著錶計時呢。」

「只有十分鐘，也太短了吧！」安的眼淚立刻湧出來。「噢！黛安娜，你能不能發誓永遠永遠記得我？從今以後，無論怎樣都不會忘記小時候的朋友。」

「那當然了。」黛安娜啜泣著，「而且我今後再也不會有知心朋友了，再也不想交知心朋友了，再也沒有人像安這樣讓我喜愛的了。」

「黛安娜！」安緊緊握著雙手喊道。「你愛我嗎？」

「哎呀，這還用問嗎？不是已經很明顯了嗎？你不知道？」

「不知道呀！」安深深吸了一口氣。「我原以爲你只是喜歡我呢！可是沒想到你會愛著我，我還沒遇過這種事呢！噢，黛安娜，這就像久旱逢甘霖一般暢快呀！哎，請你再說一遍好嗎？」

「我從心底愛著安。」黛安娜保證，「從今往後永遠都愛你，絕對。」

「我也一直愛著你，黛安娜。」安鄭重地表示道。「今後漫長的歲月裡，對你的回憶，將使我孤獨的生活，像星光一般閃爍，永不磨滅。我們倆最後一次看的故事裡就有這段話，黛安娜，能不能送我一縷你的黑髮作爲離別的紀念，永遠地保存？」

「有能剪頭髮的工具嗎？」黛安娜難過地問，眼淚不由得又湧出來。

「正好，我剛才把縫補用的剪刀放進圍裙的兜裡了。」安說完，拿出剪刀，非常莊重地剪下黛安娜的一縷捲髮。

「親愛的朋友，請多保重，雖然你我就要分別了，可是我的心永遠屬於你。」

黛安娜走了。安一動也不動地佇立原地，一直目送黛安娜回到家門口。黛安娜停住腳步，回頭望去，只見安難過地向她揮揮手，然後轉身走向綠色屋頂之家。短時間，安從羅曼蒂克的離別場面中得到了一些安慰。

「一切都結束了。」安對瑪麗拉說道。「我再也不交朋友了，眼前凱蒂．莫利絲和維奧蕾塔都不在，眞是慘極了！其實就是她們在也沒用，現實的朋友都分手了，幻想的朋友好像也不能排除我的寂寞。我一輩子都不會忘記，我和黛安娜在泉水邊傷心分別的一幕。黛安娜送了我一縷她的頭髮，我要縫個小袋子把頭髮裝進去，一輩子都掛在脖子上，假如我死了就一起埋起來。我覺得自己活不久了，貝瑞太太如果看到我冰冷的屍體，也許會後悔自己的決定，讓黛安娜來參加我的葬禮的。」

「看來不必擔心你會因爲悲傷過度而死了。」瑪麗拉對安一點兒也不同情。

星期一這天，安一隻手拿著裝有課本的籃子走下樓，來到瑪麗拉的面前，嚇了她一跳。安緊咬著嘴唇，似乎是要表示她堅定的決心。

「我決定復學了。」安一本正經地宣佈。「往日的朋友都被冷酷地拆散，現在只剩下我自己孤身一人了。沒辦法，我只能這樣做，如果復學回到學校，就能每天見到黛安娜了。」

「你最好還是關心一下上課和算數的事吧。」瑪麗拉嘴裡訓著安，心裡卻在暗自欣喜。「眞要復學的話，可千萬不能再用石板打人了，要有禮貌、有教養、聽老師的話。」

「我會做個模範生。」安有點不耐煩地插嘴。「我想那一定很有趣吧！菲利普老師說米妮·安德羅斯算得上是模範生了，可米妮既沒有想像力，又沒有幹勁和銳氣，她這個人很無聊。不過，我的學習成績現在完全退步了，要想當模範生不是那麼容易。要上學就得走過街道，不能再走『樺樹道』了，不然我非哭出來不可。」

安的復學受到了異常熱烈的歡迎，因爲平時大家出去玩，如果少了安的想像力，便一點兒也玩不起勁，唱歌時如果少了安的歌聲便會感到很乏味，午休朗讀時，要是沒有演技派的安在場，整個場面就會遜色許多。

在講解《聖經》的時間裡，露比．吉利斯把三顆李子神不知鬼不覺塞進安手裡。愛拉．梅．麥克法遜把從《花卉》目錄上剪下來的黃色三色菫送給安，艾凡里學校非常流行用這種系列的花卉圖案裝飾書桌。索菲亞．蘇倫主動提出要教安怎麼樣在圍裙邊上編織非常雅致的花邊。凱蒂．波爾特送給安的禮物是一個裝石板用水的空香水瓶。茱麗葉．貝爾則在一張鑲有扇形花邊的淡桃色紙上，鄭重其事地抄寫了以下詩句：

致安：

夜幕慢慢垂落，當星星閃爍在天際，
想起了莫逆之交的知音，雖然她在遠方流浪。

「能受到大家這樣的歡迎，我太高興了。」那天晚上，安當著瑪麗拉的面感嘆道。

其實，如此尊重安的不只有女同學。安在午休後回到座位上，便發現她的書桌上放著一個大大的，看起來很香甜的「草莓蘋果」。安剛把蘋果抓到手裡，就忽然想起在艾凡里有這種蘋果的只有「耀眼之湖」另一側的布萊斯的果樹園。她的手像觸到了燒炭一樣，立刻把蘋果放回去，並誇張地用手絹擦擦手，這樣一來，蘋果一直到第二天早上也無人問津。後來，學校的雜工小提摩西．安德羅斯早晨來掃除暖爐時發現了蘋果，偷偷地給拿走了。

查理．史隆午休後送給安一枝石板用的筆以表示歡迎。一般普通的鉛筆僅需要一分錢，而這一枝用紅、黃兩色紙裝飾的鉛筆卻要兩分錢。安高興地接受了這份禮物，並感激地對查理．史隆投以微笑。彷彿在夢中的查理被安迷得神魂顛倒，有些得意忘形了，上課聽寫時錯字連篇，放學後被菲利普老師留下重寫一遍才算了事。

然而，出乎安意料之外的是和伽蒂．帕伊同桌的黛安娜。她既未送來任何禮物，也沒顯示出絲毫熱情，讓滿心歡喜的安大失所望，又增添了許多煩惱。

「她哪怕是對著我笑笑也行呀。」那天晚上，安在瑪麗拉面前使勁兒地訴苦。

誰知第二天早晨，一張折了好幾折的紙條和一個小紙包被送到安的面前。紙條上寫著：

親愛的安：

我媽媽告訴我，在學校裡也不許和安玩耍、說話。不是我不想和你接觸，所以請你不要生氣，我仍然愛著你。缺少一個能敞開心扉傾吐衷腸的人，真感到寂寞和孤獨。

我為你用紅色的薄紙做了一個新式的書籤，現在非常流行。在校內懂得作法的只有三個人，見到書籤就如同見到我。

你的知心朋友　黛安娜．貝瑞

安看完了紙條，親吻一下書籤，立刻給教室另一端的黛安娜寫了張回條。

我親愛的黛安娜：

因為你是被迫不得不聽你母親的話，所以我當然不會生你的氣了。只要有心靈的溝通我就滿足了，你送我的漂亮禮物我會終生小心珍藏。米妮·安德羅斯是個不錯的同學，雖說一點兒想像力也沒有，但不會輕易成為像黛安娜那樣的心腹之交。請原諒我的錯漏字，雖然比起以前要稍好一些，但拼法仍舊不太令人滿意。死亡也不能使我們倆分離。另外，今晚我要把你的信放到枕頭底下睡。

你的安或者蔻蒂莉亞·雪莉。

自從安復學後，瑪麗拉就一直悲觀地擔心，安會不會再出現什麼問題，但這種事始終沒有發生。也許是安從米妮·安德羅斯身上學到了些經驗吧，特別是此後她和菲利普老師相處得不錯，而且，無論是哪一門科目，她都不甘心輸給吉伯·布萊斯，學習成績因此蒸蒸日上。

兩人之間的競爭非常明顯。吉伯早已沒有惡意，但是安這一方卻不能說是敵意全消。對安來說，不論何時都無法忘記當初的屈辱。安的性格決定了這一點，無論是愛還是恨，往往都是極端的。安始終不承認和吉伯在學習上互相暗自競爭，要是承認了，就等於承認了吉伯的存在。

但競爭畢竟是客觀的呀！榮譽一直在安和吉伯之間轉來轉去，一想到今天吉伯因爲聽寫得了第一名，下一次安肯定會拚著命追趕上去超越他。一天上午，吉伯在算術課上答對了所有問題，名字被寫進黑板上的優等生欄。第二天上午，苦戰了一夜的安便取而代之，成了第一名。

有次兩個人以相同分數被並列寫進優等生欄，這樣一來就好像被寫在愛情傘下了一樣，安的悔恨和吉伯的滿足，大家都看得一清二楚。每個月底的考試總是顯得火藥味十足，並且引起安和吉伯兩人間的激鬥。最初的那一個月，吉伯以三分領先，到了第二個月，安則以五分之差取勝。不過，吉伯卻當著衆人的面表示發自內心的祝賀，使安產生了一種不快。對安來說，只有讓吉伯體會到敗北的痛苦，才能使她感到高興。

菲利普也許是個不太好的老師，但是像安這樣具有上進心的學生，在什麼樣的老師手下都會有好成績的。學期結束後，安和吉伯都順利升上五年級，開始「基礎學科」的學習。所謂「基礎學科」是指拉丁語、幾何學、法語和代數。

對安來說，最頭痛的便是幾何學，幾何學成了她學習上的滑鐵盧。

「瑪麗拉，幾何學太難了。」安滿腹牢騷地埋怨：「就是再下功夫還是理解不了，一點想像的餘地也沒有。菲利普老師說，像我這樣對幾何學一籌莫展的學生，他還是頭一回遇到。反過來想，像吉伯那樣能熟練地解幾何題的學生也不多，眞忍受不了這種恥辱。

「黛安娜的幾何學也比我好。不過，被黛安娜超過，我倒是沒什麼不滿的。雖然我們之間像陌生人似的幾乎沒有往來，但我對黛安娜的愛始終如一。一想起黛安娜，有時我就會感到極度悲傷，可是，在這樣充滿生機、多姿多彩的世界裡，總不能老是這樣悲傷地生活下去呀。」

第18章 危難之際顯身手

大事往往都和小事有著千絲萬縷的聯繫。加拿大某位總理選定愛德華王子島作爲他競選的演說場地，雖然從這個事件中，尚看不出與綠色屋頂之家的安·雪莉的命運有什麼關聯，可實際上這種關聯確實存在著。

總理來到愛德華王子島是一月份的事。他準備在夏洛特鎮召開的集會上，向熱心的支持者和反對派進行演說。

艾凡里居民大多是總理的擁護者，所以在集會那天夜裡，幾乎所有男人和大多數的婦女都會趕到三十英里外的小鎮。瑞雪·林德對政治也很關心，她支持和總理對立的反對黨，她不相信在夏洛特鎮的政治集會沒有自己的參與能順利舉行，因此林德夫人帶著丈夫一起到鎮上去了；其實帶著丈夫並非是讓他去參加集會，而是想讓他幫忙照顧馬。

林德夫人也邀請了瑪麗拉。瑪麗拉本人對政治並不感興趣，只是因爲這次集會是她有生以來唯一一次能見到總理的機會，才決定一起去聽演講的。到第二天回來以前，家裡的事情就交給安和馬修了。

當晚，瑪麗拉隨林德夫人走後，馬修和安不約而同地聚在暖烘烘的廚房裡。

舊式的爐子裡，火燒得特別旺，窗戶上結了厚厚一層白霜，被火苗映得閃閃發光。

馬修一邊閱讀《農業月報》，一邊在沙發上搖擺；安則時而看一眼擺放時鐘的櫃子，時而伏在桌上拚命用功。

櫃子上放著當天琴．安德羅斯借給安的書。琴向安保證說這本書肯定能引起她的興趣，安借來後總想埋頭看個過癮，可要是那樣，那麼明天的勝利就屬於吉伯．布萊斯了。於是，安強迫自己背朝書櫃，只當書沒放在那裡。

「馬修，您上學時有學過幾何學嗎？」

「嗯，沒，沒學過。」馬修從沙發上站起來。

「唉，要是您學過就好了。」安失望地嘆一口氣。「要是您學過，您就會清楚我的苦衷，沒學過，自然就體會不到。就是這個幾何學，才使我的人生烏雲密佈。馬修，我在幾何學上是個劣等生呀。」

「這是什麼話？根本沒那種事。」馬修勸道。「安做什麼都很像樣的。上星期我在卡摩地的布萊亞商店裡遇見菲利普老師，他對我說了安在學校的情況，他誇獎安很有上進心，成績進步得特別快，你表現得挺不錯的。嗯，老師的確是這麼說的。有些人會說菲利普老師的壞話，說他不正經、不認眞、當老師不合格等等，我卻覺得他是個相當不錯的人。」無論是誰，只要對方誇獎安一句，馬修便覺得這人是好人。

「要是老師不改變符號的話，我想我也許還比較會。」安懷著牢騷滿腹說道。「公式是背下來了，可老師卻使用和課本不一樣的符號在黑板上畫圖，這樣一來就把問題搞得一團糟，把我搞得更摸不著頭緒了，您不覺得老師這樣做很卑劣嗎？

「話說，瑪麗拉和林德夫人好像很愉快。林德夫人說，如果看到渥太華方面所做的一切，那你就知道加拿大的衰落是注定的。她說要對掌權者提醒，要給予婦女們參政權，情況就會往好的方向發展。馬修支持哪個政黨？」

「保守黨。」馬修不假思索地回答。

「那我也支持保守黨。」安說。「可是吉伯他們那些男生中，有不少人支持自由黨。我知道支持自由黨的還有菲利普老師和普里茜的父親。露比．吉利斯說熱戀中的男人如果在宗教上和情人的母親一致，而在政治上和情人的父親不一致就不行。馬修，這是真的嗎？」

「這個嗎？我不太清楚。」馬修回道。

「馬修您談過戀愛嗎？」

「這……沒經歷過那種事。」在此之前，馬修連作夢都沒想過自己這輩子能戀愛。

安托著臉陷入沉思，「真是太意外了，您會不會覺得很寂寞呀？露比．吉利斯說等她長大以後，起碼要找兩打以上的戀人，說得大家全都瞠目結舌，這是不是有些過分了？我覺得只要有一個情投意合的人就足夠了。露比．吉利斯有好幾個姊姊，林德夫人說吉利斯姊妹個個都很容易嫁出去。菲利普老師每天晚上都去看望普里茜，說是指導她課業，可是米蘭達．蘇倫也要考皇后學院呀，她比普里茜笨多了。我想老師要指導米蘭達才更合適，但老師每天晚上連她家門都不進。馬修，這世界上我不能理解的事實在太多了。」

「嗯，這個嘛，連我也弄不明白。」

「啊——終於要結束了。課業的事要是不弄完，琴借我的書就看不成了。馬修，您不知道，這本書相當有誘惑力，就是背對著它，我也能看見它放在那裡。琴說無論是誰看完這本書都會悲傷得哭出來，我就喜歡這類能使人感動落淚的作品。既然它這麼叫我分心，乾脆就把它拿到起居室，鎖進裝果醬的櫥櫃裡好了，鑰匙就暫時交給馬修保管。馬修，如果我學校的進度沒結束，就是我跪下來求您，您也不要把鑰匙交給我。知道沒有鑰匙就容易戰勝自己了。噢，對了，我想去一趟地下室拿些蘋果，可以嗎？您想吃點蘋果嗎？」

「嗯，好吧，吃點兒也好。」馬修不太愛吃冬儲蘋果，但他知道安非常喜歡吃，所以很痛快地答應了。

安裝了滿滿一盤蘋果從地下室走出來，便聽到了一陣由遠而近的腳步聲，好像是什麼人正在急促地走來。緊接著，廚房的門被猛地推開，黛安娜．貝瑞臉色鐵青、氣喘吁吁地闖進來，她的頭髮蓬亂，被一塊方巾罩著。

安嚇了一跳，手裡端的盤子和蠟燭掉了下來，全部滾落至地下室的梯子底部。第二天，瑪麗拉發現這些掉得到處都是的蘋果和蠟燭時，一邊收拾一邊慶幸上帝保佑，才沒有引起火災。

「怎麼了，黛安娜？」安這時驚呼，「你母親終於原諒我了嗎？」

「安，求求你了，快跟我走一趟！」黛安娜脫口而出，「蜜妮・梅得了喉炎，病得很嚴重，是瑪莉・喬西告訴我的。我父母都到城裡了，一時找不到人去叫醫生，安，我好害怕呀！」

馬修一聲不響地抓起帽子和大衣，從黛安娜身旁擠到屋外，很快就消失在黑暗之中。

「他一定是去找馬車，要去卡摩地找醫生。」安一邊回答，一邊俐落地穿上帶帽子的大衣。「馬修和我總是這樣心心相印，什麼也不用說，就知道對方在想什麼。」

「卡摩地的醫生肯定也不在家。」黛安娜抽泣道，「布萊亞先生已經進城了，想必史賓瑟先生也過去了吧。瑪莉・喬西說她從未見誰患過喉炎，林德夫人也不在，唉！」

「別哭了，黛安娜。」安鎮定地說：「要真是喉炎的話，就看我的吧。哈蒙特夫人連續生過三對雙胞胎，你忘了？我照顧過那麼多孩子，自然也累積了各種經驗呀。據說今年很多孩子都得過喉炎。噢，對了，你稍等一下，我去拿『吐根祛痰藥』的瓶子來，黛安娜家裡也許沒有。快，我們走吧。」

兩個人手拉著手，迅速穿過「戀人小徑」，隨即又穿過結凍的田地，因爲林中近路的積雪太深了，她們過不去。

安打從心裡可憐著蜜妮・梅。她心急如焚，恨不得一跨步便邁到她面前。可走著走著，又不知不覺被周圍的夜景吸引住，陷入了浪漫的遐思。一想到由於這個突發事件，她和黛安娜又能在一起了，心裡有說不出的高興。

這是一個晴朗的夜晚，時光彷彿被凝固一般，月色下的影子幽深得如同黑檀樹。積雪表面閃著銀光，寂靜的田沐浴在星光下，面前到處林立銀裝素裹的樅樹，風吹在枝頭發出嗚嗚的聲響。這一切都使安覺得，和長期分別的知心朋友一起在如此美麗的夜色中奔跑，真是奇妙無比。

三歲的蜜妮·梅此時橫臥在廚房沙發上，臉色十分糟糕，渾身看起來好像燒得滾燙，喉部不斷地發出「吱——吱——」的聲音，好像在拉風箱一般，難受得不行。

貝瑞太太委託幫助看家的瑪莉·喬西，是個長了一張圓呼呼的大臉蛋，來自克里克的法國姑娘。面對病得這麼重的蜜妮·梅，她嚇得手忙腳亂，不知如何是好，只知道一個勁兒地哭。即使知道該怎麼辦，能否做得到還是個問題。

安前腳一進門，便俐落地忙起來。「看樣子，蜜妮·梅肯定是得了喉炎，病得不輕啊。可是比這更厲害的我都見過，所以不要緊的。這病需要大量的熱水，哎，黛安娜，這水壺裡怎麼只剩一杯水？快快快，快加水！瑪莉·喬西，請你往爐子裡添些柴。我不是責備你，但如果你有點想像力，這點小事你應該想得到呀——來，來，把蜜妮·梅的衣服脫下來，讓她躺到床上去！黛安娜，找找看有沒有柔軟的法蘭絨布，先讓蜜妮·梅服點『吐根祛痰藥』。」

蜜妮·梅不願意服藥，怎樣也不肯往下嚥，但安還是耐心地一次次餵她。在這個令人焦慮不安的漫漫長夜裡，安和黛安娜全力以赴地護理著被病魔折騰的蜜妮．梅。瑪莉．喬西也儘量做些能力所及的事，她讓爐子燃得火旺，熱水燒了一壺又一壺，就是一間小兒病房也用不完。

當馬修把醫生帶來時，已經是凌晨三點了。他費了九牛二虎之力才在史賓瑟山谷找到這位醫生。這時候，蜜妮．梅的危險期已經過去了，正呼呼大睡著呢。

「我當時都絕望得要死心放棄了。」安向醫生說明，「蜜妮．梅的病情不斷地惡化，比哈蒙特夫人的雙胞胎病得更厲害，我甚至懷疑她會不會因爲窒息而死呢，連最後一滴『吐根祛痰藥』都是我幫她餵下去的。最後一次給她服藥時，我心裡直說『這是最後的依靠了，沒有它一切就都完了。』因爲害怕黛安娜和瑪莉．喬西擔心著急，所以一直沒說出口。

「可是，過了三分鐘後，蜜妮．梅開始不斷咳嗽、嘔吐，病情漸漸有所好轉，我心裡的一塊石頭終於落了地，當時那激動的心情簡直無法用語言來表達。您也有過這種體驗嗎？」

「有呀。」醫生點點頭，目不轉睛地看著安，似乎有什麼話憋在心裡說不出來。

事後，醫生對貝瑞夫婦說出了心裡話：「卡伯特家那個紅髮小姑娘眞厲害，能把蜜妮．梅救過來。多虧她，要是等我來之後再搶救，那就晚了。小小年紀就能做出這麼不簡單的事情，實在令人難以相信，這孩子很有知識，遇事冷靜、果斷，是個出類拔萃的好孩子。」

清晨，安和馬修踏上歸途。外面的世界被雪白的霜降妝點得分外美麗，安疲倦得連眼睛都快睜不開了，但仍興奮地和馬修說個不停。兩人橫過廣闊雪白的田野，進入「戀人小徑」，小徑裡的楓樹林好似童話王國般，在朝陽下輝煌耀眼，閃閃發光。

「噢，馬修，多美麗的淸晨呀！這四周看上去，就如同上帝爲了自己的快樂而想像出來的一樣，那棵樹好像只要我吹上一口氣，就能飛起來似的。您不覺得身在一個雪白的世界中有多麼令人興奮嗎？幸虧哈蒙特夫人生了三對雙胞胎，沒有這個插曲，也許我到現在還不知道該如何護理蜜妮·梅呢。我當初還怨恨哈蒙特夫人怎麼淨生些雙胞胎呀，現在看來眞是錯怪她了。

「啊，馬修，我實在是太睏了，肯定不能上學了。眼皮都快睜不開了，就是去了學校，腦子也會渾沌不清的。可是如果不去，吉伯或者別的人就會得第一名了，我討厭這樣，一旦落後就很難追上。不過，越是困難時取得的第一名，滿足感就越大，您說是吧？」

「是呀，但是安，這肯定沒問題的。」馬修說著，仔細看了看安蒼白的臉蛋和凹陷的眼窩。「你要立刻上床好好睡一覺，安的工作就都交給我做吧。」

安順從地上了床，蒙頭酣睡起來，睡得又香又甜。

等安醒來時已是當天午後。安下樓來到廚房，看見瑪麗拉正在那兒織東西。

「見到總理了嗎？他長得什麼樣？」安急忙大聲問道。

「怎麼說呢，至少不是靠長相當上總理的，這一點是確定的。可不管怎麼說，他的演說的確很精彩，他爲自己是保守黨而感到自豪、驕傲。因爲瑞雪是自由黨，所以連鼻子也沒哼一聲。來吃午飯吧，安。我從貯藏室裡幫你拿了點李子，我想你一定餓了吧。昨晚的事我已經聽馬修說過了，多虧有你，要不然就糟了，我還沒遇過這種病症呢，我在場也會手足無措的。好了，好了，要說等吃完飯後再說吧，我知道你有一肚子話想說，還是等會兒再說吧。」

瑪麗拉也有許多話要對安講，可此時她忍了下來，她知道一旦說了，安就會因爲興奮過度而失去食慾，午飯也會吃不好了。看安吃完了午飯，瑪麗拉這才慢慢打開話匣子。

「安，貝瑞太太下午來過了，她說想見見你，我告訴她你正在睡覺，所以沒叫醒你。她說你救了蜜妮·梅的命，她要好好地謝謝你，原來她錯怪了你，她承認自己明明知道你不是有意的，可偏偏要冤枉你，她希望你能原諒她，並和黛安娜再次成爲好朋友。要是可以，請你傍晚去一趟她家，據說黛安娜昨夜著涼患了重感冒，不能出門。喂！我說安，聽完了你可別又蹦又跳的。」

可是瑪麗拉還是白費口舌了，安仍舊抑制不住內心的激動，一躍跳了起來，臉上一副興高采烈的表情。

「瑪麗拉！我可以現在就去嗎？盤子等我回來再洗吧！在這激動的時刻，要我怎麼洗得下盤子呀！」

「那你就去吧。」瑪麗拉應允。「喂，安！你瘋了嗎？等一等，帽子也沒戴，大衣也沒穿，感冒了怎麼辦？」

安好像什麼也沒聽見，披散著頭髮，旋風似地跑出家門，飛快地穿過果園，直奔果樹嶺。

傍晚，當雪白大地被夕陽染成紫色時，安愉快地回來了。雪白的原野與漆黑的樅樹峽谷上是淡金色的天空，西南方的群星不時散發出珍珠般的光芒。冰冷的空氣裡，從起伏的雪丘間，迴響著好似妖精敲鐘所奏出的樂音。

不過，安眞心流露出來的旋律，似乎更加悠揚、動聽。

「瑪麗拉，在您面前的是世界上最最幸福的安！」安宣佈，「儘管我還長著紅頭髮，但仍然是最最幸福的。現在，我的精神已經跨越了頭髮。貝瑞太太流著淚吻我，對我說抱歉，還說我的救命之恩一生都報答不完。我被嚇得手足無措，不知如何是好，只好儘量謙虛，誠懇地說：『這件事我並不恨夫人，是我沒注意把黛安娜弄得爛醉，我再一次向您道歉，今後就別再提起這件事了。』我說的這些話很得體吧？接著，我和黛安娜一起度過了愉快的下午。黛安娜把從卡摩地伯母那兒學來的最新繡花法教給我。除了我倆，艾凡里誰也不會這種繡法，我們互相發誓，誰也不能把這方法傳出去，黛安娜還送給我一張精美的卡片，上邊印有薔薇花環的圖案，還寫上一首詩呢。詩是這樣寫的：『如果你像我愛你一樣地愛我，誰也無法使我們分離。』

「這首詩寫出了我們的心聲。我準備請求菲利普老師讓我們倆重新坐在一起，讓伽蒂．帕伊和米妮．安德羅斯坐在一起好了。貝瑞太太用最高級的茶具爲我沏了一壺上等的好茶，就像招待眞正的客人一般，她的確是發自內心感謝我，我還從沒享受過這麼好的款待呢。這還不算什麼，貝瑞太太還特別製作了水果點心、蛋糕和甜甜圈和兩種蜜餞，她不時問我茶的味道如何，是否可口等等，接著又對她丈夫說再拿些餅乾給我，我簡直被當成了一個成年人！啊，長大的滋味太美了，我眞盼望自己快些長大。」

「那又怎麼樣？」瑪麗拉嘆了一口氣。

「我要是長大了，對小女孩也要平等地說話。」安好像已經完全能確定似的，「還有，無論別人說了多長的話，我都不會笑別人，那樣的話多傷害人家呀，我曾不止一次體驗過那種悲傷，所以，我很淸楚這一點。

「喝完茶，我和黛安娜一起做牛奶糖，可是不好吃，因爲這是我們第一次做。黛安娜在盤裡塗奶油時，我在一旁攪拌，沒留神就弄糊了，接著把它放到台子上冷卻，一共做了兩個，但不得不扔掉一個，眞可惜。不過，製作過程挺有趣的。我要回來時，貝瑞太太要我以後常去玩。黛安娜一直佇立在窗邊目送我，並且用飛吻送我到『戀人小徑』。瑪麗拉，我今晚要好好祈禱一番，以紀念今天所發生的事，我要想出一些特別的、新的祈禱詞！」

第19章 音樂會後的小插曲

二月的一個晚上，安從房間裡氣喘吁吁地跑出來。「瑪麗拉！我去見黛安娜一面，等會兒就回來，可以嗎？」

「太陽都下山了，什麼事急成這樣，非要出去？」瑪麗拉冷冷地問，「你不是都和黛安娜一起從學校回來嗎？加上半路上又站在雪中滔滔不絕地聊了整整三十分鐘，我看沒必要再去了。」

「可是，黛安娜想約我見面呀。」安懇求道：「她說有重要的事要找我。」

「你怎麼知道她有重要的事要找你？」

「她從窗戶那邊打信號過來了。她是用蠟燭和厚紙板打信號的，就是把蠟燭放在窗邊，讓厚紙板一會兒遮住燭光，一會兒挪開，這樣一閃一閃的，透過閃光的次數來表示信號的意思。這是我想出來的點子，瑪麗拉。」

「是嗎？是嗎？」瑪麗拉大聲地說：「玩那種信號遊戲，遲早會把窗簾燒掉的！」

「哪會！小心一點就行了。這遊戲很有趣的，瑪麗拉。蠟燭閃動兩次的意思就是『在嗎？』三次是『是』，四次是『不』，五次表示『想告訴你一件重要的事，立刻過來』，剛才黛安娜閃了五次燭光。我急得直跳腳，想儘快知道她找我有什麼事！」

「現在用不著跳腳了。」瑪麗拉挖苦道，「可以是可以，不過十分鐘後就得回來，好嗎？」

安十分鐘後果然回來了。這麼短的時間內和黛安娜商量事情，對安來說實在是比讓她倒立還難受，但她還是以最快的時間趕回來了。

「瑪麗拉，您猜是怎麼回事？明天是黛安娜的生日，她母親對我說，放學後如果願意的話，我可以在她家住一晚。還說黛安娜的堂兄弟姊妹們也要從新橋鎮坐廂式雪橇過來，明晚在公民會堂將舉行由辯論俱樂部主辦的音樂會，他們是爲了聽音樂會而來的，我和黛安娜也可以去。我可以嗎？瑪麗拉，我心裡緊張得不得了。」

「再緊張也沒有用，我說你不能去，你最好老實待在自己房間，躺在床上睡覺。再說，俱樂部主辦的音樂會都很無聊，沒有任何意義，小孩子不能到那種地方去。」

「我覺得俱樂部的活動很正經的，沒什麼無聊不無聊的。」安可憐兮兮地說著。

「不是說它不好，可是晚上去體驗什麼音樂會的滋味，整個晚上出去外面亂走，實在教我不放心。一個小孩子可以做些什麼呀，貝瑞太太也不知是怎麼想的，還讓黛安娜去。」

「可是，明天是個非常特別的日子呀！」安幾乎要急哭了。「黛安娜的生日一年只有一次，她的生日可不平常呀！普里茜說要背誦一首歌頌崇高道德的詩篇，然後合唱團將演唱四首歌曲，像讚美歌那樣，聽說牧師也要參加。我沒撒謊，他還要登台演講呢！我想一定是和佈道時差不多吧。求求您，瑪麗拉，讓我去吧。」

「我說不行就是不行，快點擦完長筒靴子，然後睡覺吧，已經八點多了。」

「還有，瑪麗拉，還有一件事。」安不死心，再試最後一次。「貝瑞太太對我說可以睡在黛安娜房裡，這非常的光榮吧！」

「用不著，安，快點兒上床吧，別再說個沒完沒了的。」

安悲傷地上了二樓。這時，剛才一直躺在長椅上打瞌睡的馬修睜開眼，衝著瑪麗拉說：「瑪麗拉，還是讓安去吧。」

「我說不行。」瑪麗拉回道，「到底是誰在管教這孩子的，是你?還是我?」

「不，不是我，當然是你囉。」馬修不得不承認。

「所以呀，請你不要多管閒事。」

「不是……這個，我根本沒管什麼閒事呀，更沒干涉過你的意見，只不過我的意思是讓安去好了。」

「馬修，我看就算安要到月亮上去，你也會同意的。」瑪麗拉嘲諷道。「只在黛安娜家裡住，我或許還能答應，可是要去參加音樂會，我可不同意。那樣她會感冒的，而結果是被興奮沖昏了頭腦，一整星期也安靜不下來。比起馬修，我非常了解那孩子的個性。」

「我還是覺得讓安去比較好。」馬修頑固地表示堅持。他雖然不擅長爭辯，但他得意的是自己從來不改變自己的看法，始終如一。瑪麗拉嘆了一口氣，束手無策地陷入沉思。

第二天早晨，安正在廚房收拾早餐，馬修吃完飯，起身要去倉房工作，出門前又對瑪麗拉說：

「瑪麗拉，我看還是讓安去吧。」

一瞬間，瑪麗拉腦海裡閃過了種種想法，但卻怎樣也無法說出口，最後還是打消了這個念頭，

「知道了，馬修無論如何都堅持讓她去，我也沒辦法，那就讓她去吧。」

安一聽到，立刻從廚房裡跑出來，手裡的抹布還在滴滴答答地滴水。

「瑪麗拉！瑪麗拉！請您把剛才那句動聽的話再說一遍！」

「說一遍就夠了！這都是馬修的主意，再這樣下去，我就撒手不管了，你要在別人家的床上睡覺，又要在午夜從熱呼呼的公民會堂跑到寒冷的戶外，你就是得了肺炎也跟我無關呀，都是馬修的錯。你還是個小孩子，在外邊肯定會疏於注意的。」

「噢，瑪麗拉，我總是在替您找麻煩。」安帶著歉意似的說道。「噢，瑪麗拉，我就是想去聽音樂會呀。我從沒聽過音樂會呢，在學校裡，只要大家一談起音樂會，我就有一種被隔離的孤獨感。瑪麗拉，我當時那種心情您是不能理解的，可是馬修能理解我，我有什麼心裡話也會跟他說，這有多好啊，瑪麗拉。」

安太興奮了，當天就把課業放掉了，抄寫輸給吉伯，心算又被超出一大截，但一想到音樂會和過夜的事，屈辱也多少有些淡化。安和黛安娜一整天都在談論這件事，若是被菲利普老師發現的話，她們倆肯定會挨罰的。

艾凡里的辯論俱樂部在冬季每兩週聚會一次，之前還舉辦過幾次免費的娛樂活動。當晚的音樂會是爲了贊助圖書館而開，每張入場劵十分錢，規模相當大。艾凡里的青年們已經練習了好幾週，學生們因爲自己的哥哥或姊姊要參加演出，所以對音樂會非常關心。九歲以上的小孩幾乎全都要去聽音樂會，只有嘉麗．史隆的父親和瑪麗拉一樣，認爲小孩子去參加音樂晚會不好，怎麼也不讓她去。嘉麗．史隆就在下午課堂上，用文法課本遮著臉哭了一場，直說不想活了。

放學後，安表現得益發興奮，情緒幾乎達到最高潮。她和黛安娜享用了最上等的茶，然後一起到二樓黛安娜的房間裡整裝，準備參加晚上的音樂會。兩人都抑制不住內心喜悅，黛安娜把安的瀏海向上捲成了高而蓬鬆的最新髮型，安則用髮帶幫黛安娜打了個獨特的結。接著，她們又試著把後邊頭髮梳成各種樣式，忙了半天總算打扮完了。兩個人的臉蛋紅通通的，興奮的雙眼炯炯有神。

安戴著簡樸的黑帽，穿著窄袖、不合身的灰布大衣；黛安娜則頂著一頂時髦的毛皮帽子，身著一件漂亮洋裝。和黛安娜相比，安總覺得有點寒傖，心裡很不是滋味，但她決定用想像來解決這一段差距。正當她在胡思亂想時，黛安娜的堂兄妹米勒兄妹倆從新橋鎮來了。於是，大家一起登上廂式雪橇，出發去聽音樂會了。

雪橇在前往公民會堂的路上，軋得地面積雪吱嘎吱嘎響。滿天晚霞顯得格外絢麗多彩，覆蓋著厚雪的丘陵和聖．勞倫斯灣深藍色的海水被晚霞鍍上金邊，宛如在珍珠和藍玉製成的巨大缽盆裡注入了許多葡萄酒和火焰。雪橇的鈴聲和歡笑聲好像是森林裡的小矮人們在嬉戲打鬧一般，迴響在路旁各個角落。

安一邊出神地欣賞一路上大自然的傑作，一邊感嘆地對黛安娜傾訴：「黛安娜，不知是爲什麼，我總覺得這是在作夢。能看出我和平常一樣嗎？我似乎覺得和平常不大一樣，在臉上也反映出來了吧？」

「眞的，你今天是變得挺漂亮的，皮膚的顏色好像也特別美。」剛被堂兄妹讚揚過的黛安娜也想誇獎一下別人。

那天晚上的音樂會征服了每一位觀衆，安和黛安娜的心情比參加音樂會之前更加激動。

普里茜穿著新做的粉色絲綢裙子，雪白的脖子上佩掛一串珍珠項鍊，頭髮上還裝飾著眞正的康乃馨，據說是菲利普老師專程從城裡買來的。首先便由她登台朗誦，精彩的抑揚頓挫把安感動得如醉如痴，她看著會堂頂部，彷彿那裡畫著天使的彩繪壁畫。然後山姆·史隆對《蘇加利是怎樣讓母雞抱窩的》的故事進行了解說，這個作品在艾凡里這樣偏僻的村落也是過時的東西，但因爲安太會笑了，所以她周圍的觀衆也受到感染一般笑了起來。再接下來是菲利普老師上場，他慷慨激昂地表演了馬克·安東尼在凱撒的遺體前所發表的演說。每到一個段落停頓處，他總要朝普里茜的方向看上幾眼。

然而，唯獨一個節目沒有引起安的興趣，那就是吉伯的朗誦。當吉伯·布萊斯開始表演時，安高舉著從羅達·馬雷圖書館借來的書，在吉伯朗誦完以前，只顧著一直埋頭閱讀。表演結束，黛安娜拍得手都痛了，可安卻好像僵硬了似的，一動也不動。

回到家時已經是晚上十一點。大家疲憊不堪，但都很興奮，有一種說不出的滿足感，剩下的喜悅只能憑回憶來排遣了。房間裡的一切彷彿都睡著了似的，極暗、極靜，安和黛安娜躡手躡腳地走進客廳，這是個細長形的客廳，穿過它可以進入會客室。客廳裡暖烘烘的，非常舒服，暖爐內殘火的亮光仍隱約可見。

「咱們就在這裡脫衣服吧，熱呼呼的，還挺舒服。」黛安娜說道。

「哎，今天的音樂會眞是太過癮了，站在舞臺上表演節目，那種感覺一定很不錯！黛安娜，什麼時候我們也來試試吧？」

「那當然了，不過，得有高年級學生的賞識和推薦。吉伯·布萊斯就常表演，不僅僅是因爲他的年紀比我們大。話說，安爲什麼總是對吉伯做出一副視而不見的樣子呢？當朗誦到『還需要一個人，但不是妹妹』時，吉伯還停頓一下，直向著安看了一眼呢。」

「黛安娜，你我都是知心朋友，我不希望你對我說起那個人的事。」安一本正經的樣子。「寢室準備好了，我們倆來比賽，看誰最先跳上床。」

黛安娜也覺得這主意不錯，於是，穿著白色睡衣的兩人，穿過狹長的客廳，進了客房的門，同時跳上床。不知是什麼東西忽然在床上動一下，掙扎似地叫了一聲，接著，又聽到含糊不清的一聲：「噢，上帝呀！」

安和黛安娜連自己是怎麼下床、如何跑出房間的也不知道，等她們稍稍清醒後，兩個人一邊發抖，一邊躡手躡腳地下了二樓。

「哎，是誰呀，究竟是怎麼回事？」安壓低聲音問，由於寒冷和害怕，她的牙齒嘎吱嘎吱響。

「一定是喬瑟芬姑婆。」黛安娜笑得都喘不過氣來了。「安，她是喬瑟芬姑婆呀，她肯定會氣得火冒三丈的。」

「喬瑟芬姑婆是誰呀？」

「是我父親的姑媽，現在住在夏洛特鎮，是個了不起的老奶奶，大約七十多歲了，姑婆曾說要來我家住幾天，但沒想到來得這麼快。姑婆這個人很講究的，又愛挑毛病，今晚這件事肯定會惹她生氣。啊！只好和蜜妮．梅睡了，蜜妮．梅的睡相總是那麼隨便。」

第二天早晨，喬瑟芬．貝瑞小姐沒能在早餐中露面。貝瑞太太親切微笑著說：「昨天晚上愉快嗎？我原本打算等你們回來再睡覺，後來，喬瑟芬姑婆來了，我就讓她上二樓了。不一會兒，我覺得有點睏，不知不覺就睡著了，你們沒吵醒姑婆吧？黛安娜？」

黛安娜沒說什麼，只在桌面下和安會心地笑了笑。吃完早飯，安便告辭回家，對貝瑞家發生的麻煩事，她一點兒也不清楚。

傍晚，瑪麗拉請安到林德夫人家去辦事，她才知道自己又闖禍了。

「聽說你和黛安娜昨晚差點嚇死她的姑婆，有沒有這回事？」林德夫人口氣嚴厲地審問，眼裡閃爍著神祕的光芒。「貝瑞太太剛才去卡摩地的途中順便來了我家一趟，她感到非常爲難。今天早晨一起來，她家這位女士就大發了一場脾氣，喬瑟芬·貝瑞要是被惹毛了，這可是非常不好的。她現在已經不和黛安娜說任何一句話了。」

「那不是黛安娜的錯，全都怪我。」安內疚地說：「是我說要比試一下，看我們倆誰最先跳上床的。」

「果然如此。」林德夫人心裡著實得意了一番，因爲一切正如她所預料的那樣。「我就想說是你出的主意，才會惹出這麼大麻煩。唉，貝瑞的姑婆本來預定要在這兒住上兩個月的，現在，她打算明天就要回去了，還揚言說如果可能的話，今天就要回去。本來說好了要由她幫黛安娜付一個學期的音樂課費用，但像這樣不正經的姑娘，她是什麼也不給了，這對貝瑞家來說是個嚴重的打擊。這位姑婆很有錢，所以貝瑞總是千方百計地儘量不要得罪她。當然了，貝瑞太太並沒有這麼說，是我看出來的。」

「我的運氣眞不好。」安嘆息道，「我總是會把事情弄糟，讓自己和朋友們陷入麻煩，爲了朋友，獻出生命我都心甘情願，不過，爲什麼事情會變成這樣呢？」

「你這個孩子呀，就是這樣冒冒失失的，容易衝動，什麼事也不想，腦子裡有想法，也不考慮一下就要馬上付諸行動。魯莽行事肯定是要吃虧的，俗話說得好：『鳥飛之前要先左顧右盼，沒摔跤之前要先準備好拐杖。』特別是跳上會客室的床之前，應該要特別注意一下才是呀。」

林德夫人對自己詼諧的比喻有些得意，臉上浮現一絲微笑，安這時候卻板起臉，一副嚴肅的模樣。對她來說，事情弄到這地步，哪還能笑得出來呢？

從林德夫人家一出來，安便穿過結滿霜柱的田野，直奔黛安娜家去了，在後門正好碰見剛出來的黛安娜。

「喬瑟芬姑婆生氣了嗎？」安悄聲問。

「是呀。」黛安娜有些不安地望向緊閉的起居室。

「姑婆氣得火冒三丈，我被她狠狠訓斥了一頓。她說從來沒見過像我這樣粗野無禮的孩子，還說養育出一個像我這樣的姑娘，作爲父母的應該感到羞恥，吵鬧著無論如何也要回去。她說什麼都行，就是不能讓爸爸媽媽跟著我受牽連呀。」

「這都怪我呀，你爲什麼不對她這麼說呢？」安逼問道。

「你以爲我會做出那種事？」黛安娜有些不高興了。「安，告密的事我從來不做，所以我把責任全攬在自己身上。」

「我來的目的就是要自己來解釋那件事。」安毅然決然地說。

黛安娜瞪大雙眼直盯著安。

「別嚇人了，雖然我這時非常害怕，可是我不能看著你們替我受罪，這是我的過錯，我是來坦白的，幸好，我對坦白已經習慣了。」
「姑婆在房間裡，如果非得進去，那就請吧。換成我，是無論如何也不會進去的，而且我覺得進去也沒什麼效果。」
儘管黛安娜示意安不要自投羅網，安還是邁著堅定的步伐走向貝瑞家的起居室，站到門前戰戰兢兢地敲門。
「請進！」裡面傳來一聲可怕的嗓音。喬瑟芬．貝瑞小姐是個瘦瘦的老太太，長了一張嚴肅的面孔，此刻的她坐在暖爐前，忿恨、粗暴地在織東西，顯然一點兒火氣也沒消，金絲邊眼鏡後面閃出炯炯目光，就這樣盯著來人。
貝瑞小姐起初還以為是黛安娜呢，臉上有些不悅，但定睛一看，在那兒站著的卻是個青著臉的大眼女孩，她的眼裡籠著一層堅定的勇氣和驚恐不安的神色。
「誰呀？」喬瑟芬．貝瑞小姐突地問道。
「我是綠色屋頂之家的安。」安緊緊握住雙手，哆嗦著答道：「我是來坦白的。」
「坦白？」
「對，坦白。昨晚的事應該怪我，是我出的主意，黛安娜根本不會想到這種事，黛安娜是無辜的，您責備她是不公平的。您能明白嗎？」
「不！你跳上來的時候，黛安娜竟然想都不想地也跳上來！在一個規規矩矩的家庭裡，竟能發生這種事！」

「我們只不過是鬧著玩的。」安也不甘示弱地辯解：「我都已經道歉賠罪了，可以請您原諒我們了吧。特別是您應該原諒黛安娜，請您讓她去上音樂課吧，黛安娜非常非常想學音樂，她越想越苦惱，我很清楚朝思暮想的事不能實現有多痛苦。您要是非得出口氣的話，那就衝我來吧，我經常挨罵，和黛安娜比起來，我習慣多了。」

從貝瑞小姐的眼神看來，她的怒氣已經消失得差不多了，眼裡閃著趣味，但聲音仍舊嚴厲。

「鬧著玩可不是什麼好理由啊，我小的時候可沒像你們這樣鬧著玩過。你想想，我長途跋涉，疲憊不堪，好不容易躺下想好好休息一下，睡得正香時，兩個女孩突然跳上來！那是一種什麼樣的感覺，你不知道吧？」

「可想而知，您一定是嚇了好大一跳，感到非常生氣吧！可是，請您也聽聽我們的意見，老奶奶，您如果有想像力的話，請站在我們的立場上想想看。當時，我們沒想到床上會有人，所以您一喊，嚇得我們心臟都快停止了，情緒一下子變得非常壞，而且，儘管我們被允許在客房裡睡覺，事實上卻根本沒辦法。老奶奶您在客房已經休息慣了，而我這個孤兒卻沒能享受到這從沒有過的榮譽，那會是怎樣的一種心情呢？」

安說到這裡，貝瑞小姐的怒氣已經全消了，甚至還笑出聲。正在陽台徘徊著擔心的黛安娜一聽見笑聲，心裡一塊石頭才落了地，長長吐出一口氣。

「好幾年沒用了，我的想像力已經生鏽了，連你們都覺得我可悲吧，這是看法的問題呀。來！坐這邊，跟我說說關於你的事。」

「對不起，老奶奶，您似乎是個相當有趣的人。我雖然想聊，可現在還不行，我必須趕緊回去了，看樣子，您和我之間很合得來。是瑪麗拉．卡伯特小姐收養了我，並把我管教得有規矩。她是個非常善良、熱情的人。爲了教育我，她竭盡了全力，所以請不要把我犯的錯誤歸罪於卡伯特小姐。另外，臨走前，能不能告訴我，您是否原諒了黛安娜？是否願意按照預定計畫留在艾凡里呢？」

「如果你能常來聊聊的話，就如你所願。」貝瑞小姐爽快地保證道。

當天晚上，貝瑞小姐把一個銀製的手鐲送給黛安娜當禮物，還告訴黛安娜的父母把打包好的旅行箱打開，拿出裡面的服裝。

「眞想和那個叫安的孩子交個朋友，可惜她今天只待一會兒。」貝瑞小姐坦率地說：「那孩子很有趣，自從年紀大了，就很少有有趣的人來看我了。」

貝瑞小姐延長預計停留的時間。由於安的緣故，她的情緒好多了，平時的不滿、牢騷都變少了，安和貝瑞小姐竟然成了一對忘年好友。

回城時，貝瑞小姐對安說：「安，以後如果進城的話，一定要順便來我家作客。那樣，我就留你住在我家，讓你睡在客房裡。」

「貝瑞小姐和我眞是心意相通啊。」安事後對瑪麗拉說：「原以爲在這個世界上，能傾心溝通的人沒有幾個，可實際上並非這樣。能和我心靈交流的人太多了，這世界是多麼美好呀！」

第20章 想像力的捉弄

春天又來到綠色屋頂之家。四月到五月，人們每天都在盡情享受泥土的芳香，呼吸著略帶幾分寒意的清新空氣，眷戀著被晚霞染成粉色的天際。

一天下午，天空泛著金黃色。校內的學生們都採山楂花去了，直到黃昏，大家才拎著山楂花嘻笑而歸。

「人要是生長在一個沒有山楂花的地方，會有多可憐呀。」安說道。「黛安娜說，也許會有更美、更好的東西，可是沒有想到山楂花是這麼的美麗。瑪麗拉，黛安娜還說如果根本就不知道山楂花長什麼樣子，就不會感到遺憾了。我想，什麼是悲哀？這就是最大的悲哀。連山楂是什麼都不知道，也沒有看過，還不覺得遺憾？這不是個悲劇嗎？瑪麗拉，我告訴您，您猜我把山楂花當成什麼了？我把它當成去年夏天凋落花朵的靈魂，那裡就是花的天國。今天我玩得非常快樂。在老井附近有一片長滿苔蘚的窪地，我們在那兒吃午飯，是個非常浪漫的地方。查理．史隆向亞蒂．吉利斯提出挑戰，要比賽跳躍老井，結果是亞蒂．吉利斯跳了過去。只要接受了挑戰就要去履行，大家都這樣，現在這種『挑戰遊戲』可流行了。

「菲利普老師把採來的山楂花全送給了普里茜。我聽見老師說：『可愛的東西要獻給可愛的人』，雖說這句話是老師引用自書上的，可我想這證明了老師也是有想像力的人。也有人送給我一束山楂花，可是我板著臉拒絕了，他是誰我不能說，他的名字我絕對不說，我已經發過誓了。我們一群人就用山楂花編成花冠，裝飾在帽子上，回家時，大家拿著花束和花冠站成一排，唱歌往街道走，那情景眞讓人激動。人們都跑出來看熱鬧，嘿！我們引起了極大的轟動呢！」

「你們做出了那種蠢事，當然要轟動了！」瑪麗拉說。

山楂花開過之後，紫羅蘭也怒放了。「紫羅蘭谷」被染成了紫色。安上學路經這裡時，總是用一種崇敬的目光注視，邁著虔誠的腳步從這裡走過。

「不知道爲什麼，只要一從這裡走過，我就有一種即使吉伯或者別人得了第一名，我都不會在乎的感覺。」安對黛安娜說。「可是一到學校，我又會陷入爭強好勝的苦惱中，我好像擁有多種性格，所以有時我想，是不是因爲這麼多性格，我才這麼常惹事，要是只有一種性格的安該有多好，不過要眞是那樣，就一點意思也沒有了。」

六月一個晚上，安坐在房間窗邊。果樹園掩映在粉色花叢中。「耀眼之湖」上游沼澤地裡，青蛙清脆的叫聲此起彼落，迴盪在夜空，四周充滿了三葉草和樅樹的濃郁芳香。安原先還在做功課，後來由於天暗不能看書，於是一邊心不在焉地望著「白雪女王」那片朦朧的枝頭，一邊陷入幻想，彷彿「白雪女王」的枝頭又長出沉甸甸的碩大花朵。一會兒，瑪麗拉手裡拿著剛熨過的，上學用的圍裙快步走進來，她把圍裙放在椅背上，輕輕嘆一口氣坐下。這天下午，瑪麗拉的頭痛又犯了，止住疼痛後，她已是精疲力盡。

安非常同情地望著瑪麗拉說：「我要是能夠代替您頭痛就好了，爲了您，我會甘心受罪的。」

「還不是你把家務都留給我，不讓我歇歇。今天你的工作做得不夠好。」頭痛好了後的瑪麗拉總愛奚落，把安挖苦一番。

「啊！眞對不起。」安似乎很內疚地說。「把餡餅放進烤爐後，我就把它忘了，您一提醒我才想起來，怪不得吃飯時我總覺得好像少了點什麼呢。今天早上，您把家務留給我時，我還決定要好好做，不再胡思亂想了，把餡餅放進烤爐前，一切都還很正常。可是後來，我經不住誘惑，又幻想起一名英俊騎士騎著一匹黑馬，勇敢地把被關在塔上的公主營救出來的故事，而把烤餡餅的事忘得一乾二淨了。

「爲馬修漿洗手絹的事我眞的不記得了。那時候，我正想著要替新島取個什麼名字呢。新島就在小河的上游，是我和黛安娜發現的。島上長著兩棵楓樹，小河從島的兩側緩緩流過。我想了好久才想出來，就叫它『維多利亞島』吧！這不是很好嗎？我們是在女王陛下誕辰的那天發現這個島的，我和黛安娜都宣誓要忠誠於女王陛下。餡餅和手絹的事都怪我不好，今天是個值得紀念的日子，所以我想做個名副其實的好孩子。去年的今天發生了什麼事，瑪麗拉，您還記得嗎？」

「沒想到什麼特別的。」

「今天是我來到綠色屋頂之家的紀念日，我一輩子也不會忘記！對我來說，它是個人生的轉振點，對您來說它當然不那麼重要。我到這裡已經一年了，我感到非常幸福。雖然我也吃了不少苦，不過辛苦的事，我一會兒就能忘得乾乾淨淨。瑪麗拉，您會後悔收養我嗎？」

「不，不後悔。」瑪麗拉非常乾脆地答道。坦白說，安沒來時，連瑪麗拉自己都奇怪那時是如何打發日子的。「是呀，我一點兒也不後悔，安。要是功課做完了，你能不能到貝瑞太太家去一趟，把黛安娜圍裙的紙樣借來呢？」

「可是……可是……已經天黑了！」安似乎不太願意去。

「天黑了？現在才黃昏而已，而且以前天黑後你不也出去過嗎？」

「我明天早起去吧，瑪麗拉。」安向前探著身子說，「明天天一亮我立刻就去，瑪麗拉。」

「你到底在想些什麼呀？安，我今晚要用，要替你裁新圍裙，現在你馬上就去，快點！」

「那我就得繞街道走。」安說著，磨磨蹭蹭地拿起帽子。

「繞著街道走？你打算白白浪費三十分鐘？你今天到底是怎麼了？」

「我不能從『幽靈森林』那邊穿過去！」安歇斯底里地喊道。

瑪麗拉吃驚地看著安：「什麼『幽靈森林』？你瘋了嗎？『幽靈森林』到底是怎麼回事？」

「『幽靈森林』就是小河那邊的針樅林。」安小聲說道。

「瞎說！哪有什麼『幽靈森林』，你是從哪兒聽說的？」

「不是聽說的。」安坦白道：「是我和黛安娜想像出來的。我們想像樹林裡有魔鬼，覺得這樣很有趣，從四月份就開始了。『幽靈森林』這名字很浪漫吧？替針樅林取了這個名字，主要是因爲它相當陰暗，使人聯想到一種恐怖淒慘的情景。我想像有個白衣女子出現在小河那邊，邊走邊撕心裂肺地哭喊，誰家死了人，她就會出現在那裡。隨後，在威頓野地附近又出現被殺死的孩子的幽靈，從後邊悄悄把冰涼的手指伸向過路人的手。啊！瑪麗拉，只是這麼想我就快嚇死了！還有一個沒有腦袋的男人在小路上徘徊，枯樹之間的骸骨都瞪大了眼睛。啊！瑪麗拉，太陽一下山，誰知道『幽靈森林』裡會發生什麼事呢？我不敢去呀！白衣女人肯定會從樹後面伸出手來抓我的！」

聽安說完，瑪麗拉也嚇呆了，張著嘴動也不動。「你這種孩子眞少見！安，你不是說過你絕不相信你那些愚蠢的想像嗎？」

「我沒說相信呀！」安結結巴巴地說：「在白天我不相信這些，可是天暗下來以後，感覺就不一樣了，天黑是幽靈出來的時間。」

「什麼幽靈？它根本就不存在，安。」

「什麼呀，確實存在的，瑪麗拉。」安挺起身子說道。「見過幽靈的人可都是些規規矩矩的老實人。查理．史隆的奶奶說，在查理爺爺死後一年的一個晚上，她還看見老爺爺在趕牛呢。我是聽查理說的，查理奶奶不會說謊話吧？她可是個虔誠的教徒。還有托馬斯夫人的父親，一天晚上，他被一隻渾身著火的羊追回家，據說那隻羊的腦袋只和一層皮連在一起，垂吊著；那羊是他哥哥的靈魂，來告訴他說他九天之內必死，雖然九天之內他沒死，可是兩年之後他死了，所以說這種事是千眞萬確的。還有露比．吉利斯……」

「安，要是你再說這些，我可不饒你。」瑪麗拉口氣強硬地打斷安的滔滔不絕：「以前我就懷疑你的想像力，你現在竟變得疑神疑鬼了。你現在馬上給我到貝瑞太太家去，還必須從針樅林經過，我看這對你是有益的教訓。還有，如果再說什麼『幽靈森林』，我絕不饒。」

這時任憑安怎麼哭泣也是白費了。安說她對針樅林那邊感到害怕，其實也並非說謊，她的想像力實在太豐富了，被她那樣一說，那簡直成了比地獄都令人害怕的地方。可是瑪麗拉似乎不同情她，她把被「幽靈」嚇得縮成一團的安拉到泉邊，命令道：「趕快過橋，到有女人哭叫和無頭亡靈的森林中去吧。」

「不！瑪麗拉，這……這太過分了！」安啜泣著說：「我要是眞被白衣女人抓走了，那怎麼辦呀？」

「你只好去碰碰運氣了。」瑪麗拉無情地宣判。「我說過的事，都是認眞的，懂嗎？說什麼幽靈，純粹是你胡思亂想出來的，這次讓你嘗嘗亂想的苦頭，快去！」

安只好硬著頭皮，跟跟蹌蹌地跑過橋，發抖著向前面充滿恐怖的小路走去。安打從心裡對自己的想像力感到後悔，她覺得黑暗之中好像到處藏有魔鬼妖怪，要伸出冰涼又瘦骨嶙峋的手抓住嚇得發抖的自己。雖然說是安自己創造出那些鬼怪的，可是當她看見白樺樹皮順著風勢從窪地上

「嘶——嘶——」地飛舞起來時，安被嚇得心臟都快停了。古樹互相摩擦，發出一種類似呻吟的叫聲，安的額上冷汗直冒。黑暗中，蝙蝠在頭上飛來飛去，呼嘯而過的聲音令人毛骨悚然。

安提心吊膽地走到威利·貝爾家的田地附近，這時她覺得自己好像被成群的白衣妖魔追趕似的，拚命奔跑起來。當她跑到貝瑞家的廚房門口時，已經累得上氣不接下氣了，說要借圍裙紙樣時仍在不停喘著氣。

不巧，黛安娜剛好不在家，所以她也沒有藉口在這裡逗留，只好返回那條恐怖的小路，安閉緊眼睛往前跑，心想要是眞碰到了白衣妖魔，就一頭撞向樹木，撞個頭破血流算了。她掙扎著，連滾帶爬地過了橋，這才放下心，終於吐出長長的一口氣。

「你沒被鬼怪抓住呀。」瑪麗拉還故意逗她。

「啊！瑪麗拉。」安嚇得牙齒直打顫，說道：「從今以後，我可不敢亂想了。能在普通的世界裡生活，我就滿足了。」

第21章 弄巧成拙

安放學回來，把石板和課本放到廚房的桌子上，憂心忡忡地說：「林德夫人說的眞對，這個世界確實充滿了相遇和別離呀。」

說完，安又用被淚水濕透了的手帕擦了擦哭得紅腫的眼睛，這是六月底的一幕。

「今天上學，我多帶了一塊手帕，我就有預感今天肯定用得上。」

「沒想到菲利普老師辭職會令你難過得用掉兩條手帕，你眞那麼喜歡他嗎？」瑪麗拉問道。

「我不是因爲喜歡他才哭的。」安想了想說道：「大家都哭，我也就跟著哭了。露比・吉利斯好像中了邪，她說自己最討厭菲利普老師了，平時也總這麼說，可是當菲利普老師登上講台，剛要致辭告別時，她便第一個放聲大哭，於是，女孩子們也一個接一個地哭了。我當時極力想忍住，還想起了菲利普老師讓我和吉伯，也就是男孩子坐在一起，在黑板上寫我名字時不加『E』；就還說像我這樣不會幾何學的孩子，他頭一次碰到。總之，我討厭他，可是卻忍不住哭了起來。就連琴・安德羅斯這種人，一個多月前還說要是菲利普老師不幹了，那就太好了，她絕不會掉一滴眼淚，可是就是她哭得最厲害，還從弟弟那裡借手帕擦淚——俗話說男兒有淚不輕彈嘛，她弟弟就沒哭。

「噢，瑪莉拉，我悲痛到了極點了。菲利普老師向我們做了非常精彩的告別演說，開頭第一句話就是『我們分別的時刻終於到來了』，眞感人肺腑，連老師的眼睛裡都閃爍淚光，瑪麗拉。我們上課時說話，在石板上畫老師，拿老師和普里茜的事開玩笑，太不應該了，現在我們的良心都受到了譴責，感到後悔莫及。要是我也像米妮·安德羅斯那樣是模範生就好了，眞的，米妮絲毫不覺得良心有受到什麼譴責。女孩子們放學後，幾乎都是哭著回家的，大家的情緒才剛穩定一些，沒想到才過兩三分鐘，嘉麗·史隆又說一句『我們分別的時刻終於到來了』，大家便又『哇』地哭了起來。

「我太傷心了，瑪麗拉。不過，從現在開始有兩個多月的暑假，我不至於陷入絕望深淵的，對吧？另外，今天我還遇見剛下火車，新來的牧師夫婦。菲利普老師一走，我的情緒糟透了，不過我對新來的牧師夫婦很感興趣。牧師夫人長得很漂亮，不過並非美得超凡脫俗。牧師夫人穿著漂亮的藍色燈籠袖細軟薄毛布裙，戴著有薔薇花裝飾的帽子。琴·安德羅斯說燈籠袖衣服對牧師夫人來說是庸俗的，根本不適合。我從來不說那種不體諒別人的話，瑪麗拉。不過，我非常理解她渴望穿燈籠袖裙子的心情，因爲她才剛嫁給牧師，不對她寬容點兒，那她就太可憐了。聽說在牧師館準備好之前，他們要暫時住在林德夫人家。」

這天晚上，瑪麗拉說要去還冬天借的縫被子的框架，便跑到林德夫人家去了。其實要到林德夫人家去拜訪，就算沒有理由也沒什麼關係，但是瑪麗拉就像艾凡里的其他人們一樣，有著可笑的弱點，這就是其中的理由。這天晚上，有好幾個人都把向林德夫人借的東西還回去，甚至連一些她認爲借出去就回不來的東西也都被歸還了。在一個很少有大事的小村莊裡，怎麼說新任的牧師都是令人注目的，何況牧師還有位新婚不久的夫人，就更讓艾凡里的人們坐不住了。

被安稱爲缺乏想像力的前牧師姓本特里，他做了十八年的牧師，當初來艾凡里時就是單身。艾凡里好事的人們每年都熱心地爲他撮合，但都沒有成功。牧師一個人過著孤獨的生活，在這年二月份去世了。他也許在傳教方面不那麼擅長，但對於那些習以爲常的人們來說，他仍舊值得深深懷念。

從那以後，每個禮拜日，一個又一個的候補者接踵而至，輪流宣講教義。艾凡里教會的信徒們要求他們各盡所長，進行多樣化的宗教演說，信徒們再從中評價各個候補者。

然而，評價牧師不僅僅是長老們的事，在卡伯特家傳統固定的席位角落裡，一本正經地坐著紅髮女孩安。她和瑪麗拉持相同意見，認爲無論在什麼情況下，批評牧師都是不對的，所以沒有加入討論中。

「我想史密斯這個人還是不行，馬修。」這是安最後下的結論。「林德夫人說，看他講話的那種樣子根本就不行。我想他最大的缺點和本特里牧師相同，缺乏想像力。相反地，托里卻想像力過剩，和我的『幽靈森林』一樣，想像與現實離得太遠、太過於離譜了，林德夫人則說托里的神學造詣還不夠深。至於格雷沙姆是個非常好的人，對待信仰特別虔誠，愛說笑話，在教會裡常常引人發笑，但這樣沒有威嚴，牧師還是要有點威嚴的，對吧！馬修？

「我認爲馬沙爾的端莊表現倒是充滿魅力，但林德夫人說他還是單身，又沒訂婚。她做過各種調查，認爲年輕、單身的牧師不行，因爲他或許會和教區的哪個人結婚，那樣一來就變成大問題了。林德夫人把這些人都逐一考慮過了，最後確定請亞倫來當這裡的牧師。他的講道很風趣，祈禱又認眞，非常稱職。林德夫人說，不能說亞倫完美無缺，但只用年薪七百五十元就能請來一位不錯的牧師，這已經算過得去了。他還精通神學，對涉及教理的所有提問都能對答如流。林德夫人說她連牧師夫人娘家的人都認識，他們都是正經的人。在夫人看來，丈夫精通教理，妻子則勤於家務，牧師的家庭眞是個理想的組合呀。」

新來的牧師夫婦是一對新婚的年輕人，他們把牧師這個畢生事業當成自己的理想工作，他們從一開始就得到艾凡里居民的熱烈歡迎。理想崇高、坦率直爽的青年牧師和性格爽朗、溫柔熱情的夫人，在艾凡里的老人、小孩中都很有人緣。

安只見過亞倫夫人一面，就被她深深吸引住了，安又找到了一個知音。

「亞倫夫人眞好。」一個禮拜日下午，安對瑪麗拉說。「她是教過我的老師中最棒的一個。亞倫夫人首先說她認爲課堂上只有老師發問是不公平的，我也這麼說過幾回，是吧？亞倫夫人說學生喜歡問什麼問題就可以問，不必拘束，所以我就問了一大堆問題，我最擅長問問題了。」

「是啊。」瑪麗拉用力點點頭。

「另外還有露比．吉利斯，她問主日學校今年夏天會不會舉辦郊遊活動，因爲這個問題和班級的事毫無關係，所以我認爲這不是什麼很好的提問。不過，亞倫夫人聽了只是一個勁兒微笑。亞倫夫人笑起來眞美，她一笑就露出兩個可愛的小酒窩。我要是有兩個小酒窩就好了，我雖然比剛來時胖了些，但還是沒胖出酒窩來，我要是有了酒窩，也會給人好印象的。

「亞倫夫人說無論什麼時候，做什麼事都必須努力給人好影響。她非常熱情地對我們講解各種事情，我以前不知道宗教竟能這麼有趣。宗教這種東西，不知爲什麼總覺得它令人心情鬱悶，但經過亞倫夫人的講解就一點也不枯燥乏味了。我要是經常受亞倫夫人這樣薰陶，眞想成爲一名基督徒，但像貝爾校長那樣的基督徒實在讓人討厭，我寧可不要。」

「這麼亂講貝爾老師是不對的！」瑪麗拉用可怕的聲音說道，「貝爾老師是個非常好的人。」

「啊！當然了。不過，他看起來一點兒也不快活。若是能成爲一個好人，我就會整天快樂地唱著歌。雖然亞倫夫人認爲不能總是歡呼雀躍地過日子，畢竟牧師夫人若是那樣做的話，當然還是有點不合適的。不過，我知道一見到亞倫夫人，我就會想，自己要是個基督徒該多好呀，儘管亞倫夫人說過，就算不是基督徒也照樣能夠進天國，但我想還是成爲基督徒比較好。」

「近日內我想邀請亞倫夫婦來喝茶。」瑪麗拉想了想說道，「沒錯，下週三前後正好。不過這件事絕對不要跟馬修講，他要是知道了，肯定會找個藉口跑出去，雖然他和本特里牧師相處得很好，無話不談，可是要他陪新來的牧師喝茶，他絕對是不幹的。新牧師夫婦剛到的那天，就把他給嚇死了。」

「我絕對不會說出去的。」安保證說。「不過，瑪麗拉，到了那天，我也準備烤些喝茶時吃的蛋糕行嗎？爲了亞倫夫人，我想做點事。」

「可以烤點夾心蛋糕。」瑪麗拉回應說。

星期一和星期二，綠色屋頂之家緊張地忙碌起來。邀請牧師夫婦喝茶這麼重大的事，怎麼能敗在艾凡里其他主婦們手下呢？安因此非常興奮。

星期二傍晚，安和黛安娜坐在灑滿了黃昏餘暉的「妖精之泉」旁的紅石頭上，兩個人一邊把有冷杉樹脂的小樹枝浸到水中玩，一邊說著心事。

「全都準備妥當了，黛安娜，剩下的就只有明天早上由我做蛋糕，還有喝茶，以前都由瑪麗拉做發酵餅乾。我和瑪麗拉這兩天都忙得要命，邀請牧師夫婦喝茶責任重大，我還是頭一次經歷這種事呢。噢，黛安娜，眞想讓你到我家的貯藏室看看，眞是太壯觀了，裡邊有雞肉的果凍拼盤和凍牛舌。果凍有紅色和黃色兩類，還有奶油霜淇淋和檸檬餡餅、櫻桃餡餅、三種小甜餅，這還不算，還有水果點心和瑪麗拉拿手的黃杏子蜜餞，這是爲了請牧師夫婦喝茶，專門採來製作的。接下來就是奶油蛋糕和我做的夾心蛋糕。另外還準備了剛烤好的和久置的兩種麵包。

「一想到我要做夾心蛋糕，要是做砸了可怎麼辦呢？昨天夜裡我做了個夢，夢到被一個用夾心蛋糕做成的魔鬼追趕呢！」

「沒事的，肯定會成功的。」黛安娜爲她鼓勵。每到這種時候，她總會爲安打氣。「兩個星期前，在威頓野地不是吃過一塊夾心蛋糕嗎？那個確實很好吃呀。」

「可是做蛋糕這件事，你說要好好做它，它準會失敗的。」安嘆了口氣，便讓塗上厚厚一層樹脂的小樹枝漂浮在水上了。「唉，聽天由命吧！別再忘了加入小麥粉。啊，黛安娜，快看！多美的彩虹呀，我們一走，妖精就要來了，還會把彩虹當成圍巾用的。」

「什麼妖精呀，它根本就不存在。」黛安娜說。

因爲黛安娜的母親也聽說了「幽靈森林」的事，感到非常生氣，所以黛安娜認爲最好還是不要相信妖精這玩意兒。

「可是，妖精的存在不是立刻就能想像得到嗎？我每天晚上睡前總是望著外邊，妖精眞的坐在這兒，她是不是把泉水當成了鏡子，正在梳理自己的長髮呢？有時早晨我還會注意看看，露水邊上有沒有留下妖精的足跡。喂！黛安娜，這回你相信妖精的存在了嗎？別放棄想像呀！」

星期三的早晨終於到來，安昨晚興奮得一夜沒睡好。天剛濛濛亮，她就從床上爬起來，可能是昨晚在泉水邊玩，所以感冒了，但只要沒有變成肺炎，安就非進廚房不可。

一吃過早飯，安便開始做蛋糕，直到把蛋糕放進烤爐，關上爐門，她才長長吐出一口氣。

「現在，該想想還有什麼忘記做了，瑪麗拉。不過，您說蛋糕它能膨脹起來嗎？要是用到不好的泡打粉怎麼辦？開一罐新的吧。林德夫人說最近市面上有很多粗劣的混雜物，沒有像樣的泡打粉。她說政府應該想辦法整頓一下，現在是保守黨執政，怎麼期待也是白費。瑪麗拉，要是蛋糕膨脹不起來，該怎麼辦呀？」

「其他吃的東西還有很多哪。」瑪麗拉極冷靜地說。

然而，蛋糕竟然膨脹得比預料的要好，從烤爐裡一拿出來，就好像一顆金黃色的泡泡一樣，又鬆又軟，蛋糕就這麼簡單地成功了。安高興得把紅寶石色的果凍夾到中間，一瞬間，安眼前浮現出亞倫夫人品嘗蛋糕的情景，說不定還會再吃一塊呢！

「這次要用最上等的茶具了吧？瑪麗拉，用野薔薇和羊齒草妝點一下桌子好嗎？」

「裝飾花草很無聊。」瑪麗拉用鼻子哼一聲說，「重點是吃的東西，而不是無聊的裝飾。」

「貝瑞太太就是用花來裝飾桌子呀。」安說道。「聽說牧師還特地讚美一番，說不僅要吃得可口，而且要賞心悅目。」

「好吧，你願意就佈置吧。」瑪麗拉說道，心裡想的是，可不能敗在貝瑞太太和其他人的手下呀，「不過，可要留出空間好放盤子和食物才行。」

安決定要做出很漂亮的擺盤，讓貝瑞太太看了也羨慕。她具有獨特的藝術天份，把桌面裝飾得相當別致、典雅。

不一會兒，牧師夫婦來了。他們一坐下，便齊聲讚嘆桌面裝飾的美妙。

「這是安設計的。」瑪麗拉始終是公正的。亞倫夫人欽佩地對安笑了笑，安得意得像是升到了天空上。

馬修也來陪同客人了，他是怎麼被說服的，只有安才知道吧。起初馬修被嚇得渾身發抖，就要溜到樓上去了。瑪麗拉心想這下算完了，不對他抱持任何期望，然而經過安巧妙地勸說，馬修最後還是穿了件白領衣服和牧師聊了起來。雖然說他對亞倫夫人沒說一句話，但這樣的表現對於馬修來說已算很好了吧。

在安的夾心蛋糕端上來以前，一切都進行得很順利，客人也吃得很快樂，但是當蛋糕選上來後，品嘗了各種好吃東西的亞倫夫人竟莫名其妙地謝絕蛋糕。一看到頹喪失望的安，瑪麗拉立刻滿面笑容地說道：「請您就嘗一塊吧，這是安特地為夫人做的。」

「噢，要是這樣，我可不能不嘗嘗呀。」亞倫夫人笑道，切了一大塊蛋糕，牧師和瑪麗拉也各自取了一塊。夫人吃了一口，臉上立刻露出一種奇怪的表情，但她什麼也沒說，還是安靜地吃了下去，一直注視著亞倫夫人的瑪麗拉趕緊嘗了口蛋糕。

「安．雪莉！」瑪麗拉喊了起來，「天哪！你到底在蛋糕裡放了些什麼？」

「食譜上寫的東西呀，瑪麗拉。」安的臉痙攣似地抽動，她叫道，「不好吃？」

「太糟糕了，亞倫夫人是非常勉強吃下去的！安，你自己嘗嘗吧，看用了什麼香料？」

「香草精。」安說著嘗了一口蛋糕，臉立刻羞紅。

「只放了香草精呀，噢，瑪麗拉，一定是泡打粉不好了，那種泡打粉很值得懷疑……」

「別說了！快把裝香草精的瓶子拿來給我看看。」安飛快地跑到貯藏室，取來一個小瓶子，裡面裝著一點兒茶色液體，瓶子上用發黃的文字寫著「高級香草精」。

瑪麗拉接過瓶子，拔去瓶塞，聞了聞味道，「哎呀，安，原來你把止痛藥水當成香草精了！上星期我不小心把藥水瓶弄碎了，就把剩下的藥水倒進香草精的空瓶裡了，這件事我也有責任；沒事先跟你講，是我的不對，可是爲什麼不確定一下呢？」安聽了這話，委屈得哭了起來。

「什麼呀！我感冒了，鼻子什麼也聞不出來啊。」

說完，安轉身跑回房間，一頭撲到床上嗚嗚大哭起來，不論誰的勸說安慰都聽不進去了。

過一會兒，樓梯傳來一陣輕快的腳步聲，有人進到安的房間裡來了。

「噢，瑪麗拉，我完了。」安依舊埋頭大哭。「沒辦法挽回名譽了，所有人很快就會知道，艾凡里向來如此。黛安娜肯定會向我打聽蛋糕做得怎麼樣，我就不得不說實話。我會被人指著後背說，她就是那個把止痛藥水放到蛋糕裡當香料的女孩兒，我會永遠被吉伯那些男生們嘲笑的！噢，瑪麗拉，如果您有一點兒憐憫之心，請您別讓我現在洗盤子，等牧師夫婦走了之後我再洗也不遲，我已經沒臉再見亞倫夫人了。瑪麗拉，能不能替我對亞倫夫人解釋解釋？」

「那就快站起來，自己說說吧？」一個和藹可親的聲音說道。

安從床上一躍而起，仔細一看，原來站在床邊的正是亞倫夫人，她正笑瞇瞇地望著安呢。

「安，別哭了。」亞倫夫人說道。看到安哭得這麼悲慘，她好像眞有些擔心了，「誰都有可能做錯事的，這並不是一次可笑的失敗。」

「不是您說的那樣，只有我才會做出那種事來。」安十分頹喪地說。「爲了亞倫夫人，我拚命地想烤出一個香噴噴的蛋糕來……」

「噢，我明白了，儘管烤得不成功，但安的熱情和心意我知道了，我太高興了。快快，別再哭了，一起下樓帶我看看花圃吧，聽卡伯特小姐說好像有個安專用的小花圃，我對種花也很有興趣，想去看看呢。」

安被亞倫夫人這麼一說，果然不哭了，兩人一起下了樓。安想著，亞倫夫人也和我具有同樣的靈魂，太好了，以後再也不提這件事了。

送走客人，安心想，儘管出了一段插曲，但還是度過了一個相當愉快的下午。

「瑪麗拉，一想到明天我又會惹出什麼禍來，我就有點兒擔心了。」

「沒關係，因爲你總是要惹出些事情。」

「確實。」安悲傷地承認，「不過，瑪麗拉，只有一件事，我是有信心的，你注意到沒有？我從來不會犯兩次同樣的錯誤。」

「可是你會一再犯新錯誤，每次都不同。總之，那個蛋糕連豬都不願意吃，何況是人呢？」

第22章 作客牧師館

「又怎麼了？」瑪麗拉問道。安剛才到郵局去了一趟回來。「你是又碰到一位知音了嗎？」

此時的安，全身都興奮起來，眼睛因爲緊張激動而閃爍光芒，臉蛋像一朵綻開的鮮花。在八月溫暖夕陽照射出的寬闊陰影中，安如同被風吹拂的妖精一般，欣喜若狂地雀躍著，順著小路飛奔回來。

「不，不是遇到知音，瑪麗拉。您猜是怎麼回事？我被邀請明天下午到牧師館喝茶了！亞倫夫人送了請柬到郵局。您看，瑪麗拉，『安・雪莉小姐——綠色屋頂之家』。我被稱爲小姐！這可是頭一次啊！剛才一看到它，我就激動不已，這請柬是我最珍貴的寶貝，我要加倍珍惜它！

「我聽亞倫夫人說，她打算逐一請主日學校的學生們喝茶。」

瑪麗拉對這消息顯得異常冷靜，又不是什麼轟動的事，要是不冷靜一點，安肯定會出麻煩。然而，要安冷靜地待人接物就等於是改變她的性格，安對事物的感受可是異常敏感。

深深了解安的瑪麗拉，對容易衝動的安感到滿滿的不確定性，這樣的她承受得了坎坷人生的考驗嗎？爲此，瑪麗拉認爲，應該教育安把沉著、穩重當作自己的義務。

但是，瑪麗拉很清楚教育也沒用。對安來說，一旦計畫和願望落空，她便會跌入絕望深淵。

相反地，一切若能圓滿順利地實現，她則又會表現得欣喜若狂、陶醉其中。把這個孤兒培養成沉著穩重、舉止安穩的理想女孩兒也許很勉強吧，其實，瑪麗拉還是很喜歡現在這種個性的安，只是她自己並沒有察覺。

那天晚上，安心情鬱悶，一言不發地上了床，因為馬修說風轉成東北風，明天可能會下雨。屋外白楊樹的沙沙聲，在安聽來如同雨聲一般，她感到更焦慮了。遠處的波濤聲也像在拍打人的心弦般迴響，平日覺得悅耳的聲音，此刻聽來卻特別令人煩躁。她企盼明天是個好天氣，今夜卻似乎有暴風雨的前兆，她覺得再這樣下去，早晨永遠也不會來臨。

終於盼到黎明到來，與馬修的預測相反，是個晴朗的早晨，安高興極了。

「噢，瑪麗拉，今天我似乎看到誰都特別歡喜！」安一邊收拾飯桌，一邊情不自禁大聲說道，「心情太舒暢了！這種心情如果能一直持續下去該多好呀，要是每天都能被邀請，似乎就能覺得我要變成模範女孩了。不過，瑪麗拉，這是一次重要的聚會，我好擔心，萬一出了什麼差錯該怎麼辦呢？我還從未到牧師家喝過茶呢，其中的禮節我完全不懂，我真有點不安。」

「安，你就是太考慮自己了，你若是替亞倫夫人想想就好了。你要如何做，亞倫夫人才會高興？你應該思考一下這些才對呀。」瑪麗拉說道。

瑪麗拉這次的忠告意味深長，安立刻就注意到了這一點。

「就照您說的，我不再考慮自己了。」

最終，安非常有禮貌地結束了這次下午茶。雲彩飄浮在高空，被晚霞染成了淡紅和薔薇色。安興高采烈地回來了，坐在後門巨大的紅砂岩，把疲憊的腦袋偎在瑪麗拉的膝蓋上，津津有味地說了起來。

從西邊長滿樅樹的山丘上吹來清涼的風，拂過收割中的田野，吹得白楊樹梢沙沙作響。果樹園裡，晴朗寧靜的上空閃爍著幾顆星星。「戀人小徑」上，螢火蟲伴著風，飛舞在樹枝和羊齒草之間。安一邊說話，一邊目不轉睛地望著眼前這一切。微風、星點和螢火蟲，襯托出一種無法比喻的，不可思議的美妙氣氛。

「啊，瑪麗拉，太棒了，今天發生的一切，我將終生難忘。我一到牧師館，亞倫夫人便迎了出來，她穿著淺粉色細薄絲綢的漂亮裙子，上邊飾有一大堆波浪形褶子，宛如天使一般。我長大了也想嫁給牧師，我是眞的這麼想。牧師是不會介意我這一頭紅髮的，因爲牧師沒有那些庸俗的偏見，對吧？亞倫夫人天生就是個好人，我打從心裡喜歡她。在這個世界上，有像馬修和亞倫夫人那樣容易讓人接近、喜歡的人；也有像林德夫人那樣，如果不拚命努力，就不會成爲討人喜歡的人，因爲她事事精通，也熱心於教會工作。白沙鎮主日學校的一個女孩子也被邀請來了，名字叫羅雷塔·布德里，是個相當不錯的女孩，雖然不是我的知音，但是沏茶沏得非常可口，她的沏法我已經全部學會了。

「喝完茶，亞倫夫人彈起鋼琴，讓我們唱歌。亞倫夫人說我的音質很好，希望我以後能在主日學校的合唱團演唱，這讓我非常感激，我也能像黛安娜一樣，在學校的合唱團裡演唱了，這種光榮的事，我作夢也想不到呀。

「羅雷塔得早點趕回去，今夜在白沙鎮大飯店裡舉行了一場盛大的音樂會，她姊姊有個朗誦節目。羅雷塔說大飯店的美國人爲籌建夏洛特鎮醫院，每隔兩週就舉辦一次音樂會。白沙鎮的人們經常要求表演朗誦節目，羅雷塔說她也曾上台表演過，她說這些話時，我一直用敬佩的目光看著她。她回去以後，我和亞倫夫人又說了好些知心話，天南地北什麼都說——托馬斯夫人、雙胞胎、凱蒂·莫利絲以及維奧雷塔，還有我是怎麼到綠色屋頂之家來的，連爲幾何學頭痛的事也全都說了。說到這兒，瑪麗拉，你能相信嗎？亞倫夫人說她也曾爲了幾何學苦惱過呢，我聽她這麼一說，立刻振作了起來！

「我要走時，林德夫人來到了牧師館，你猜怎麼樣，瑪麗拉？據說，學校理事會新僱了一位老師，是位女性，名字叫默里埃爾·史黛西，是個羅曼蒂克的名字吧？林德夫人說艾凡里還從來沒有過女教師呢，她認爲這是個危險的嘗試，不過我卻認爲有女老師太好了。離開學還有兩個禮拜，怎樣才能熬到那一天呢？我好想早一點見到她。」

第23章 危險遊戲

然而，在見到新老師之前，安陷入了難熬的兩星期。「蛋糕事件」才過去快一個月，漸漸地，她對什麼怪事都不感到新奇了。在這之前發生過的意外包括：糊裡糊塗地把應該倒入豬飼料槽的脫脂牛奶倒進貯藏室的毛線籃；因為太耽溺於幻想而從獨木橋上跌入小河等事。當然，這些都不過是些雞毛蒜皮的小事。在安應邀到牧師館作客後的一星期，黛安娜·貝瑞又舉行了一次聚會。

「這是女同學的聚會，只有班上的女孩子參加。」安得意揚揚地對瑪麗拉說。

聚會的氣氛很輕鬆愉快，喝茶結束前沒發生什麼事。喝完茶後，大家都來到院子裡想玩點什麼，但對先前的小遊戲都玩膩了，應該要玩些新奇的，因此，她們就玩起了「挑戰遊戲」。這是目前艾凡里的小孩們最流行的遊戲，一開始只在男生間流行，後來漸漸擴展到女生圈子。如果把整個夏天在艾凡里玩「挑戰遊戲」發生的愚蠢可笑事件全都列舉出來的話，足夠寫本書了。

先是嘉麗·史隆向露比·吉利斯下挑戰：「你能爬上正門前那棵又高大又古老的柳樹嗎？」這棵樹上有許多綠色的粗毛毛蟲盤踞，露比嚇得要死，而且這會把她的新紗裙給弄破。雖然露比眼前浮出了會被母親訓斥的情景，但她還是不顧一切爬上去，挫敗了嘉麗·史隆。

接下來是喬西·帕伊向琴·安德羅斯挑戰「只用左腳在院子裡單腿跳著繞圈」，琴雖然勇敢地接受了挑戰，可是當跳到第三個牆角時，終於支持不住，右腳落地慘敗下來。

喬西的趾高氣昂令人討厭，於是安反駁道：「你能在院子東邊的木板牆上走嗎？」沒玩過這把戲的人也許不明白，這種事需要平衡技巧，因爲頭和腳跟很難保持衡。

雖然喬西．帕伊不太討人喜歡，但她好像天生就有在木板牆上行走的本領，因此她在貝瑞家的木板牆上走起來非常輕鬆、毫不費力。目睹了這場驚險的平衡感表演，女孩們雖然不甘心，但還是勉強對喬西讚揚了一番，大家開始到木板牆上小試身手，結果都失敗了。喬西一副驕傲的樣子，神氣十足地從木板牆上下來，噘著嘴，神氣地瞅著安。安一甩紅髮辮子說道：

「在又低又矮的木板牆上行走有什麼了不起？在瑪麗斯維爾還有能在屋脊上走的小孩子呢。」

「實在令人無法相信。」喬西說道，「有能在屋脊走的人嗎？至少你不能。」

「我要是能呢？」安逞強地喊。

「那就請你走走看吧！」喬西也不服氣地頂嘴，接著她挑戰道：「不服氣，你就爬到貝瑞家廚房的屋脊上試試呀！」

安聽完臉色都變了，然而話已出口，別無選擇了。貝瑞家在廚房頂上立著一把梯子，安走到那裡，女孩子們又驚又喜，都屏住了呼吸。

「安，你不能走在那上面呀！」黛安娜拚命地對她喊，「你會掉下來的，別在乎喬西說的話！她讓你做危險的事，她太無賴了！」

「要是不這樣，我的名譽就要受損了。」安嚴肅地對她說，「我只能接受挑戰，到那根屋脊上走。黛安娜，我要是死了，你就把我那個珍珠戒指留作紀念吧。」

女孩子們屏住呼吸，緊張地注視著。安爬上梯子後，在屋頂上站了起來，在屋架上走著，情況看上去危險萬分。由於樑木離地面太遠了，安高高地站在上頭，感到有些暈眩。

雖然如此，在大禍臨頭之前，安還是勉力走了幾步。她正想著不能失去平衡，突然就在被日頭烤燙的屋頂上踩空，隨即摔進底下茂盛的常春藤中！留在地面緊張觀看的女孩子們全慌了，因爲過度驚嚇而喊不出聲，事情就在一瞬間發生了。

安若是從爬上去的這側屋頂摔下來，黛安娜當場就可以得到那枚珍珠戒指，幸運的是，安是從另一側的屋頂上摔下來。這側的屋頂一直延伸到陽台頂部，房簷離地面非常近，從那裡摔下來也沒什麼大不了的。

儘管如此，黛安娜她們還是像瘋了一樣，繞過房子跑過去，只有露比．吉利斯嚇得腳像生了根，在原地歇斯底里叫起來。此時，安倒在一團亂的常春藤中，失去血色的臉上是一副精疲力盡的神情。

「安，你死了嗎？」黛安娜高喊著，失魂落魄地蹲在安旁邊，「噢，安，我的安，求求你，你開口說一句話吧，快說話呀！」

說到這兒，安便搖搖晃晃地坐起來，發出微弱的聲音，女孩們這才暫時鬆一口氣，尤其是喬西．帕伊，這才放下心中一塊大石頭。喬西深知如果這句話造成安的死亡，下場會是如何，她的腦海裡浮現出許多未來可能會出現的可怕景象。

「沒事，黛安娜，她沒死，只是有點神志不清了。」

「這是哪裡？啊，安，看看，這是哪裡？」嘉麗．史隆抽噎著問道。

沒等安回答，貝瑞太太就趕過來了。一看到貝瑞太太，安急忙要站起來，可是她又疼得低呼一聲，蹲了下去。

「怎麼了？什麼地方受傷了嗎？」貝瑞太太問道。

「腳踝受傷了。」安喘著氣說，「啊，黛安娜，請你求你父親送我回家。我無法走回去了，單腳跳著走太困難了，連院子的一圈都跳不完呢。」

這時，瑪麗拉正在果園裡採摘夏季蘋果，她忽然看見貝瑞先生穿過獨木橋，爬上斜坡走了過來。與貝瑞先生並肩而行的是貝瑞太太，兩人的身後跟著一大群女孩子。貝瑞先生懷裡抱著安，安有氣無力地偎在貝瑞先生肩上。

一瞬間，瑪麗拉似乎突然醒了，不安像銳利的刀子一樣刺進她心臟，瑪麗拉深刻感受到安的存在對自己來說多麼重要。在此之前，瑪麗拉還覺得安只是非常惹人喜歡，不，是非常可愛的孩子，然而此時，她近乎瘋狂地衝下山丘。她察覺到安對自己來說比任何事都重要，誰也不可能替代她。

「貝瑞先生，安怎麼了？」瑪麗拉急迫地喘著氣問道。平時的她非常冷靜自持，此刻的臉色全變了，現出多年來未曾有過的驚慌。

安抬起頭來，回答說：

「別擔心，瑪麗拉，我只是在屋頂上走，不小心掉下了來，扭傷了腳踝。不過，瑪麗拉，也許我的踝骨骨折了，所以傷勢可能很嚴重。」

「你只要去參加聚會，就會惹出一些事情來。」瑪麗拉說著，心裡感到如釋重負的輕鬆，說話語氣又恢復成尖酸的常態。

因爲痛得非常難受，安希望昏死過去的願望終於被滿足——她眞的昏迷了。

此時，正在田裡收割的馬修也被急忙叫回來。馬修立刻去請醫生，醫生來了以後，才知道安的傷勢比想像中嚴重多了，她的踝骨骨折了。

晚上，瑪麗拉上樓到安的房間，臉色蒼白的安躺在床上，憂心忡忡地問：「瑪麗拉，您覺得我可憐嗎？」

「你是自作自受！」瑪麗拉說著，放下百葉窗，點上燈。

「我不值得可憐，是因爲我自作自受嗎？不過，瑪麗拉，如果別人挑戰你，要你去走屋頂，您又會怎麼樣呢？」

「站穩腳跟，隨他們來挑戰好了！眞是的！」

安嘆了口氣，「您是個意志堅強的人，我比不上。我被喬西．帕伊當成傻子給愚弄了，眞令人難以忍受。喬西是我有生以來遇過最壞的人，我也遭到報應，不再那麼生氣了。昏迷到不省人事這種感覺一點都不好，醫生替我治療踝骨時，眞是疼死我了，這下要六、七個星期不能走路，也看不到新來的老師，等我上學時，她就已經不是新老師了，我的成績也會被吉伯和班上所有同學超越過。啊！我眞是命苦，不過要是瑪麗拉不生氣，我會拚命忍耐的。」

「好，好，我不生氣。」瑪麗拉說道，「你眞是個運氣差的孩子，不過，就像你說的，遭罪的還是你自己。來，吃點東西吧。」

在此後漫長、寂寞的七週裡，安眞不知道該怎樣感謝自己的想像力才好，但是她也不僅僅只靠想像力來度過。很多人來探望安，並且帶來鮮花和書本，爲她講述艾凡里學校的新聞。

「瑪麗拉，大家都非常熱情，親切地對待我。」安高興地對瑪麗拉說道，此時的她終於能下地走路了。「整天躺著雖然很討厭，但也有好的一面。瑪麗拉，透過這件事，我才知道我有許多朋友，連貝爾校長都來看我了！他眞是個好人，雖然我們不是知音……但我已經很喜歡他了，以前我還批評他的祈禱，這太不應該了。

「校長先生還對我說他小時候也骨折過的事。一想起貝爾校長也曾是個孩子，就有一種奇特的感覺，怎麼也想像不出他孩子時的模樣，看來我的想像力仍然有限度。我試著想像貝爾校長童年的模樣，雖然全身都變小了，但仍像在主日學校見到那樣，臉上留著白鬍子，還戴了副眼鏡。

不過，亞倫夫人小時候的模樣我卻可以輕易想像出來呢！亞倫夫人竟然先後來探望我十四次，這是一種榮耀的事吧？瑪麗拉，身爲牧師的妻子該有多忙呀！亞倫夫人一來，我的精神也振作起來了。喬西．帕伊來探望我的時候，我也儘量誠懇地對待她。她好像對於向我挑戰去走屋頂這件事感到後悔，我要是死了，她也沒臉活在世上了。而黛安娜的確是個忠誠的朋友，每天都在我的枕邊逗我，連林德夫人也來看望我了。

「啊！要是能上學就好了！聽到各種關於新老師的傳聞，讓我心裡好緊張，怎麼也不能靜下來，女孩們都已經對她著迷了。聽黛安娜說，她有著一頭金色捲髮，眼睛非常有魅力，經常穿漂亮的衣服，是艾凡里最美麗的大紅燈籠袖裙子。現在學校每雙週的週五午後是背誦課，背誦詩，還有演短劇小品，光是想想這些就覺得夠棒的了。喬西．帕伊非常討厭背誦課，因爲她缺乏想像力，黛安娜和露比．吉利斯、琴．安德羅斯現在正在爲下星期要演出的短劇《早晨的拜訪》加緊排練。還有，在沒有背誦課的星期五，他們會去上野外課，老師帶大家到森林中，觀察羊齒草、各種花朵和飛鳥，每天早晚各進行一次體操活動。林德夫人說她從來沒聽說過這種事，不就是聘請了一位女教師嘛！我卻認爲這太棒了！我想史黛西老師一定是和我相同類型的人。」

「有一件事可以確定。」瑪麗拉說道，「從貝瑞家的屋頂摔下來，好像沒摔掉你的舌頭。」

第24章 一場別開生面的音樂會

等安腳傷痊癒得能夠上學時，已是十月了。朝陽從地平線升起，山谷中瀰漫的晨霧在傾刻間被浸染陽光，帶著些許迷濛水色，露水如同覆蓋在原野上的銀布一般閃爍奪目。長滿樹木的窪地裡，枯葉堆積如山，一走過那邊，腳下就會發出「咔嚓、咔嚓」悅耳的聲音。「樺樹道」的樺樹好像搭起一頂黃色的帳篷般，腳下羊齒草的枯葉則把它染成茶色。安興高采烈地上學去，呼吸著大自然的清新空氣，心情舒暢極了。

安回到學校，又和以前一樣與黛安娜共用一張茶色書桌，她很快樂。露比．吉利斯隔著走道向安點點頭，嘉麗．史隆遞過來一張紙條，茱麗葉．貝爾從後邊座位上悄悄傳來一支松香。

安削完鉛筆，整理著畫片，心蕩神馳地深吸一口氣，噢！人生，實在是令人快樂。

新來的老師確實如安所預料，是一位值得信賴的朋友。史黛西老師是個通情達理、個性開朗的女子，她了解孩子們的心理，無論是在學習還是生活上，都能充分帶動孩子們的情緒，使他們的才智得到最完全的發揮。受到老師的影響，安愉快、迅速地成長著。

回到家，安便閃動著一雙明亮大眼，向瑪麗拉說起她的學習成績和目標，馬修則在一旁笑眯眯，一字不漏地傾聽，瑪麗拉則同往常一般，對安所說的一切保持批評的態度。

「瑪麗拉，我眞是打從心底愛著史黛西老師，她是那麼地溫文爾雅，連聲音都特別好聽，叫我的名字時還鄭重地加上了『E』，她非常尊重人，本能使她淸楚明白這一點。今天我背誦詩，背的是〈悲劇女王——蘇格蘭的瑪麗一世〉，我將全身心都投入這首詩的背誦中，到放學時，露比·吉利斯說，看見我背誦到高潮，她覺得自己的血彷彿也都凝固了。」

「好呀，什麼時候也在倉庫裡背誦？讓我也聽聽。」馬修說道。

「當然可以了。」安沉思著說：「絕不會比在同學們面前緊張得屏住呼吸，仔細聆聽我背誦時表現得差，我想馬修不會有那種血液都凝固的感覺吧？」

「聽林德夫人說，上星期五她看到男孩子們爬上貝爾先生家的大樹頂，要去掏烏鴉窩。當時的她就嚇得血都凝固了。」瑪麗拉說，「讓孩子們去幹那種事，史黛西老師到底要幹什麼呀？」

「觀察大自然，知道烏鴉是怎樣做窩的呀。」安解釋，「我們上野外課了，眞是太棒了！瑪麗拉，而且史黛西老師對什麼事都特別有耐心，講解得淺顯易懂。上野外課那天，我們還寫了作文，我的作文可是最優秀的喔！老師眞的是那麼說的，瑪麗拉，而且我也沒自傲，我幾何學那麼差，有什麼好驕傲的？不過我最近對幾何學終於有點開竅了，史黛西老師的講法特別好懂。

「我非常喜歡寫作文，常挑喜歡的題目來寫，下星期是以一位著名人物爲題材。成了著名人物，死後還能被寫到作文裡，您不認爲這很了不起嗎？本來嘛，能成爲名人就是件非常了不起的事了。我長大以後想當一名護士，佩帶紅十字標誌，成爲白衣天使，赴戰場拯救生命。當然了，這是在不能成爲傳教士到國外傳教的前提下。」

「一聽到宣傳什麼的我就煩。」瑪麗拉說道，她總認爲宣傳這玩意兒實在是無聊透頂。

到了十一月份，孩子們已經對星期五的野外課、背誦課以及體操等課程不再感到那麼新鮮、有趣了，於是，史黛西老師向公民會堂交了一份提案，提案的內容是在聖誕夜由孩子們召開一場音樂會，把收益作爲購買校旗的部分費用。

全體同學都非常贊成，孩子們立刻著手準備節目，被選擇擔任演出的人都很興奮，其中，安對此最爲著迷，也最熱中。雖然瑪麗拉沒好氣地反對她參加什麼演出，但安還是全心投入。

「痴迷得像傻子一樣，不會把重要的課業給耽誤了吧？」瑪麗拉嘟囔著說：「讓小孩子組織什麼音樂會，到處東奔西走地練習。你們這麼做不過是爲了滿足自己的虛榮心，爲此推波助瀾罷了。這樣下去，早晚會墮落成一個貪玩的人的。」

「可是，我們有很明確的目的呀。」安試圖改變瑪麗拉的看法，「要是有了校旗，團結的愛國之心自然就能培養起來，是吧？瑪麗拉。」

「簡直是太無聊了。你們這些孩子哪懂得什麼愛國心呢，只不過是想玩罷了。」

「籌辦音樂會很有趣的！我們有六首合唱曲，黛安娜獨唱、領唱，我參加《妖精女王》等兩個短劇的演出，男生們也有參加短劇。我還要朗誦兩首詩，一想到這裡，我就激動得發抖，這確實很令人激動啊。最後大家會站在一起，組成一幅『信仰、希望、博愛』的圖案，我、黛安娜和露比擺出圖中一個人物的姿勢，動也不動，還要把頭髮披散開來，穿白色衣服，我演『希望』，兩隻手像這樣交叉，放到胸前，眼睛仰望上空。我得在頂樓練習朗誦，假若您聽到呻吟聲，請不要驚訝，台詞裡有一個地方必須發出一種悲憤至極的吟聲，瑪麗拉。

「因爲短劇裡沒有喬西．帕伊能演的角色，她非常生氣，她想演妖精女王，不過，她可眞是愚蠢透頂，哪有像她那麼胖的女王呀，聽都沒聽過，妖精女王不都長得纖細苗條的嗎？飾演女王的是琴．安德羅斯，我則扮演一名宮女。喬西說紅髮妖精和肥胖妖精一樣令人難以接受，可我對喬西的話一點兒也不在意。我頭上戴著白色薔薇編成的花冠，露比．吉利斯還要借我一雙皮鞋。

「我們用矮小的針樅樹把公民會堂裝飾起來，在樅樹上還點綴有粉紅色薄紙做成的薔薇花。觀衆一入席，伴隨著艾瑪．懷特的風琴聲，我們兩人並肩一起排隊進入會場，艾瑪彈奏的是進行曲。哎，瑪麗拉，我知道您對我們的演出不太熱心，可我要是演出成功，您不也會很高興嗎？」

「你要是舉止端莊一些，我大概還會欣慰一點。這場鬧劇結束後，如果你能安穩下來，我就眞高興了。你現在這樣可不行，一聽你說話，我就疑惑，爲什麼你的舌頭磨不破呢？」

安嘆了口氣來到後院，西邊綠色的空中掛著剛升起的月亮，月光透過樺樹枯枝灑到大地上。馬修正在後院裡劈柴，安於是坐到圓木上，和他談起音樂會的事。馬修是安最忠實的聽衆，凡是安所說的事情，他總會熱情傾聽並不斷點頭贊同。

「是呀，的確是個很不錯的音樂會，安一定能演出成功的。」馬修邊說，邊微笑地看著信心十足、生氣勃勃的安，安也微笑地回望馬修一眼，這兩人眞是一對親密的好朋友。

馬修很慶幸自己和管教安沒有關係。管教是瑪麗拉的任務，馬修所扮演的角色是在義務和情感之間左右爲難，當夾心餅乾。在這種情況下，馬修倒是喜歡「寵溺安」，據說，掌聲總比鞭子更有效果。

第25章 聖誕禮物

整整十分鐘，馬修顯得神色慌張。這發生在十二月一個寒冷、陰沉的晚上。

黃昏時，馬修走進廚房，坐在木柴箱上，正要脫掉沉重的靴子時，發現安正和同班女孩子們在起居室排演《妖精女王》，對此，馬修一無所知。不一會兒，孩子們一起蜂擁著擠過正廳，吵吵鬧鬧地湧進廚房。馬修見到女孩子總是很難爲情，所以他馬上躲到木柴後面，女孩子們也沒有注意到他。馬修一手拎著靴子，另一手拿著鞋拔，足足有十分鐘，他只敢害羞地窺視著她們。

女孩子們邊穿衣帽，邊談論關於音樂會和短劇的事，安也和大家一樣，眨著大眼，露出一副陶醉的神情。躲在背後的馬修突然注意到安似乎和別的孩子有些不同。和其他女孩子比，安的表情輕快，眼睛也比別的孩子大，容貌小巧細緻，就連十足內向靦腆、不善於觀察別人面孔的馬修也看出了這點差別。

然而，馬修所注意到的與衆不同和這些毫無關係，究竟是什麼地方不同呢？過一會兒，女孩子們手拉著手回家去了。安還得讀書，於是也回到自己房間。馬修仍然在思考自己的疑問。這件事不能去問瑪麗拉，若是問瑪麗拉，她充其量只會用鼻子哼一聲，說安和其他孩子的不同之處就在於「別人時常沉默不語、沉靜穩重，安卻老是吱吱喳喳說個不停。」馬修想，聽瑪麗拉的這番意見，完全沒有任何參考價值。

這天晚上，馬修又掏出煙斗，陷入沉思。瑪麗拉對他的這副樣子非常反感，不過在足足抽了兩小時的煙後，終於讓馬修找出答案了。噢！原來是安和別的女孩的穿著不一樣啊！

馬修越想越覺得從沒看過安和其他孩子穿過相同衣服，從她來到綠色屋頂之家後，一直是如此。瑪麗拉也眞是的，一直讓她穿著式樣相同、樸素、俗氣的衣服。

馬修對服裝的流行一概不知，恐怕目前流行什麼款式他也搞不清楚吧，儘管如此，馬修還是注意到安的衣服袖子的確和其他女孩不同。馬修的腦海裡又浮現出傍晚的景象，安周圍那幫女孩子的身影，她們都穿著紅、藍、粉和白色的裙子，他覺得每個女孩子都打扮得非常華麗、漂亮，他不明白爲什麼瑪麗拉總是把安打扮得如此土氣呢？

當然，這樣也很好，瑪麗拉做事從未出過什麼差錯。負責管教安的是瑪麗拉，自己雖然不太清楚這些事，但總覺得應該爲安做點什麼。有一點他是清楚的，就是安起碼也該有一兩件漂亮的洋裝，幫安也買一件像黛安娜．貝瑞平時穿的那種洋裝不是很好嗎？

於是，馬修暗自決定要爲安買一件漂亮的洋裝，這不算是管閒事吧？再過三個星期就是聖誕節了，一件漂亮的洋裝會是很好的聖誕禮物。

馬修打定主意後，滿意地吐出一口氣，收起煙斗回到寢室去，瑪麗拉隨後趕緊把門窗全都打開通風。

第二晚，馬修急忙跑到卡摩地去買洋裝，他心裡有一種特別興奮的感覺。馬修知道買洋裝對自己來說是一件非常吃力的事，尤其是購買女孩子的洋裝，更是只能對店員的話言聽計從了。

左思右想，馬修決定不去威利阿姆·布萊亞的店，而是到沙米爾·羅遜的店去。實際上，卡伯特家一直是在威廉·布萊亞的店裡買東西，這已經是老規矩了，這和到長老教會以及支援保守黨一樣，是有關良心的作爲。

然而，在威廉·布萊亞的店，那兩位姑娘總是非常親切地出來接待。馬修對這兩位姑娘的熱情接待感到頭痛，總是無法清楚說出想要買什麼。馬修想買洋裝這件事，必須要仔細地跟店員說明和商量，如果不是男性店員，那要怎麼溝通呢？因此，他決定到羅遜的店去買，這間店通常都是由沙米爾或是他兒子負責的，所以讓他感到放心。

然而，馬修萬萬沒想到這回他錯了。沙米爾爲了擴展店鋪，所以添了女店員，馬修對此一概不知。新店員是沙米爾妻子的侄女，是個亭亭玉立的姑娘，頭髮向上梳成高聳蓬鬆的髮髻，一雙茶色大眼東張西望地轉動，嘴角總是掛著浮誇的笑容，手腕上戴了好幾個手鐲，手一動便閃閃發光、叮噹作響。

光是這麼一位女店員就足以讓馬修慌得六神無主了，加上手鐲一響，更把他嚇得膽戰心驚，完全不知所措。

「歡迎光臨！卡伯特先生！」魯西拉·哈里斯小姐和藹可親地招呼道，用兩隻手劈劈啪啪地拍了拍櫃檯。

「這個……這個……嗯，有耙子嗎？」馬修吞吞吐吐地問。

聽了這話，哈里斯小姐愣住了，在寒冷的季節要買什麼耙子？眞教人覺得奇怪。

「我想還有一兩把放在上面的小倉庫裡，我去看看。」

就在哈里斯小姐離開櫃檯的幾分鐘，馬修恢復了正常狀態，他決定再試看看。

哈里斯小姐拿著耙子回來，微笑著說道：「您還需要點別的什麼嗎？」

「不！那個……是那個……想要那個……我是說那個……我想請你允許我看看……也就是那個，呃，我想要點兒乾草籽。」

聽了這番結結巴巴，令人糊塗的問句，哈里斯小姐心想，眼前這人的話有些怪裡怪氣，看來有精神不正常的感覺。

「乾草籽要到春天才會有，現在已經沒庫存了。」哈里斯小姐像對待傻子一般地解釋。

「啊，對，對，您說得對。」可憐的馬修結結巴巴地說，抓過耙子就要出去，可是走到門口才想起還沒付錢呢，便又淒慘地折了回來。

就在哈里斯小姐找零錢時，馬修決定孤注一擲了，於是說道：

「那個……如果不麻煩的話……請把那個……呃……就是那個砂糖，讓我看看，看看……」

「是白的還是紅的？」哈里斯小姐耐著性子問。

「啊，啊，對了，就是那個紅的。」馬修聲音微弱地說。

「在那兒有桶裝的。」哈里斯小姐抬手指向某一處，手鐲跟著叮噹作響起來，「只剩下那麼一桶了。」

「啊，是……是嗎？那麼請給我二十磅砂糖。」馬修說完，額頭上已經滲出汗珠。

快回到家時，馬修好不容易才恢復自己平時的狀態。他心想，這簡直是一場惡夢，就是因爲去了不該去的店，才會得到報應。一到家，馬修趕緊把耙子藏進小倉庫，砂糖就沒有辦法了，只好拿到廚房去。

「這不是紅砂糖嗎？」瑪麗拉大喊，「你爲什麼買了這麼多呀？你知道只有在做工人的燕麥粥或是水果蛋糕時，才會用到這麼多的呀！傑利已經不來了，蛋糕不是以前做過了嗎？況且，這些砂糖又粗又黑，是品質不好的糖，威廉·布萊亞的店是不會賣這種糖的。」

「嗯，我還以爲最近也許會需要。」馬修搪塞道。

他又開始反覆考慮起這件事。如果對瑪麗拉說，她肯定會對自己的苦心計畫挑毛病，或者加以批評的，這樣一來便只能倚靠林德夫人了。讓馬修去和林德夫人以外的女人商量事情實在無法想像，馬修只好到林德夫人那裡去請教。

林德夫人爽快地答應爲馬修解憂。

「你想挑選一件洋裝送給安呀，這太好了，因爲我正要去卡摩地，到時候替你買一件吧。要什麼樣式呢？請你具體地說一下，如果沒有什麼要求的話，我就挑一件適合她的回來吧！我想安一定很適合穿雅致、清秀的深茶色衣服。威廉．布萊亞店裡最近新進來一批非常漂亮的緞布，我來替她縫製一件吧？要讓安大吃一驚才行，若是瑪麗拉縫製的話，也許事情會提前暴露出來……這事就包在我身上吧，誰讓我愛做針線活呢？我會按照我的侄女珍妮．吉利斯的身材做的，珍妮和安的體型簡直是一模一樣。」

「這個……真是麻煩您了，還有一點我不太清楚，最近女孩們的衣服袖子好像和以前的不一樣。這個……如果能請您按照現在流行的樣式裁袖子……」

「就是燈籠袖吧，當然可以了，馬修，交給我吧，我會替她做個最新流行的樣式。」

馬修一回去，林德夫人便一個人琢磨起來。

「我一直想讓這孩子穿一件像樣的衣服，這下總算能滿足了。若是穿上瑪麗拉給的衣服，簡直是不像話。我雖然多次心裡盤算著，想對她說個明白，但是瑪麗拉總是擺出一副聽不進去的態度。雖說她是個老處女，但在生兒育女上好像比我還內行。她把安那麼打扮，是想要讓她保持謙虛樸質的緣故吧。即使如此，安只要比較自己和別人的衣服，也會產生自卑的。可是馬修卻注意到這件事！這個人已經沉睡了很多年，似乎現在才突然甦醒過來。」

聖誕節的前兩週，瑪麗拉看出馬修似乎在計畫著什麼事，但卻始終搞不清楚。聖誕節前夕，林德夫人將新衣服拿過來，瑪麗拉顯得很平靜，連聲稱讚看起來挺不錯的，林德夫人於是在此刻說了事情始末，因爲馬修擔心如果讓瑪麗拉做的話，就會讓安知道了。然而，這話卻怎麼也不能讓人相信。

「我就在想馬修這兩星期以來總是一個人傻笑，一副偸偸摸摸的樣子。啊，原來如此呀。」瑪麗拉裝出大方的模樣。「我還在想他打算做什麼呢。安的確需要這麼好的洋裝，今年秋天我已經替她縫製了三件實用的衣服，再多就是浪費了——唉，這件洋裝，光是袖子就足夠奢侈的了，眞是的，這樣一來不就助長了安的虛榮心嗎？這回這小姑娘的願望終於得到滿足了，安曾說過燈籠袖的洋裝流行起來了，她對這種樣式簡直喜歡得不得了。」

聖誕節早晨，到處一片雪白，像一幅美麗的銀色風景畫。十二月以來，天氣開始變暖，人們都盼望著一個綠色的聖誕節，但夜間靜悄悄積起的厚雪，卻使艾凡里整個變了樣。

安透過結了冰霜的窗戶高興地向外瞧，「幽靈森林」的樅樹穿上銀衣，煞是好看，樺樹和野生櫻樹林好像被珍珠鑲了邊，田野裡的溝渠宛如雪白的酒窩一般。空氣淸爽新鮮，置身於這種環境之中，眞是舒暢極了。

安一邊大聲唱著歌，一邊走下樓來。

「聖誕快樂，瑪麗拉！聖誕快樂，馬修！多美的聖誕節呀，銀色聖誕節太美好了，雪白才是聖誕節的顏色呀！我最討厭什麼綠色的聖誕節。啊，馬修，那個是給我的嗎？啊，馬修！」

馬修用眼睛瞄了瑪麗拉一眼，然後打開紙包，小心翼翼地拿出洋裝。瑪麗拉正往茶壺裡倒開水，眼睛卻不停往這邊窺探。

安拉起洋裝，一聲不響地盯著、瞧著，這是多麼漂亮的洋裝呀，柔軟、美麗的茶色緞子，宛如絲綢一般具有光澤。裙子的一部分做成了波形褶邊和抽褶，腰身也按照流行的款式加上雙螺紋集圈，領窩飾有帶褶的薄薄花邊。然後就是袖子——最漂亮的長袖口一直延伸到手肘，再往上，燈籠袖被做成兩段，呈葫蘆形，兩段之間用抽褶收攏，上面紮著同樣褐茶色的絲綢帶子。

「這是給你的聖誕節禮物。」馬修靦腆地說道，「怎……怎麼樣？安，喜不喜歡？」

頃刻間，安的眼淚像泉水一樣湧了出來。

「哪會不喜歡！啊！馬修！」安把洋裝掛上椅背，緊緊握著雙手。「馬修，我太高興了！簡直不知道該怎樣感謝您！快看這個袖子！啊，我簡直是在作夢！」

「好了，好了，快吃飯吧。」瑪麗拉插嘴，「雖然我覺得這洋裝可有可無，但因爲馬修已經買回來了，你可要好好愛護呀，安。林德夫人還替你留下兩條髮帶，和裙子一樣都是茶色的。快收起來吧。」

「我好像不餓，吃不下去。」安出神地說。「在這激動人心的時刻，我覺得吃不吃早飯已不重要了，不如欣賞洋裝，飽飽眼福。謝天謝地！燈籠袖洋裝現在還在流行，假如在我穿上之前就過時了，那我可眞會受不了，無論怎樣我都會感到難過的。林德夫人太熱情了，竟然連髮帶都送給我，我肯定不會辜負她的一片愛心！如果我不能成爲一個出色的淑女，她會感到失望的，我今後一定會加倍努力的！」

安吃過無味的早餐後，黛安娜來了。從覆蓋著白雪的窪地獨木橋上，便能看到身穿紅色大衣的黛安娜興高采烈的影子。

「聖誕快樂，黛安娜！這眞是個美妙的聖誕節！有件東西想讓你看看，太棒了！馬修送我一件好漂亮的洋裝！尤其是袖子樣式非常特別，簡直無法想像會有比這更漂亮的裙子了！」

「說起禮物，這兒還有一個。」黛安娜說道。「看這個盒子。喬瑟芬姑婆寄來了一個很大的包裹，裡面裝滿了各種東西。這是給安的，原本我應該昨天夜裡就將它帶來給你，可是在天黑以後穿過『幽靈森林』來送東西，令人有些反感呀……」

安打開盒子，向裡面瞧去。首先映入眼簾的是一張寫著「致親愛的安聖誕快樂」的賀卡，賀卡下面裝著一雙腳尖飾有串珠、緞子和絲帶釦，非常可愛的小山羊皮鞋。

「啊，太漂亮了！黛安娜，簡直有點兒好過頭了！人間怎麼會有這麼美妙的東西！是不是老天在幫我呀？這樣，我不用跟露比借皮鞋也能參加音樂會了。露比的鞋子太大了，不太合我腳。侍女拖著鞋走路有多糟糕呀，一定會讓喬西．帕伊嘲笑的。嘿，黛安娜，你知道嗎？前天晚上練習結束後，羅伯．懷特和伽蒂．帕伊一起回去了，你聽說過這種事嗎？」

聖誕節這天，艾凡里的學生們整整一天都興奮得不得了，公民會堂也佈置安當，隨後他們進行了最後一次彩排。

音樂會在夜晚舉行，演出非常成功。小小的公民會堂裡擠滿了觀眾，參加演出的學生們個個表現精彩，其中安表現得最出色，特別引人注目，從喬西·帕伊嫉妒的目光可充分證明這一點。

音樂會結束後，安和黛安娜在星夜的籠罩下一同返家。

「真是一場精彩、熱烈的晚會！」安激動地說。

「一切都進行得很順利，我想大概賺了十塊錢吧。」還是黛安娜比較實際些。

「牧師說，他要把今晚音樂會的盛況寫成報導，投到夏洛特鎮的報社去呢，那樣一來，我們的名字就會出現在報紙上了！一想到這件事，我的內心就激動不已。黛安娜的獨唱可是相當成功呢！你被要求安可時，想到受此殊榮的是我的知心好友，我真是感到與有榮焉！」

「哪裡呀，安的朗誦才獲得了滿堂喝彩，你演的那個悲哀的角色真是太棒了。」

「我當時怯場了，當牧師叫我名字時，我連怎麼走上台的都不記得了，覺得彷彿有好幾萬隻眼睛在盯著我，開頭的那幾句話差點背不出來，真是把我嚇壞了。可是，一想起漂亮的燈籠袖洋裝，我的勇氣就出來了，黛安娜，你試著想，我怎麼能讓燈籠袖洋裝丟臉呢！所以我勉強開始，但覺得自己的聲音微弱得就像是從很遠的地方飄過來似的。幸虧在閣樓上練習過很多次了，否則我絕對沒辦法撐過今晚。我最後的那段哀鳴怎麼樣？聽起來還行吧？」

「嗯！你那一段哀嘆學得妙極了！我坐在座位上，還看見史隆夫人擦眼淚呢。吉伯·布萊斯的演出也很好——唉呀，安，算了吧，你就不能原諒吉伯嗎？你的固執似乎有些過頭了，就聽聽我的話吧。《妖精女王》那個短劇結束後，你從舞台上跑下來，頭上一朵薔薇也掉下來，我就看見吉伯把它撿起來，放進胸前口袋了！怎麼樣？因爲安是個幻想家，所以這次總該高興了吧？」

「他要做什麼，對我來說什麼意義都沒有，我甚至連想他都覺得無聊，黛安娜。」安昂著頭說道。

瑪麗拉和馬修已經有二十多年沒參加過什麼音樂會了。那天夜裡，安睡著以後，兩人便坐在廚房的暖爐前。

「眞沒想到我們家的安演得那麼精彩，一點都不輸給人家。」馬修得意揚揚地說。

「是呀！」瑪麗拉也深有同感。「馬修，這孩子很聰明，而且還很漂亮，音樂會上沒想到她演得這麼棒。總之，我今天晚上也爲安感到自豪，但我並不打算把這些話告訴她。」

「是呀，我也爲她感到驕傲，安睡覺前我對她說了。將來必須讓這孩子繼續深造，瑪麗拉。過些日子，安在艾凡里學校學習恐怕已經不夠了。」

「考慮這件事還太早了呀，到三月份她才十三歲。不過，今晚一看，她果然是長大了許多。瑞雪好像把裙子的尺寸稍微做大了些，她觀察到安的個子長得很快。那孩子理解力不錯，將來送她上皇后學院，她也會在學校拔得頭籌的，不過，還要一兩年呢，我想最好是先別說出去。」

「是呀，不過，慢慢地想也不壞呀，這些事越想越高興呢。」馬修說道。

第26章 組織故事社

艾凡里的孩子們好像已經很難再回到以往那般平庸老套的生活中了，特別是這幾週以來一直處於興奮狀態的安。一切又變回那麼單調、死板的樣子，眞有些受不了。音樂會之前那段平靜、令人愉快的日子還能再回來嗎？在最初的幾天裡，安對此根本不抱任何希望。

「黛安娜，我覺得我好像再也回不去那種浪漫的生活了。」安的語氣彷彿自己在敍述的是五十年前的事情。「也許過一陣子就會慢慢習慣了。可是音樂會這麼一鬧，就好像再也無法滿足自己了。昨天夜裡，我躺在床上翻來覆去，怎麼也睡不著，一次又一次地回憶著音樂會的情景，心裡久久不能平靜。」

隨著日子一天天過去，艾凡里的學生們漸漸地又恢復了往日安寧。

不過，安靜的背後仍然存在一些問題。比如說，露比和艾瑪．懷特因爲在舞台上互相爭奪座位，所以拒絕在班級裡同坐，她們持續了三年的友情也宣告破裂。喬西．帕伊和茱麗葉．貝爾整整三個月沒說過話，因爲喬西對貝絲說，茱麗葉在舞台上向觀衆謝幕時，活像隻搖頭晃腦的大公雞，而貝絲又把這句話偷偷地告訴了茱麗葉。

另外，史隆兄弟和貝爾兄弟也鬧翻了。查理．史隆和穆迪．斯帕約翰．麥克法遜也吵得不可開交。穆迪·斯帕約翰·麥克法遜在背後誹謗安的朗誦，被查理·史隆狠狠地揍了一頓，爲此，穆迪·斯帕約翰的妹妹整個冬天都沒和安說過一句話。

儘管發生了這些細小瑣碎的糾紛，但史黛西老師的王國依然有規律地運行著。

這年冬天是個少見的暖冬，幾乎沒下過雪。安和黛安娜能像其他季節一樣，穿過「樺樹道」去上學。

安生日那天，兩個人又邁著輕快的腳步，徜徉在「樺樹道」上，一邊閒聊，一邊留意四周的景色，因爲史黛西老師說過最近要以「冬天，在林中漫步」爲題寫一篇作文。所以，她們必須好好觀察一番。

「告訴你，黛安娜，今天開始，我就十三歲了。」安說道。「我也將成爲一名少女了！可是成爲少女的感覺是什麼呢？我還不清楚。今天早上醒來時，心裡還在想一切是否變得和從前不一樣了？黛安娜十三歲生日已經過去一個月了，你有沒有什麼耳目一新的感覺？我覺得人生變得越來越有意思了。再過兩年，我也要長大成人了，一想到那時，即使你說長句子也不會被人笑話，眞令人羨慕。」

「露比·吉利斯說她要是年滿十五歲，馬上就要找男朋友。」

「露比·吉利斯腦袋裡裝的只有男朋友。」安輕蔑地說道。「她的名字被寫在愛情傘下時，雖然她也裝出一副生氣的樣子，其實心裡還不是很高興？噢，我又在貶低別人了，換成亞倫夫人是絕對不會說這種話的，我要以亞倫夫人爲待人接物的楷模。亞倫夫人總是那麼完美無瑕，牧師似乎也是這麼認爲。林德夫人甚至連牧師夫人走過的路都崇拜得不得了，對一個人痴迷到這種地步，牧師也不好當呀。不過，牧師也是人，和大家沒什麼兩樣，也是會犯錯的。上星期日午後，我和亞倫夫人議論了好久，有關人容易犯的錯誤，談得很有趣。我容易犯的錯誤是常常陷入幻想而忘記自己的義務。我要加倍努力克服這個毛病，我已經十三歲了，今後會更加成熟的。再過四年，我就能把頭髮從後面盤起來。愛麗絲・貝爾十六歲就已經在盤頭髮了，看起來有些傻，我要等到十七歲時再做。我的鼻子假如像愛麗絲・貝爾那樣彎曲，我就不會盤頭髮了。」安斷言道。

「啊，不好，我又在貶低笑話人，事情應該到此爲止。以前我的鼻子曾被人誇獎過，這樣一來，就覺得別人的鼻子長得不如自己，這不是虛榮心的表現嗎？不過，說實在的，一想到自己的鼻子被人誇獎過，心裡的確很舒服。啊！黛安娜，快看，是隻小兔子！把牠寫進作文裡吧，冬季的樹林和夏季的樹林相比毫不遜色。雪白、恬靜，大地彷彿都在睡覺，做著甜美的夢。」

「老師說這篇作文星期一就必須交給她，時間太緊迫了，而且還說要『適當地』寫些故事，眞煩人哪。」黛安娜嘆著氣說道。

「這還不簡單嗎？」

「當然了，你有豐富的想像力，當然不成問題。你是不是已經寫完了呢？」

安點點頭，臉上極力裝出謙虛的樣子，卻沒成功。

「我是上週一晚上寫的，題目叫做『情敵』。我讀給瑪麗拉聽，可是竟被斥爲無聊透頂！我接著讀了一遍給馬修聽，卻被大大地誇講一番，我還是喜歡馬修這樣的評論家。這是個相當悲傷的愛情故事，所以我一邊寫，一邊忍不住流眼淚呢！

「故事說的是一名叫做蔻蒂莉亞．蒙莫倫茜和一名叫做傑拉爾典．希莫亞的兩個美貌少女。兩個少女住在同一個村子裡，感情很要好。蔻蒂莉亞長著一頭烏黑秀髮和晶亮的黑色大眼，傑拉爾典則長著一頭金髮，水汪汪的眼睛呈現紫色。」

「我從未見過紫色眼睛的人呢！」黛安娜有些不相信。

「我也沒見過，這是我自己想像出來的，只不過是想讓她和一般人稍微不同罷了。傑拉爾典有著像雪花石膏般的額頭，雪花石膏般的額頭我好不容易才弄明白，就是指額頭雪白、光滑的樣子。十三歲就是比十二歲了解得多呀。」

「那麼，兩人後來怎麼樣了？」黛安娜頗感興趣地問。

「兩個人到了十六歲還是那麼要好，這時候有個叫伯特拉姆．戴維爾的青年來到這個村子，並愛上了金髮的傑拉爾典。有一次，傑拉爾典坐馬車時，馬突然受到驚嚇，拉著車狂奔起來！恰巧被伯特拉姆遇上，伯特拉姆奮不顧身地攔住了馬，救下傑拉爾典。伯特拉姆抱著不省人事的夢中情人走了三英里才回到家，而馬車早已被撞得破爛不堪。求愛的情節非常難寫，我也沒有這方面的經驗，請教了露比．吉利斯才了解一些情況。露比．吉利斯有好幾個姊姊都結婚了，所以我想她在這方面肯定是權威。

「露比說，以前馬爾克姆．安德羅斯向她姊姊蘇珊求婚時，她躲在大廳倉庫裡偷聽過。馬爾克姆對蘇珊說：『我父親以馬爾克姆的名義把農場交給我了，所以，今年秋天咱們就結婚吧。』蘇珊回答說：『嗯，我不大確定，我想想看。』不久，兩人就訂了婚約——可是這樣的求婚一點兒也不浪漫！不是嗎？結果，還是得靠自己想像。我把故事中的求婚，設計得非常富有詩意和浪漫色彩。讓伯特拉姆跪著求婚，不過，聽露比．吉利斯說，最近跪著求婚好像已經不流行了。

「到傑拉爾典接受求婚爲止，我整整寫了一頁！光是考慮傑拉爾典的獨白，我就費了好多腦筋，前前後後修改了五次之多。我覺得這可以算得上是我的最高傑作了。但是，事情並非一帆風順，蔻蒂莉亞的出現讓兩人的甜蜜生活蒙上一層陰影，蔻蒂莉亞偷偷地愛上了伯特拉姆。當傑拉爾典對她說出婚約的事時，她立刻變了臉，特別是見到鑽戒和項鍊就更忍受不了了。她表面上仍然裝作和從前一樣，與傑拉爾典友好相處。直到一天晚上，兩個少女站在一座橋上閒聊，橋下是洶湧湍急的河流，蔻蒂莉亞以爲只有她們兩人在場，便突然把傑拉爾典推下河！但是，碰巧被伯特拉姆看見了，他悲痛地高喊『親愛的傑拉爾典，我來救你了！』便一頭跳進急流中，完全忘記自己不會游泳，兩個人擁抱在一起，直到被河水吞沒。他們的遺體不久被沖到了岸邊，最後就被埋葬在一起了。」

「太精彩了！」黛安娜聽完，長長地吁了一口氣。她和馬修是同類型的評論家。

「我怎麼也編不出這麼引人入勝的故事，我要是有你的想像力就好了。」

「想像力只要用心培養，多少都會有一些的。」安快樂地說：

「黛安娜，我想到了一個好主意，咱們創立一個故事社吧！經常練習寫故事，直到你能獨立創作爲止，怎麼樣？」

故事社就這樣成立了。一開始，社裡只有安和黛安娜兩人，很快地，琴・安德羅斯和露比・吉利斯及另外兩個感到有必要培養想像力的女孩子也加入了。故事社不歡迎男同學，儘管吉伯提議，如果讓男生進來會變得更熱鬧。故事社規定，所有成員每一週必須提交一篇作品。

「故事社很有趣。」安向瑪麗拉介紹起來，「每個人先朗讀過自己的作品，然後進行討論、評述。大家都表示要把自己寫的故事珍藏起來，將來好念給自己的子孫們聽。每個人都用自己的筆名進行寫作，我的筆名叫做羅莎門德・孟莫倫希！

「大家都很努力，只是露比變得過於多愁善感，作品中描寫戀愛的情節太多了，簡直到令人難以接受的程度。而琴正好相反，她的故事一點戀愛情節也沒有，朗讀的時候還羞答答，一副難爲情的樣子，她的故事非常地正統。黛安娜寫的作品大多是兇殺情節，她不知道如何處理人物，怕麻煩，最後只好把所有人都殺掉。大體上她寫什麼都是我教她的，如果不教，她就寫不出來。我的靈感太多了，這對我來說簡直不成問題。」

「你寫的作品還差得遠哪。」瑪麗拉輕視地說。「整天只會想那些愚蠢無聊透頂的東西，把課業都給耽誤了。」

「可我是爲了好好記取教訓才寫的，瑪麗拉。我特別注意這一點，好人必有好報，惡人必有惡報，主要在於教訓。牧師就是這麼講的。我把自己寫的故事讀給牧師和亞倫夫人聽，兩個人都提出了一些有益的意見，只是讀到我的敗筆之處，他們也都笑了。我最喜歡悲傷得能催人熱淚的那種情節，在我的故事中，那種情節一再出現，琴和露比十之八九會傷心落淚。

「黛安娜在寫給喬瑟芬姑婆的信中也提及了故事社。不久，喬瑟芬姑婆回信說希望能寄一些寫好的故事給她，我們挑選了四篇最好的故事，乾乾淨淨地謄寫，然後寄給她。喬瑟芬姑婆來信說她從沒讀過這樣精彩的作品。我們都感到有些不可思議，因爲我們的故事太悲情了，登場人物幾乎都死掉了。不過，能讓貝瑞小姐高興實在太不容易了。故事社也能爲社會做點有益的事，無論做什麼都應該以此爲目的，這是亞倫夫人常對我們說的。我雖然想盡力爲社會做出一點貢獻，但一玩起來就不知不覺把這個目的拋到腦後了。長大以後，我也要成爲像亞倫夫人那樣的人，有這種可能嗎？」

「我看挺難的。」瑪麗拉答道。她覺得只有這樣才能鞭策和勉勵安，「亞倫夫人哪像你這樣健忘、無聊。」

「亞倫夫人以前也並非像現在這樣呀。」安認眞地說。「這是她自己說的。她小時候曾經是一個非常頑皮的孩子，到處闖禍，聽到這些，我也安心多了。

「瑪麗拉，是不是聽到別人以前很壞、很調皮，自己就會感到心安理得？林德夫人說這樣不好，她說如果聽說誰小時候曾經是個壞孩子，她的心靈會受到衝擊的。以前，曾有個牧師說自己小時候常到伯母家的貯藏室裡，偷拿草莓奶油餡餅吃，林德夫人說自那以後，她再也不能尊敬那位牧師了。但是我卻不那麼想。您想想看，一個人做了那種事都能說出來，那眞是太了不起了。如果那些做了錯事又後悔莫及的男孩聽見了，就會認爲長大以後或許也能成爲牧師，這樣一來，不就成爲一種勉勵和鼓舞了嗎？我就是這麼想的，瑪麗拉。」

第27章 虛榮心的報應

四月的白天越來越長了。瑪麗拉參加完婦女協會的聚會後，在回家路上，就感受到冬去春來的變化，興奮得心臟撲通撲通直跳。春天的到來同樣爲男女老少帶來了歡樂。

瑪麗拉關心別人和社會比自己還多。她腦子裡整天想著的都是婦女協會的事，像是爲傳教募捐以及禮拜堂鋪新地毯等等。她一邊思索這些事，一邊欣賞四周景色，沉浸在一片輕鬆、舒暢的氣氛裡。

夕陽西下，映紅的田野漸漸融入淡紫色迷茫的暮色中。小河對岸的原野上，留下了樅樹尖的影子。林中如鏡面般的泉水周圍，挺立著酒紅色的楓樹花蕾。附近的小路兩側，新芽剛剛吐綠，甚至能感受到埋藏於沃土之中的生命氣息……大地回春，連這個老實、正直的中年女人內心深處也湧起一股難以形容的喜悅，腳步不由得加快起來。

隔著樹叢，瑪麗拉遠遠地就能看見了綠色屋頂之家。夕陽的光線從窗玻璃上反射出來，像一團燃燒的火般耀眼。收養安之前，瑪麗拉每次參加聚會回來，等待她的只有冷清的廚房；可現在不一樣了，廚房裡有可愛的安在盼著她，火爐內的木柴肯定正燒得劈劈啪啪響。一思及此，瑪麗拉便有種莫名的滿足感。

可是，事實卻令瑪麗拉大失所望。她來到廚房一看，發現暖爐的火是熄的，到處都不見安的影子。瑪麗拉既無奈又焦慮，安答應好的，說她五點時會先把茶準備好，現在看來只好先脫掉外出服自己動手了，在馬修從田裡回來以前，必須先把茶準備好。

「等安回來，非得狠狠地教訓她一頓不可。」瑪麗拉的臉色非常難看，像在發洩似的拚命用刀削下木屑。剛從田裡回來的馬修正坐在往常的位子上，等著喝茶。

「安整天只記得和黛安娜編故事、練習短劇，淨做些無聊事，我吩咐的事全都忘光了。這孩子也該清醒了，亞倫夫人是誇獎過，像安這樣聰明，脾氣好的孩子她還從沒見過，可這有什麼用呢？這孩子各方面都很不錯，但假如只會空想一堆，接下去還不知道要惹出什麼麻煩來呢。

「噢，對了，今天的婦女協會聚會中，瑞雪還是重覆著以前那一套，我聽了很生氣。倒是亞倫夫人非常疼愛、關心安，為安辯解，否則在衆人面前，瑞雪也許不會說得太好聽。安的確是個缺點很多的孩子，我也從不否認，可是，畢竟負責教育安的是我，不是瑞雪呀！今天我讓安留下來看家，誰知她又隨便跑出去了！這孩子也眞叫人操心，不僅毛病多，而且到現在竟然都不聽我的話，看來以後就更別指望她了，她太讓我失望了。」

「對，對，你說的很對。」馬修雖然肚子很餓，但還是很耐心地順從與傾聽瑪麗拉。根據以往經驗，現在最好的辦法就是讓瑪麗拉發洩個夠。

晚飯準備妥當，天也完全黑了，可是安仍然沒有回來。

瑪麗拉陰沉著一張臉，把盤子洗完、收拾好，然後要到地下室拿東西，這才想起蠟燭放在安的房裡，便上樓來到安的房間。她摸黑把蠟燭點著，回過頭來赫然發現原來安沒出門，而且正趴在床上。

「怎麼回事？」瑪麗拉嚇了一跳。「你睡著了嗎？安！」

「嗯。」安好像滿腹心事。

「怎麼，哪兒不舒服嗎？」瑪麗拉關切地來到床邊詢問。

安似乎永遠也不想讓別人看見的樣子，把頭深深地埋進枕頭裡。

「沒什麼不舒服的，不過我求求您，請您到那邊去吧，不要看我，我已經陷入絕望深淵了。班級裡誰得了第一、誰作文寫得最好、誰參加了主日學校合唱團都與我無關，我都不在乎了。反正，我哪兒也不去了，我的人生已經完了，求求您了，瑪麗拉，到那邊去，別看著我。」

「你在胡說些什麼？」瑪麗拉不明白到底發生了什麼事。「安，究竟是怎麼回事？你做了什麼？馬上給我起來說清楚，馬上！」

安一臉絕望的神情，老實地下了床。

「瑪麗拉，您看看我的頭髮。」安用蚊子似的聲音說道。

瑪麗拉舉起蠟燭，仔細地看了看安垂下來的濃密秀髮。

「安，你的頭髮是怎麼了？怎麼變成綠色的？」的確，安的頭髮變成了綠色，但髮根仍隱約露出一些紅髮，看上去非常糟糕，瑪麗拉不禁覺得有些好笑。

「對，變成綠色的了。」安簡直像在呻吟。「我原以爲沒有比紅頭髮更糟糕的了，沒想到綠頭髮竟比紅頭髮更可怕！」

「你必須解釋清楚，這究竟是怎麼回事？這裡太冷了，馬上下樓到廚房去。你已經三個多月沒惹過麻煩，我還以爲你徹底改正了呢！老實說，你的頭髮到底是怎麼了？」

「我染了。」

「染了？把頭髮染了？我說安啊，難道你都這麼大了，還分辨不出好壞嗎？」

「這點我懂。不過，如果能改變頭髮顏色，就是吃點苦頭，做點不好的事我也願意，這樣做會造成什麼後果我也曾仔細想過。瑪麗拉，從今以後，我一定做個聽話的乖孩子，我準備贖罪。」

「下了決心染髮，怎麼不染個正常的顏色呢？要是換成我，我是絕對不會染成綠色的。」瑪麗拉嘲諷道。

「我並不打算染成綠色呀。」安十分頽喪地說。「我是下了決心想變成烏黑的髮色，但他竟然不守信用！亞倫夫人說過，指責對方說謊而沒有證據，那你就不能懷疑人家。可是我現在有證據呀，我的頭髮變成了綠色，這就是最好的證據。不過，當初卻找不到這種證據，所以我就無條件地相信他的話。」

「他的話？他是誰呀？」

「下午來的一個小販，我就是從他那裡買來染料的。」

「安呀，我跟你說過好幾遍了，那種義大利人不能讓他隨便到家裡來！你讓他進來了？讓一個陌生人在我們家轉來轉去的，這是會壞事的！」

「我沒允許他進家裡來，瑪麗拉說過的話我都記著。我把門關好，讓他在大門外的台階上給我看染料。他的大箱子裡裝滿了有趣的東西，他是爲了把夫人和孩子們從德國接來才這樣拚命賺錢的。他那樣不厭其煩地推銷自己的商品，我有點可憐他，因此想做點事好幫幫他，就在那時，我發現了這瓶染料。那個小販向我保證說，不論是什麼樣的頭髮，都能染成美麗的黑色，還說怎麼洗也不會褪色，他的宣傳非常有誘惑力。可是一瓶染料要價七十五分錢，而我當時只有五十分錢。小販心腸非常好，便以五十分錢賣給了我，因爲這是最後一瓶了。

「那小販一走，我馬上回到屋裡，按照說明書上說的，用舊梳子沾上染髮劑刷頭髮，就這樣開始染，我把一整瓶染髮劑都用上了。噢，瑪麗拉，當我從鏡中看到我的頭髮變成那種可怕的顏色時，簡直後悔死了，我眞恨自己怎麼會做出這種事呢！」

「雖然你現在感到後悔了，但還是要深深地反省，虛榮心的報應到底是什麼，你應該刻骨銘心吧。」瑪麗拉嚴厲地說。

「你必須清楚怎樣做才正確，先把頭髮好好洗一洗，看能不能洗掉。」

瑪麗拉說得對，安決定趕快去洗掉。她用肥皂和水使勁地反覆搓洗，但仍不見一絲效果，看來，小販說染料不易褪色是眞的。

「瑪麗拉，這可怎麼辦？」安急得哭了起來。「以前我做的那些蠢事大家都已經忘了，這次完了，我怎麼也解釋不清了！喬西．帕伊見到我弄成這副模樣，肯定會笑死的。瑪麗拉，我絕不出現在喬西面前，整個愛德華王子島可能就屬我最不幸了！」

因爲染了頭髮，導致安整整一個星期不出門，每天只是拚命地用洗髮劑洗髮。家人以外，知道這個祕密的只有黛安娜一人，她誰也沒說，可見黛安娜非常守信用。

又過了一星期，瑪麗拉做出了一個無情的決定。

「安，我看光洗是白費力氣，這麼厲害的染料我還是頭一次見到。沒別的辦法了，只有剪頭髮這一招了，你這樣的頭髮是不能到外面去的。」

安的嘴唇顫抖，悲痛地嘆了口氣，低下頭去拿剪刀，她承認只有這個辦法了。

「瑪麗拉，最好咔嚓一下就把它們全部剪掉，否則這樣子太難看了。小說裡曾描寫過因病掉髮的人，或者爲了賣頭髮才剪的女子。如果是因爲這些原因，那我還能受得了，可我偏偏是因爲染壞了才剪掉。如果對別人說是嫌頭髮長得礙眼才剪掉的，不知會引起什麼樣的反應。瑪麗拉，在您剪的時候，請允許我哭好嗎？這對我來說，實在是場悲劇呀。」

安是哭著剪完頭髮的。剪完後，便急忙跑到鏡子前看看鏡中的自己，她絕望了，但過了一會兒，情緒反倒穩定下來。瑪麗拉幾乎把安的頭髮全剪了，只剩下短短的髮根。安氣得把鏡子翻轉過去。

「在頭髮長出來前，我絕不再照鏡子！」安暴躁地叫道。誰知剛說完不久，她又突然把鏡子翻回來。「不行，做錯了事就得贖罪。我要每天從這裡經過，照照鏡子，儘管很難看，可是還是得照。雖說我的頭髮是紅色的，但我也爲它的濃密和捲度而感到自豪呀。這下可好了，連驕傲的本錢都沒了。」

星期一，當安頂著一顆小平頭出現在學校時，立刻引起了一陣騷動。誰也不知道安爲什麼剃光了頭。喬西・帕伊覺得安就像稻草人一樣蠢得要命。

「雖然喬西亂猜我剃光頭的原因，可我就是什麼也沒說。」這天晚上，安對瑪麗拉訴說著心裡話。此時的瑪麗拉剛剛被頭痛折磨完，正躺在沙發上休息呢。

「這是對我的懲罰，我必須忍住。喬西諷刺我，我就寬恕她。寬恕別人，精神上也會感到非常快樂。從今以後，我要全力以赴，努力做個好孩子，絕不再胡思亂想了。我長大後，也要成爲瑪麗拉、亞倫夫人和史黛西老師一樣善良的人。

「黛安娜說，等我頭髮稍微長出來後，就可以用黑色的天鵝絨絲帶把頭纏上，她說得很對。瑪麗拉，我又在喋喋不休了，我是不是說太多了？您的頭還痛嗎？」

「基本上不痛了，不過，頭痛越來越嚴重，必須找個醫生醫治了。對你剛才說的事，我沒啥感覺，我已經習慣了。」倒不如說，瑪麗拉漸漸喜歡上安的滔滔絮語了。

第28章

倒帽的白百合少女

「當然了，得由安來扮演依蓮，我可沒有坐著小船到那裡去的勇氣。」黛安娜說。

「我也不行。」露比．吉利斯說，「如果兩三個人一起坐到小船裡，小船還能繼續往前走，那倒很好玩，可要是翻了，我們不就會被淹死嗎？那種事可不能做，太可怕了，會被淹死的。」

「不過，那樣多浪漫呀。」琴．安德羅斯說。「我沒辦法安靜地待著，我總會想注意船航行到哪兒了，每隔一分鐘就想起來看看，怕船過了頭，這樣一來，所追求的那種情調不就被破壞了嗎？安。」

「可是，紅髮依蓮實在太奇怪了。」安悲傷地說。「坐小船我不怕，我也想扮演依蓮，但要讓我來演依蓮可就太糟糕了，還是讓露比來演吧，她的皮膚雪白，長長的金髮又是多麼漂亮。依蓮不就應該『飄逸著閃亮的頭髮』嗎？依蓮是白百合少女吧，紅頭髮的白百合少女怎麼行呢？」

「安的皮膚不也和露比一樣白嗎？」黛安娜熱心地說。「髮色還比剪掉前深了呢。」

「真的嗎？」安未假思索地大聲說道，臉上也高興地泛起了紅暈。「我也是那麼想的！還沒有人說過我的髮色是茶褐色呢，黛安娜！」

「差不多，那樣可就漂亮了。」黛安娜說，出神地盯著安那如綢緞般光亮的短髮。安剪得光禿禿的腦袋上，漂亮地繫著黑色天鵝絨絲帶。

四個人此時正站在果樹嶺的池子旁，白樺樹像防波堤似的圍住那裡，池子上邊伸出了一座小木台。露比和琴在盛夏時常到這兒來玩，安也在隨後加入了。

安和黛安娜這個夏天的大部分時間也都在這邊度過。威頓野地的故事已經一去不復返。貝爾家在春天時把牧草地的那片小樹林砍掉了，安還坐在被砍掉的樹墩上傷心地流淚過呢。但她很快便從丟失回憶寶地的惆悵中恢復，就像她和黛安娜說過的，身爲即將邁入十四歲之齡的成熟十三歲女孩，不宜再留戀於孩子氣的家家酒遊戲上了。

而且，如今她們發現，在池子邊玩很有意思，站在橋上釣魚更是妙趣橫生。有一次，她們倆還差點把貝瑞家捕鴨用的平底小船給燒焦了。

是安提出要排演依蓮的故事的。那個冬天，她們在學校裡讀丁尼生的詩，教育長曾指示在愛德華王子島的學校講授英語時應該提到詩人丁尼生。學校正好就在教這位大文豪的詩作，並對他的作品和文法進行了精細的剖析。學生們都覺得金髮的白百合少女、騎士蘭斯洛特、王妃葵妮維爾、亞瑟王等等人物都栩栩如生，彷彿會出現在身邊一樣。安更爲自己沒能生在卡美洛王國而暗自惋惜。她曾說過，那個時代一定非常羅曼蒂克。

對安提出要排練短劇的主意，所有人都非常贊成。她們打算把小船從船塢推出來，坐在船上通過橋下，然後再划到池子的轉彎處到下游。要忠實呈現原作場景，這個路線正合適。

「行了，我來扮演依蓮吧。」安很勉強地說。她對於能演主角感到高興，可是總覺得應該由相襯的人來演才合適，她認爲自己並不太適合。

「露比演亞瑟王，琴演葵妮維爾，黛安娜演蘭斯洛特，還需要有人來演依蓮的兄弟和父親，年老的僕人就不用了。」

黛安娜回家把披巾拿來，安在小船上邊把披巾展開，躺下閉上眼睛，兩手放在胸前。

「喂，看她好像眞的死了。」露比有些不安地小聲說。安躺在那兒動也不動，白樺樹枝的影子散落到她的臉上。「我怎麼感到怪嚇人的，咱們這麼演不知行不行，林德夫人看了肯定會說，戲劇讓你們這麼演就糟了。」

「露比，林德夫人怎麼了？她說這樣不行嗎？」安嚴厲地說，「這可是林德夫人出生前幾百年的事了，不這樣演能有氣氛嗎？嘿，該琴發揮表演才能了，設計幾個動作吧。依蓮已經死了，死人是無法哭的。」

安打扮得不太漂亮，沒有銀線外套，只好用發黃的日本絲綢鋼琴罩代替；沒有白百合，只好用一枝青白的長莖溪鳶尾花代替，看起來還眞像一回事。

「準備好了！」琴說。「大家該與依蓮吻別了。黛安娜這時就該說『妹妹，永別了』；露比說『我可憐的妹妹』，你們倆要盡力表現悲傷，安的嘴角要帶點微笑。走，到小船上去吧。」

安隨卽上了小船，這時船底磨到埋在土裡的舊樁子。黛安娜、琴、露比三人目送小船向橋那邊漂去，然後三人立刻向樹林走。戲劇中的蘭斯洛特、葵妮維爾、亞瑟王等人要到下游去，迎接白百合少女。小船在水中慢慢地搖晃，向下游漂去，安暫時又沉浸到浪漫的遐想中。然而就在此時，小船突然開始浸水，安一下子不知所措了。「依蓮」手裡拿著「銀線外套」和黑色披肩，從船上站了起來，陷入困境。她茫然地盯著已經裂開的船底，水咕嚕咕嚕地進到船中，當小船漂到船塢木樁的尖端時，整條船又被卡住了，船底被碰碎，船板裂開了。安此時還沒有意識到這樣會有多危險，不過她立刻就明白了。小船總算漂到下游尖角，船內已經浸滿了水，船幾乎就要沉沒了。船槳在哪裡呀？原來船槳被忘在船塢了！安見狀大驚失色，不禁哭了起來，可是周圍沒有任何人，哭也沒有用。安嚇得嘴唇直哆嗦，但她馬上又振作起來，獲救的機會只有一個。

「當時可把我嚇壞了！」

安在第二天對亞倫夫人講述昨天的險事時，激動地說道：「小船漂到橋邊時，彷彿過了許多年似的。水一點一點滲進船裡……我已經沒有別的辦法了，只好認眞地向上帝祈禱，不過我可沒有閉上眼睛，能拯救我的辦法只有一個，對吧？只要小船能往橋的樁子那邊漂過去，我就可以爬到樁子上去。我仔細看看四周，明白我必須那麼做了，我反覆祈禱著：『上帝呀，讓小船漂到樁子那邊去吧，到了那裡我就會有辦法了！』」

當時，安拚命挑選美好的言辭做禱告。很快地，小船發出「噹」一聲，撞上木樁就停住了。

「我把披巾和鋼琴罩都披在身上，蒙老天保佑，前邊還有個大樹墩，我爬上去後一動也不敢動。後來，我從滑溜的椿子上下來，用手緊緊抓住它，當時那種處境與羅曼蒂克完全相反，可我已經顧不了那些了，我得小心不要被淹死呀。我接著又開始祈禱，然後用力抓緊木椿，可是要想回到陸地上，必須有人來救我才行。」

當時，小船丟下安，獨自漂流而去，最後沉到水裡。正在下游等候安的三人，目睹漂到眼前的船漸漸沉到水裡，嚇得「啊」的慘叫一聲，她們以爲安也一起沉到水裡了。剎那間，三個人臉色蒼白，嚇得全身僵硬，直挺挺地佇立原地。過了一會兒，三個人才清醒過來，大聲叫著，向樹林拚命跑去，穿過街道，但沒有看見安的身影。

此時的安，處境非常危險，她必須死抓著木椿，不可以鬆手。她看到三個人朝她哭喊，心想不久就會有人來救她了，現在必須咬牙撐住。

時間一分一秒地過去，這個倒楣的白百合少女慢慢數著時間。「她們幾個爲什麼還沒來呢？跑到哪裡去了呢？難道三人都嚇昏了嗎？如果這樣下去，沒人救我……」安的手腳都僵硬了，疲憊不堪，再也抓不住了……怎麼辦呀？安想道，忽然感覺到腳下似有東西在蠕動，周圍還有可怕的綠水。她的身體顫抖起來，但她決定要盡力不驚動『牠們』，並開始做臨終前的各種想像。

就在安的手腕和指尖痛得幾乎要忍受不住時，吉伯．布萊斯划著安德羅斯家的小船，從橋下往安的所在地而來。突然間，他看到臉色蒼白，正在水中掙扎的安，大吃一驚。

「安！出了什麼事？你怎麼跑去那裡了？」他大聲喊著。沒等安回答，他划著小船飛快地趕到椿子邊伸出手。安沒得選擇了，只好拉住吉伯的手爬上船，然後雙手抱著沾滿稀泥又濕答答的披巾和鋼琴罩，生氣地坐下來。在這種難堪的狀態下，對於安來說，再想保持住往日威嚴已相當困難了。

「安，怎麼回事？」吉伯拿起船槳問道。

「我在扮演亞瑟王傳說裡的依蓮。」安冷冷地說，眼睛沒有看向吉伯。「我坐在小船裡，要到卡美洛王國去，小船後來浸水了，我就爬到椿子上，我喊著讓黛安娜她們來救我。你能不能把我送到船塢去？」

吉伯熱心地划著小船到了船塢。這回，安絕不再拉他的手了，自己敏捷地跳到岸上。

「謝謝你救了我。」安開口說了句話就要走開。

吉伯也從船上跳下來，說了聲「等等」，趕上來抓住安的手。

「喂，安！」吉伯結結巴巴地說：「我們不能成爲朋友嗎？以前我嘲笑過你的頭髮，讓你生氣是我的錯。那只是開玩笑，再說那也都是過去的事了，你的頭髮現在變得非常漂亮，眞的——我們當朋友吧？」

一瞬間，安猶豫了，雖然她仍表現得冷冰冰的，心裡卻好像湧出美好的東西似的，這是一種初次嘗到的奇妙感覺，胸口也怦然跳個不停，然而這種感覺很快又轉換成糟糕的情緒。她一開始動搖，腦子裡又想起以前的仇恨，兩年前那一幕彷彿就像昨天的事，歷歷在目。被吉伯汙衊，在眾人面前受辱，淪為笑柄，安對那件事的怨恨並未隨著歲月流逝而削減。她討厭吉伯，發誓絕不能原諒他。

「不！」安冷冷地回答。「我們絕不可能成為朋友，我也不想和好！」

「好，我了解了！」吉伯跳上小船，氣得滿臉通紅。「到現在，我已經求你兩次了，好！隨你的便！」

他粗暴地抓起船槳，發怒似的拚命划著船走了。

安站在羊齒草生長茂密的小斜坡上，板著臉把頭轉過去，她後悔了，這種感覺甚至還說不出來。沒錯，吉伯曾經帶給安莫大的羞辱，可是……

當只剩下安一個人時，她眞想哭。精神鬆弛帶來了副作用，她覺得吉伯那雙可怕的眼睛在緊緊盯著她。

安走到斜坡途中，碰到了琴和黛安娜。原來，剛才兩人發瘋似的跑回池邊想辦法搬救兵，可是貝瑞夫婦不在家。露比嚇得歇斯底里，所以她們倆把露比撇下，讓她自己慢慢恢復。兩個人穿過「幽靈森林」，渡過小河，跑到安的家，家裡也沒人，瑪麗拉到卡摩地去了，馬修則在後邊田地曬乾草。

「噢！安！」黛安娜喘著氣，摟住安的脖子久久不放，見安完好如初，她高興得哭了。「安……我還以為你被淹死了……我覺得……我像殺了人似的……是我們……強迫你扮演……依蓮的……

安，你是怎麼回來的？」
「我爬到樁子上。」安疲倦地說。「後來，吉伯划船從那裡經過，剛好救了我。」
「噢！安，了不起！多麼羅曼蒂克呀！」琴終於也能開口說話了。「從現在開始該和吉伯說話了吧？」
「不！不說！」
安迅速地回答，一瞬間她又恢復了以前的態度。「琴，今後你不會再聽到我說什麼羅曼蒂克了，太可怕了，都是因爲我不好才連累了大家！我出生的那天一定是剛好有什麼災星籠罩，不論我做什麼或是不做什麼，總是讓我的好朋友陷入窘境。黛安娜，這下把你父親的船也弄沉了，我有預感今後再也不能到池邊去玩了。」所謂預感，平時是不準的，不過這次安卻完全正確，若是知道今天發生的事，貝瑞和卡伯特家準會大吃一驚，引起一場大騷亂的。
「你這孩子！要到什麼時候才能懂事呀！」瑪麗拉聽了之後指責安。
「沒事了，瑪麗拉。」安樂觀地說。安在事情過去後，獨自一人在房間裡痛哭了一場，心神完全安穩下來了。「今天發生的事，對我來說是個很好的教訓。自從我來到這裡後，就不停地惹麻煩，但也因此學到很多事情。多虧了這些麻煩，才把我的毛病一一改正。因爲『別針事件』，我明白不能亂動別人的東西；『幽靈森林』的事，教育了我不能過分胡亂想像；把藥水錯放到蛋糕裡惹出的麻煩，使我明白烹調時必須小心謹慎，注意力必須集中才行；染頭髮的蠢事告訴我不能有虛榮心。我現在對於什麼頭髮、鼻子的，完全都不去想了，雖然偶爾也想過啦。

「今天的事，都怪我成天老想著羅曼蒂克，現在我明白了，在艾凡里找什麼羅曼蒂克。要在幾百年前的卡美洛城堡要尋找浪漫還行，現在我不再嚷嚷什麼浪漫了，瑪麗拉。」

「這樣很好。」說到底，瑪麗拉對安還是很懷疑。

瑪麗拉從椅子上起身出去了，一直在老地方坐著的馬修把手放到安的肩上。

「徹底打消了浪漫也不行呀，安。」馬修不好意思地小聲說。「稍稍有點羅曼蒂克也是一件好事，只是太過分就不好了。」

第29章 難忘的一件事

安趕著牛，沿著「戀人小徑」從牧場走回來。這是九月某一天的黃昏時分。林間空地和縫隙間灑滿了紅寶石色的晚霞，連小徑也被抹上一層晶瑩。不久，這種顏色漸漸變成楓樹的樹影。此時的天色已經完全暗下來，樅樹枝頭下籠著一層由空氣形成的紫色薄霧，就像葡萄酒一般的清澄。

牛群悠然踱著小步走在小徑上，安則即興吟誦起了〈瑪米奧〉中關於戰爭的一節。這首詩是去年冬天在課堂上學到的，史黛西老師曾要求全體同學背誦，安就這樣完全陶醉在那威武雄壯的韻律中了。在她的想像裡，彷彿還聽得到戰鬥中長矛和利劍劇烈的碰撞聲。

「哎，黛安娜，你看這黃昏是不是有點兒像一場紫色的夢啊？眞高興能活在這個世上。每逢清晨，總覺得朝霞很美，可是一到傍晚，卻又認定最美的是夕陽。」

「確實是個美妙的傍晚，不過，安，我要告訴你一個好消息，你能猜得出來嗎？我給你三次機會。」

「嗯，一定是夏洛特．吉利斯要在教堂舉行婚禮，或是亞倫夫人希望我們幫助她佈置教堂吧？」安不假思索地大聲道。

「不對，不對，還有一次機會，再猜猜看。」

「琴的媽媽要爲她舉辦生日晚會？」黛安娜又搖搖頭，黑色的眼睛調皮地一眨一眨的。

「那我實在猜不出來了。」安爲難地說。「要不就是昨晚祈禱會結束後，穆迪．斯帕約翰．麥克法遜送黛安娜回家了。對不對？」

「不對！」黛安娜氣得聲音都變大了。「你這個傢伙眞是的！看來是怎麼也猜不中了。是這樣的，今天，喬瑟芬姑婆給我母親來了封信，信裡說她希望下星期二你和我能進城，在她家中住幾日，她準備帶我們去參加商品博覽評比會。」

「太好了！黛安娜！」安用嘶啞的嗓音喊著，趕緊倚靠在楓樹上，因爲她興奮得差點暈倒在地。「眞的嗎？不過，瑪麗拉肯定不會讓我去，她不贊成我出去亂走。上星期，琴邀請我一起去白沙鎮大飯店，參加美國人舉辦的音樂會時，瑪麗拉就這麼說過。琴還說要同我坐兩輪馬車去，我雖然很想去，可瑪麗拉卻對琴說我必須在家讀書，最後，這件事還是吹了。我感到非常失望，心裡委屈極了，連睡前禱告的心思都沒有。但後來又覺得後悔，便午夜起來禱告了一次。」

「有辦法了，讓我母親向瑪麗拉求求情吧！看在她的面子上，瑪麗拉或許會答應。瑪麗拉要是能點頭同意，那就太好了。安，我從沒參加過商品博覽評比會，大家都在討論這件事，我的腦袋裡也始終惦記著。琴和露比都已經去過兩次了，她們說今年還要去。」

「在沒有確定之前，我什麼也不想考慮。」安的態度比較堅決。「如果朝思暮想，卻仍去不成的話，我無論如何也承受不了這個打擊的。換句話說，如果眞的能去的話，還能趕上新衣服做出來就好了。瑪麗拉說我不需要什麼新衣服了，舊的就足夠穿上一個冬天了，但她還是爲我做了件新洋裝。桔紅色的洋裝非常漂亮，樣式也很流行。瑪麗拉最近爲我做的衣服都很時髦，她還對馬修說，要是再把衣服拿到林德夫人那兒去做，她會受不了的。馬修還表示要爲我做件新衣服，瑪麗拉已經買了漂亮的藍色毛織布料，並委託卡摩地的專業成衣店裁製，星期六晚上就能做出來了。我簡直想像不出穿著新衣帽走向教堂會是什麼樣子！

「帽子還是馬修在卡摩地爲我買的那頂，精巧時髦帶有金色穗帶的藍色天鵝絨帽。你的那頂帽子也很雅致，戴起來相當合適。上個禮拜天，當我看見你戴著它走進教堂時，我還爲你感到自豪呢。整天只想著穿戴的事情是不是不太好呀？瑪麗拉說這樣下去會有罪的，不過，我還是對此相當感興趣。」

瑪麗拉終於答應讓安去參加商品博覽評比會，於是貝瑞先生將在週二帶著兩個孩子前往。從艾凡里到夏洛特鎭足足有三十英里遠。因爲貝瑞先生當天就要趕回來，所以早晨必須很早就出發。安的心裡一直惦記這件事，所以星期二那天，天還沒亮就出發了。她向窗外望去，「幽靈森林」對面的天空萬里無雲，一片耀眼銀光，看樣子天氣會很好。果樹嶺西邊的房間裡閃爍著燈光，估計黛安娜也起床了。

就在馬修生火的時候，安已經梳洗完畢。在瑪麗拉下樓以前，她已經準備好了早餐。不過，因爲太興奮了，她反而吃不下。

早餐剛吃完，安穿戴上全新的衣帽便出門了。她越過小河，穿過樅樹林，疾奔向果樹嶺。貝瑞先生和黛安娜早已在那裡等候，三人會合後就朝夏洛特鎮出發。

儘管路途遙遠，但安和黛安娜兩人都異常興奮，沒感到一絲倦意。兩人一邊欣賞兩側方才收割完莊稼，沐浴著朝陽的田野，一邊聆聽馬車走過露水弄濕的街道所發出的嘎吱聲。空氣清爽、新鮮，如青煙般的曉霧圍繞在峽谷間，漂浮在山丘上。

馬車穿過一片開始變紅的楓樹林後，前方出現了一座橋，越過橋再往前走，是段彎曲的沿海道路，路旁零星分佈幾座被風吹打著的灰色漁家小屋。驅車登上山頂，便能環視到周圍起伏平緩的丘陵、靄靄的藍霧以及朦朧的天空。無論走到哪裡，都能發現許多有趣的景觀。

三個人到達城裡時，已經接近中午。馬車在一座掬樹屋前停下來。這是一座相當華麗的古老住宅，它位在稍微遠離大街的地方。枝繁葉茂的榆樹、山毛櫸樹環繞在它周圍，貝瑞小姐正站在門前迎候他們呢，那雙敏銳的黑眼閃爍著親切、熱情的目光。

「終於來玩了，安。長大了，來比一比，看看是不是比我高了？嗯，好像比從前漂亮多了。」

「哪裡，哪裡，您過獎了。」安謙虛地笑道。「我和從前相比，雀斑是少多了，我只對此感到慶幸，不過要說其他地方有變美，我連想都沒想過，能得到奶奶這樣誇獎，眞是太高興了。」

貝瑞小姐的家正如安向瑪麗拉介紹的，非常華麗。就在貝瑞小姐去安排午飯時，安和黛安娜一直在會客室裡東瞧西瞧，這裡太豪華了，令兩個在鄉村長大的孩子大開眼界。

「眞像王宮呀。」黛安娜悄聲說道。「以前我從未進過喬瑟芬姑婆的家，沒想到裡面竟然這麼漂亮。眞想讓茱麗葉・貝爾也來看一看。」

「天鵝絨的地毯，還有絲綢窗簾。」安出神地嘆道。「我連在夢中也沒見過這些東西，這倒讓我靜不下心來，這個房間的東西多得讓人眼花撩亂，弄得我連幻想的餘地都沒有了。」

在城裡小住的那幾天對安和黛安娜來說，成了終生難忘的回憶。她們一直沉浸在快樂、幸福之中。星期三，貝瑞小姐就領著安和黛安娜前去參加商品博覽評比會了，三個人在會場裡度過了愉快的一天。

「太有魅力了。」安後來對瑪麗拉敍述道：「當初眞不知道評比會這麼有趣，實在讓人難以判斷哪個部門最有意思。要我說呀，還是駿馬、鮮花以及手工藝品最好。喬西・帕伊的編織刺繡取得了一等獎，眞令人興奮。您想，連喬西都成功了，不是證明我也可以做得不錯嗎？

「哈蒙・安德羅斯先生帶來的格拉芬斯蘋果獲得二等獎，克拉拉・露易斯・麥克法遜的繪畫也入選了。另外，林德夫人自家製作的奶油和乾酪也獲得了一等獎，艾凡里人都相當能幹吧。那天到會場的足足有幾千人，瑪麗拉，我覺得自己置身在那茫茫人海之中，眞是太渺小了。

「貝瑞小姐還領著我們去觀衆席上看賽馬。林德夫人沒去看，她說賽馬是庸俗的玩意兒，作爲教會的成員，有義務做榜樣，帶頭不參與。不過，還是有很多人去看熱鬧了，所以誰也沒注意到林德夫人的缺席。畢竟賽馬這玩意兒不可能經常看到，眞的相當精彩！黛安娜更是興奮異常，她覺得紅鬃馬有把握勝，說要賭十分錢，我沒跟她打賭，因爲亞倫夫人不贊成賭博。牧師夫人是我的好友，我要在良心上對得起她。不過最終的確是紅鬃馬贏了。

「我還看見男人們乘坐氣球升上天空。我也很想試試，瑪麗拉，那一定很驚險刺激吧！還有一個算命老頭，如果付他十分錢，他帶的小鳥就會用嘴抽出一支籤。貝瑞小姐給我們兩個一人十分錢，讓我們去算命。我的籤上說我將來注定飄洋過海，和一個膚色稍黑的有錢人結婚，我就開始注意那些面孔稍黑的人，但沒有一個人我看得上，我還是沒有緣分和我的白馬王子邂逅呀。

「噢，瑪麗拉，這眞令人難忘，晚上我累得睡不著。貝瑞小姐如約安排我們睡在客房裡，那客房可不是一般的房間。但，瑪麗拉，不知道爲什麼，住在這麼豪華的客房裡，我反而覺得沒想像中的好；孩提時代非常嚮往的東西，終於實現了，卻又覺得不那麼開心。

「星期四，我們搭車去遊園，玩得很開心，晚上又隨貝瑞小姐出席音樂學校舉辦的演奏會。著名的歌手瑪丹·謝利茨基演唱了歌曲，當時我的心情簡直無法用言語形容！我興奮得都說不出話來了，只是出神地呆坐著。瑪丹·謝利茨基長得漂亮出衆，白緞的裙子上鑲嵌寶石，歌聲使我產生一種我正在仰望星空的感覺，眼淚不自主流了下來，這可眞是幸福的眼淚呀。

「音樂會結束後，我變得頹喪，對貝瑞小姐說我好像再也回不去日常生活了。於是，貝瑞小姐便勸我到對街餐館去，說吃點霜淇淋就會好了，我原以爲這只不過是她在安慰我，可實際上眞像她說的那樣，霜淇淋好吃極了。瑪麗拉，我們在夜裡十一點鐘，坐在餐館裡品嘗霜淇淋，那感覺眞是太棒了。黛安娜說她嚮往都市生活，貝瑞小姐問我怎麼想的，我回答說，因爲沒有經過認眞的考慮，所以回答不出來。上床後我就開始思考這個問題，我覺得考慮問題最好是在睡覺前進行。最後，我得出結論：我不留戀都市生活，我認爲現在這樣很好。像夜裡十一點在餐館裡吃冰淇淋的事只能偶爾爲之，還是像平常一樣在綠色屋頂之家的房間裡睡覺比較香呀。

「第二天吃早飯的時候，我對貝瑞小姐說了自己的想法。貝瑞小姐聽後只是笑一笑，不管我說什麼，貝瑞小姐都會笑。我說相當嚴肅的事，她也是如此。」

星期五是回家的日子，貝瑞先生駕駛馬車專程去迎接兩個小姑娘。

「過得愉快嗎？」貝瑞小姐臨別前問道。

「嗯！過得非常愉快。」黛安娜答道。

「安怎麼樣？」

「自始至終都非常愉快。」一說完，安便一頭撲過去，接住貝瑞小姐的脖子，親吻貝瑞小姐滿是皺紋的臉。黛安娜無論如何也做不出這種事來的，她被安這種大膽的舉動嚇了一大跳。而貝瑞小姐卻感到很欣慰，她站在陽台上目送遠去的三人，直到看不見爲止。然後，她嘆著氣回到屋內。兩個孩子一走，家裡面就顯得特別空曠，沒有了生氣。

說實話，貝瑞小姐是個非常任性的人，對自己以外的人從不掛心。對她來說，所謂重要的人只是那些對自己有益或是能讓自己快樂的人。因爲安使她享受到了人生的樂趣，所以貝瑞小姐也特別喜歡安。這樣一來，也越來越關心起安的容貌和可愛的一舉一動。

「當初聽說瑪麗拉從孤兒院領養了一個孤女，我還認爲她做了一件蠢事呢，沒想到這竟然是一個明智的選擇。如果像安這樣的孩子能來我家，連我也會感到幸福的，就像自己也變成另外一個人一樣。」貝瑞小姐獨自在心裡嘀咕。

安和黛安娜回家的心情也像進城時一樣愉快。想到前面就是等待她們的家，兩個人激動的心都快跳出來了。

三人穿過白沙鎮，來到海岸大街。此刻的太陽已經下山，在藏紅色的天空下，遠處艾凡里的山丘黑壓壓地連在一起。三人的背後，一輪明月已從海上升起，月光下的海面完全成爲另一種樣子。依傍著海岸大街的海灣微波蕩漾，波濤拍擊腳下岩石的聲音不絕於耳，海風夾雜獨特的鹹味從海濱處迎面吹來。

終於到家了。安走過小河上的獨木橋，只見綠色屋頂之家的廚房燈光一閃一閃，彷彿在召喚從遠方歸來的安。從敞開的門口可以望見燒旺的暖爐，似乎在與寒冷的秋夜進行對抗。安興奮地跑上山丘，直奔廚房，餐桌上熱呼呼的晚飯正在等著她呢。

「回來了？」瑪麗拉見安跑進來，趕緊放下手中的針線活兒。

「我回來了！啊，還是家裡好呀。」安興奮地說。「看見什麼都覺得好親切，眞恨不得親吻一下掛鐘。瑪麗拉，您是不是在做烤雞，是特地爲我做的吧？」

「對！我想你長途跋涉，肚子肯定餓了，所以做了點好吃的。快把大衣脫了，等馬修回來，咱們就開飯。說實在的，你回來我太高興了。你不在家這幾天，我感到特別孤獨，沒想到四天這麼漫長。」

吃過晚飯，安便坐在馬修和瑪麗拉中間，一邊烤著暖爐，一邊把四天來的經歷一五一十地描述給他們聽。

「一切都是那麼美妙。」安愉快地說道。「我想它將是我人生中的重要事件之一。不過，最好的、令我最高興的事是，我終於回到自己的家。」

第30章

目標——皇后學院

瑪麗拉把手裡編織著的工作放到膝蓋上，然後靠上椅背。「啊，眼睛又累了。」她愣愣地思忖著。「下次進城，應該把眼鏡換了，最近總感到眼睛特別容易疲累，瘆得難受。」

這是十一月的一個黃昏，綠色屋頂之家的廚房裡，暖爐燒得很旺，爐膛內豔紅的火苗正在劇烈跳動。安像一個土耳其人似的蜷曲在暖爐前的小坐墊上，出神地凝視著爐內燃燒的火焰。木柴是以楓樹枝曬成的，似乎百年來的夏日陽光就在暖爐中閃爍著。

剛才，安還在讀著書，而現在書已經不知不覺從手中滑落。安的嘴角微張，臉上泛著一絲笑意，此刻的她又陷入浪漫幻想之中。眼前彷彿出現一道彩虹，在彩虹之間還有許多巍峨的樓閣，安就是進入到這個夢幻驚險的世界中。雖然在現實生活裡，她總是遭遇失敗，但她在自己的想像世界中冒險，每次都表現得異常出色。

瑪麗拉此時正注視著安的表情。在微暗的廚房裡，藉由暖爐的亮光，瑪麗拉看到安臉上那種難以用言語表達，天真無邪的浪漫表情。這種表情教瑪麗拉無論如何也做不出來。

瑪麗拉對於眼前這個灰色眼珠、身材苗條的少女，表面上並未表現出特殊的熱情，可是在內心深處，她卻十分疼愛、關心這個孩子，她生怕自己把安慣出一身毛病，那樣就違背她領養這孩子的本意了。

實際上，安並不清楚瑪麗拉暗暗地喜愛自己。從她的外表和言行來看，實在看不出她對安有何好感。安時常爲瑪麗拉對自己缺乏同情心和理解而感到苦惱。不過，在這些念頭一閃而過後，她又會立刻聯想到瑪麗拉對自己的好，暗暗譴責自己不應有這種想法，同時感到不安和驚慌。

「安，」瑪麗拉突然出聲。「今天，你和黛安娜出去時，我遇到了你們的史黛西老師。」

安吸了口氣，很快從夢幻世界回到現實生活中。

「眞的嗎？您怎麼不去喊我們呢？我和黛安娜就在『幽靈森林』裡呀！那裡如今秋意正濃，美得很呢！遍地長滿了羊齒蕨，還有很多肥嫩嫩像緞子一樣的草。成熟的果實從枝頭上叭嗒叭嗒掉下來，這些小果實落在草叢中，都像睡著了似的。落葉、枯草就像覆蓋在大地上的毛毯一樣。可是，黛安娜什麼也沒說，她忘不了因爲對『幽靈森林』的幻想而遭到母親的嚴厲批評。就因爲這個，黛安娜的想像力受到了嚴重打擊。

「林德夫人說她對馬特．貝爾已經不再抱什麼希望了。我向露比打聽爲什麼，露比說大概是因爲他出賣了戀人吧。像露比這樣的人，滿腦子淨想著談戀愛一類的事，隨著年齡增長還漸漸變得嚴重，有戀人是不錯，但不去考慮這些事也沒有什麼關係才是。我和黛安娜約好了，我們這一輩子都要單身，永不結婚。我們兩個都要成爲可愛的老姑娘，還認眞地考慮將來要在一起生活。不過，黛安娜說她還沒決定好，也許她會和一個魯莽卻可愛的壞青年結婚，然後拯救他，讓他洗心革面，重新做人。黛安娜最近就在很認眞地跟我商量，我覺得我已經不能再講孩子氣的話了，馬上就要十四歲了，應該變得嚴肅認眞一些，瑪麗拉，你說對吧？

「史黛西老師在最近的某個星期三，曾帶領我們這些十多歲的女孩子到小河邊，向我們講解各種問題，比如說十多歲時該養成什麼習慣，樹立怎樣的理想等等，她對我們非常關心。到了二十歲左右，就會確定人生的基礎，因爲這時候的性格基礎已經形成。如果基礎不牢固，前面說的那些就沒用了，老師是這麼說的。

「那天從學校回來的路上，我和黛安娜談了很多。當時的態度非常嚴肅、認眞。瑪麗拉，我們兩個下定決心，一定要小心注意，養成有規律的良好習慣，好好學習各種知識，希望二十歲時可以成爲優秀的人。二十歲可是一轉眼就到了。瑪麗拉，長大後，我就會變得相當老實吧。今天你碰到史黛西老師，她有說什麼嗎？」

「一開始我就想跟你說，可是插不上嘴呀，老師提到安的事了。」

「我的事？」

安的臉「唰」地一下變紅，她馬上搶過話頭：「我知道她說什麼了！我早想跟你說了！瑪麗拉，眞的，不過回來後我就把這件事忘了。昨天下午本來應該好好上加拿大史的課，可是我卻在看《賓漢》，還被老師發現了。那是我跟琴．安德羅斯借來的書。午休時我就在讀那本書了，正看到精彩的部分就開始上課，那時我好想先看完它，所以就把歷史課本放在桌上，把《賓漢》放在膝蓋與書桌中間。我完全沉迷在書中了，但從外觀看起來，我正在用功讀加拿大史。

「我看得太入迷，完全沒注意到老師從走道那邊走過來。我猛地抬頭，只見老師臉上出現責備的表情，雖然她並沒有看著我。我是多麼羞愧呀！喬西·帕伊吃吃地笑得越開心，我越因此感到羞愧。老師後來把那本《賓漢》拿去了，但她當時什麼也沒說。休息時間我就被留下來，被老師教訓了一頓。老師說我犯了兩個大錯，第一，應該讀書的時間被白白浪費掉了；第二，本來在看小說，卻裝出在看課本的樣子欺騙老師。

「直到老師說出這些以前，我還沒有想到我的行爲是在欺騙人。意識到這些後，我的心大受打擊，嗚嗚地哭了起來。我請老師寬恕我，發誓絕不會再犯這樣的錯誤了，爲了消除我的罪過，整整一星期我都不會再碰那本書了。老師就這樣，徹底寬恕了我。今天老師到我們家，提到了什麼重要的事嗎？」

「史黛西老師完全沒提到這件事，安。你該感到內疚，就以爲老師是來說這件事的。你看課外書看得太過分了，我小時候從不碰小說的。」

「可是，像《賓漢》這種宗教性的書，怎麼可以說是小說呢？」安反駁。「我讀過一本書叫作《被詛咒的公館——令人戰慄的祕密》，是我跟露比·吉利斯借來的。瑪麗拉，讀了這本書真會把人嚇死，這是本相當有趣的書，讀了它，你會有種血液凝固的感覺。可是老師說它是無聊、不健康的書，以後不能再看這種書了，這種書我已經是第二次說不讀了，可我還是會想再看看。

「我雖然發誓不再讀這些書，可是我又太想知道結局，這眞令人痛苦。不過一想到史黛西老師，我就死心了。瑪麗拉，我願意做任何事讓某個人高興。」

「那樣的話，你就端著煤油燈看吧，把它當成一項工作來做。老師說你什麼，你好像都聽不進去似的。你這個孩子，要說服你可眞不容易，你最關心的好像就是你自己說的話。」

「可是，瑪麗拉，您聽我說，現在不該說的我一句也不會說。但我還是要注意講話的技巧，我雖然說很多話，卻連我想說的一半都還沒說出來，如果瑪麗拉知道我還有多少話想說，我想您一定會表揚我的。求求您，有什麼話，請您快告訴我。」

「史黛西老師說準備把要參加皇后學院考試的高年級學生組成一個特別的班級，在放學後，進行一個小時的補習。我和馬修想聽聽你的意見，你想考皇后學院，取得教師資格嗎？」

「啊！瑪麗拉！」安跪下來，握緊雙手。「那可是我人生的夢想呀！自從半年前露比．吉利斯和琴第一次提起參加考試的話題後，我就想過了。可是，就算我想考也沒用，所以我就什麼也沒說。這輩子若能成爲老師，我會非常高興的！不過，這不是需要很多錢嗎？」

「錢你不必擔心，當初領養你時，馬修就和我就商量好了，要盡可能地讓你接受教育。對我來說，安，這樣做有沒有必要呢？我覺得作爲一個女人，將來還是能自己自立最好。只要我和馬修在，你可以把綠色屋頂之家當成自己的家。可是將來的事情誰也無法確定，擁有各種本領不會有害處的。安，如果你也有這種想法，那你可以去參加皇后學院的考試。」

「啊！瑪麗拉，謝謝！」安一邊使勁摟住瑪麗拉的腰，一邊嚴肅地望著瑪麗拉。

「我非常感謝瑪麗拉和馬修，我會拚命用功的，為瑪麗拉和馬修而努力。只有幾何學教人擔心，但從今以後只要努力，我想我會進步的。」

瑪麗拉不打算把老師的話全部傳達給安，否則怕是會勾起安的虛榮心。

「你不用發瘋似的讀書，不必緊張，離考試還有一年半的時間這麼久。老師說還是應該儘早把基礎打好才是。」

「從現在開始，我會更加專心在課業上，這下我的人生目標應該能實現了。亞倫牧師說，任何人都應該有自己的目標，向著目標邁進。我想要成為像史黛西老師那樣的人。」

不久，皇后學院應考班組成了，參加的人有吉伯．布萊斯、安．雪莉、露比．吉利斯、琴．安德羅斯、喬西．帕伊、查理．史隆、穆迪．斯帕約翰．麥克法遜七人。

黛安娜．貝瑞沒有參加，因為她的父母不打算讓她報考皇后學院。這對安來說可是件大事，自從蜜妮．梅患喉病的那個夜晚以來，兩個人無論做什麼，總是形影不離的。

在皇后學院應試班，留在學校補習的第一晚，當安目送黛安娜和其他人一起緩慢往外走時，一想到黛安娜必須孤零零地穿過「樺樹道」和「紫羅蘭谷」，她馬上就想跳起來，從後方追上親愛的摯友。她抓起一本拉丁文書遮住臉，為的是不讓別人看見她淚眼汪汪的樣子。但不論她怎樣遮掩，吉伯．布萊斯和喬西．帕伊還是看到安在流眼淚。

「可是，瑪麗拉，如果你也看到黛安娜一人回家的情景，就好像不能參加禮拜日牧師的佈道一樣，心裡如同經歷死亡般的痛苦呀！」安在那晚悲痛地陳述。「如果黛安娜也能參加應考班，那該有多好呀！不過，像林德夫人說的那樣，世上沒有十全十美的事。林德夫人還說，與夥件分別，心裡肯定會有些得不到安慰。她說的也沒錯。

「應考班也挺有趣的。琴和露比爲將來的教師理想而苦讀，她們都說能成爲老師就行了。露比說她畢業後只要教兩年書，然後就準備結婚。琴說她打算把一生都奉獻給教師這個職業，絕不結婚。喬西．帕伊說她是爲了修養而想進入學院讀書，她沒有必要爲自己賺取生活費。還說靠人家同情而生活的孤兒是進不了大學的，無論我怎樣努力都沒用，她爲什麼要這麼說呀？

「穆迪．斯帕約翰說他要做牧師。林德夫人說他取了那種名字也只能做牧師，因爲不論是穆迪，還是斯帕約翰都是根據有名的傳教士而取的。不過，瑪麗拉，我這麼說也許不好，穆迪要是做了牧師會令人發笑的。他的一張臉長得圓圓胖胖，一對藍眼睛小小的，耳朵還豎起來，樣子非常奇怪可笑。不過，等他長大成人後，也許會長成一副智者的面孔吧。查理．史隆則說，他要進入政界，成爲國會議員。可是林德夫人說他不會成功，因爲現在亂黨當政，像史隆家這樣正直的人，在政界是不可能有成就的。」

話到這兒就停住了，安翻看起她的《尤里烏斯．凱撒傳記》。瑪麗拉詢問：「吉伯．布萊斯怎麼打算的？」

「吉伯·布萊斯有什麼抱負我不知道——雖然他也說過目標。」安以輕蔑的口氣說。

到現在，吉伯和安依然是公開的競爭對手。雖然說目前的競爭意識是單方面的。吉伯也和安一樣，表現出咄咄逼人的氣勢。他把安視爲不可缺少的競爭對手，而其他人在學習上則好像趕不上他們倆，更不敢想與這兩人比高低了。

自從那天在池子邊，吉伯沒有得到安的寬恕後，更強烈地激發了他的競爭意識，並且無視安的存在。他和其他女孩們說話、開玩笑、交換書籍、猜謎語、討論學習計畫等等，並且時常在祈禱會、辯論俱樂部散會後，送某個女孩子回家，就是獨獨對安視而不見。

安嘗到被人漠視的痛苦，隨著時間流轉，這個一向倔強的女孩子心底也有些不是滋味。如果「耀眼之湖」那樣的機會再出現一次，她肯定是不會輕易放過的。

如今，安本想繼續堅持對吉伯的憎恨，可是不知爲何，她突然發現自己以前對吉伯的怨恨竟然煙消雲散了。安爲此感到暗自驚慌，雖然說現在一想起當時被吉伯汙衊爲「胡蘿蔔」那件事，安就有一股無名火在燒。但自那天被吉伯救起，在上岸的一瞬間，安腦袋裡曾閃過從此忘掉「胡蘿蔔事件」，徹底寬恕吉伯的念頭。但她當時沒有鼓起勇氣說出口，錯過了一個好機會。唉！現在後悔也來不及了。

安覺得，如果自己當時不板著臉把事情搞得一團糟的話，也不至於像今天這樣後悔莫及了。

然而，事情順利得有些過頭。對吉伯來說，表面上裝成對安漠不關心，實際上他卻非常注意安，但他不知道安正在忍受遭到冷落的痛苦，因爲她仍然那麼冷酷。當吉伯看到安冷淡地對待大獻殷勤的查理·史隆時，他微微感到一絲高興。

儘管如此，安在冬天的時候，不是在讀書就是在忙自己的事。她過得快活極了，每天都在串項鍊，把一年份的項鍊都串成了，都是用金色珠子串成的類似樣式。安過得既充實又幸福，有許多要學習的東西、取得好成績、閱讀令人愉快的書、在主日學校合唱團練習新曲子，以及在週六午後，到牧師館去和亞倫夫人一起度過快樂的時光……

就這樣，轉眼間，綠色屋頂之家的春天又到來了。在安不注意之時，周圍已不知不覺被花朵環繞。一到這個時節，只有需要拚命讀書的人留在教室裡，其他人或是到綠油油的小徑散步，或是到枝葉茂密的森林或原野上玩耍去。不得不留在學校裡的應試班學生們，就只能享受一下推開窗戶那一瞬間的室外景色了。曾在寒冷刺骨的漫長冬季中學習拉丁語和法語的學生們，對此都深有感觸，可不知爲什麼，他們怎麼也興奮不起來，甚至連安和吉伯這樣的好學生也放鬆了步調，對學習失去了熱情。老師和學生們都在嘆息著等待學期結束，盼望玫瑰色的暑假快快到來。

「現在還應該繼續努力呀。」史黛西老師在學期最後幾天對同學們說，「大家儘量過個快樂的暑假，多到外面去擁抱一下大自然。爲了明年的升學考試，好好養足精神吧，因爲明年就是迎接考試激戰的一年了。」

「老師，新學期您還會在這裡任教吧？」喬西·帕伊問道。

喬西在什麼情況下都能滿不在乎地提問。雖說別的學生不敢向老師打聽這種事，但他們對此也都迫切地想知道答案。最近學校傳說老師下學期要轉走，因爲她家鄉當地的小學與她商量，讓她回到家鄉任教，她也有這種意願。皇后學院應試班的同學，全都屏住呼吸等待老師回答。

「我是有這種打算，想轉往別的學校，不過我還是想留在艾凡里。說實話，我就是放心不下你們，所以下學期我決定留下來，直到你們考完試爲止。」

「萬——歲！」

穆迪．斯帕約翰大叫道。穆迪從未有過這麼情感外露的表現，說出這句話的一個星期之內，他只要一想起這次的衝動，就感到臉紅。

「啊！太高興了！」安閃著大眼睛說：「如果史黛西老師不留下來，那就太糟了。再來一位新老師，我就沒有學習念頭了。」

晚上一回到家，安就把課本塞進後面房間裡的舊皮箱中，把鎖扣好，把鑰匙扔進裝毛氈的箱子裡。

「在暑假時我不打算看書。」安對到瑪麗拉宣布說。「這學期我已經夠努力用功了，把一整本書的定理都背了下來，把幾何符號也搞懂了，所以沒什麼好擔心的了。暑假時，我只想盡情地幻想——不過，瑪麗拉，您別擔心，我不會無限度地幻想，我會克制的。

「我想過一個愉快、高興的暑假，也許是因爲它是我童年的最後一個暑假了吧。林德夫人告訴我，如果我明年長高的速度還是像今年一樣，不做更長的裙子就不行了。她說眼看我的腿又要變長，穿上長裙子才適合吧，我得有成人的舉止了。可是那樣一來，我還相信有妖精之類的天真就不合宜了，不是嗎？所以今年夏天，我想盡情地想像個夠！這一定會是個快樂的暑假，露比的生日晚會快到了，下個月還有學校的郊遊和佈道音樂會。還有，黛安娜的父親說要帶我們到白沙鎮大飯店吃飯，那裡的正餐在晚上，琴去年夏天曾去過那裡一次，說那裡到處都是電燈、鮮花、穿著各種華麗衣服的女人，耀眼閃亮，眼睛都要睜不開了。她說她是第一次到上流社會，死都不會忘記那種場面。」

瑪麗拉沒有出席這週的婦女會。第二天午後，林德夫人便趕緊來詢問了：難道是卡伯特家裡發生了什麼事？

「星期四那天，馬修的心臟病有點發作。」瑪麗拉解釋。「唉，感謝上帝，他現在雖說好得差不多了，但和以前相比，現在的發作的確太頻繁了，真教人擔心。醫生說不能讓他的情緒太興奮。唉！馬修根本和興奮搭不上邊啊，不過，醫生說劇烈的活動也不能做了，他只要一做粗重的工作，就會拚命喘氣。來，瑞雪，把帽子放下，來喝點茶。」

「你這麼盛情，我可就不客氣了。」林德夫人雖這麼說，實際上一進門她就這麼打算了。

瑪麗拉和林德夫人坐在客廳閒聊時，安便過來幫客人倒茶，還烤了一些形狀的麵包。成品熱呼呼的，烤得相當鬆軟，連林德夫人也挑不出什麼毛病來。

傍晚，瑪麗拉送林德夫人到小徑那邊，分手時，林德夫人說：「安眞的變成一個大姑娘了，你也有幫手了。」

「是呀，現在她變得非常沉穩。以前我總認爲她粗手粗腳的毛病一輩子也改不過來，現在看來，不論她做什麼我都可以放心了。」

「三年前，我第一次看見這個孩子時，還想過這個孩子不可能成爲一個好孩子的，確實，那時的安脾氣非常暴躁。那天晚上我回到家，還對托馬斯說：『他們家收養了那個孩子，以後一定會後悔。』現在看來我錯了。看到安成長眞是太好了，她並沒有變成我想像中的那種人，以前我還斷定這孩子的性格不會讓她幸福的，唉！

「說也奇怪，原來那個失常的、與衆不同的孩子不存在了，我常想我是不是弄錯了？對這個孩子不能用普通的標準去衡量。這三年，不只個性方面改善了，安的容貌也變了，好像變得漂亮許多。雖說我不大太喜歡像安這樣臉色蒼白、眼睛大得出奇的女孩。我喜歡像黛安娜、露比那樣子，充滿活力、氣色紅潤，像露比這樣的類型可是非常出衆的。

「不過，當這些孩子在一起時，她們就比不上安了，這時就能看出安的美麗了。和她們一比，安還眞是個美人呀。她和那些孩子相比，就好像是水仙和大紅芍藥爭豔似的呢。」

第31章　大川和小河的交匯處

安一直翹首盼望暑假的到來，因爲屆時，她就可以整天和黛安娜在大自然中玩耍了。「戀人小徑」、「妖精之泉」、「紫羅蘭谷」以及「維多利亞島」對她們而言都充滿了魅力。

現在，任憑安在外頭怎麼嬉鬧玩耍，瑪麗拉也不會生氣了。因爲在暑假頭一天，當初蜜妮·梅生病時，從史賓瑟山谷趕來的醫生在這位患者家裡遇見安。醫生用敏銳的目光仔細打量過安，然後皺著眉搖搖頭，託人帶一個口信給瑪麗拉：「要讓那個紅頭髮的姑娘夏天多在戶外玩耍，直到她的腳步變得更加輕快爲止，別要她在此期間只顧著讀書。」

瑪麗拉害怕如果不按照醫生說的去做，安可能就會得結核病死掉，因而安得以輕鬆、愉快地度過一個從未有過的、美好的黃金之夏。她散步、划船、採集野果，盡情享受幻想的快樂。隨著九月的來臨，安已經變得精力充沛，兩眼炯炯有神，步伐也更加有力了，達到醫生滿意的程度，安全身充滿了幹勁與熱情。

「我現在有一股用不完的精力，我要全力投入學習了！」從閣樓上取出課本的安激動地說。「啊！久違了，眞想念你們呀。能再次見到你們，我眞打從心裡感到高興！噢！幾何學課本也久違了。瑪麗拉，我這個暑假過得太棒了！現在，就像上星期牧師所說的那樣，我精神飽滿，渾身是勁。我要是男人就當牧師，只要努力學習神學，將來一定能對人產生好影響。您不覺得透過精彩的講道，讓聽衆深受感動是件很了不起的事嗎？爲什麼女人無法成爲牧師呢？這話如果讓林德夫人聽見的話，她肯定會受到刺激，然後批評我的話荒謬至極。林德夫人曾聽說美國好像有女牧師，但感謝上帝，在加拿大還沒發展到那一步。她還說但願事情不會發展至此，可是如果眞的到此地步，又能怎麼樣呢？可是，我覺得卽便是女人，也能成爲一名出色的牧師。像親睦會、教會的茶友會，一旦需要募集資金時，不都是女人們去張羅的嗎？林德夫人也能不遜於貝爾校長的祈禱。只要經過鍛鍊，女人也是可以傳教的。」

「眞會這樣嗎？」瑪麗拉有點嘲諷地說：「如今呀，非正統的傳教根本行不通，只要有瑞雪監督，艾凡里誰也不敢放肆。」

「噢，瑪麗拉，我有句話想說，不知您是怎麼想的，禮拜日下午，我就在反覆考慮這件事，都快想出病來了。

「我呀，眞心想成爲一個好人，而且，有瑪麗拉、亞倫夫人和史黛西老師在，這種願望就更強烈了。我特別想讓你們認爲我很能幹，讓你們高興。可是林德夫人總有些瞧不起我，總是使我懷疑自己是不是個壞人，生來就罪孽深重呀？」

瑪麗拉一下子被搞得有些茫然，但立刻就笑了起來。「你要是那樣的話，那我也一樣，只要瑞雪在場，就會產生那種感覺。她一年到頭總在嘮叨，強調要正直地做事，可有時反而產生不好的影響，眞該用戒律好好加以限制一下。

「不過，另一方面，瑞雪這個人的確是個優秀的基督徒，她的心無惡意。像她那樣親切熱情的人，在艾凡里已經找不出第二個了。無論做什麼，她都是跑第一的。」

「聽瑪麗拉這麼說，我就放心了。」安直截了當地說。「現在需要思考的問題眞是太多了，常會接二連三地冒出來。步入成人階段必須考慮、決定的事情很多，總要反覆考慮什麼才是正確的，眞傷腦筋呀。人長大後是不是都活得很累呀？不過，有瑪麗拉、馬修、亞倫夫人和史黛西老師這樣善良的人在我身邊，我一定會長成一個堂堂正正的好人的。否則，那就只能怪自己了。機會對於我來說只有一次，責任重大。

「這個夏天我長高了兩英寸，是露比的父親在她生日晚會上替我量的。新裙子得做得長一些了，那條深綠色裙子看起來眞漂亮。謝謝您給我的裙襬滾上了花邊，雖然滾不滾花邊都可以，但今年秋天就是流行這個。喬西．帕伊的裙子上也都有花邊，一想到這個，學習就更有勁了，有一種發自內心、異常興奮的感覺。」

「這麼說我是做對了。」瑪麗拉說道。

史黛西老師回到學校，一想到將來，大家馬上振作，緊張起來，學年末的入學考試將是一場嚴峻的考驗，大家看到前途正在召喚他們。

一說到入學考試，同學們又感到害怕起來。萬一考不上怎麼辦？整個冬天，安思考著這個問題，思考得都要累了，禮拜日的下午也是如此，所以連道德和神學也學得不認真，想的全是和成績公佈有關的惡夢：吉伯．布萊斯的名字赫然醒目地名列榜首，安的名字卻怎麼也找不到，只能淒慘地死盯著合格者的名單。

儘管如此，這年冬天還是在輕鬆愉快的忙碌中過去了。和從前一樣，學校的生活特別有趣，競賽與競爭令人感到刺激，同學的程度也提高了。其實這一切都和史黛西老師的淵博知識以及巧妙謹慎的指導有關，史黛西老師留意引導學生們自己思考、探索、發現，還有自己解決問題的能力，這使林德夫人及理事會成員們都大吃一驚，他們對於改革傳統一向抱持消極的態度。

安不僅在學習上，連在社交方面的視野也變寬廣了。也許是聽信了史賓瑟山谷那位醫生的規勸吧，即使安經常外出，瑪麗拉也不反對。這期間，辯論俱樂部的活動異常活躍，光是音樂會就舉辦了好幾次；大人們的晚會也辦過一兩次。此外，像乘雪橇、滑冰等活動更是家常便飯。

安的個子也像雨後春筍般快速拔高。有一天，偶然想起要和安比身高的瑪麗拉，看到安比自己高出了那麼一大截，還嚇了一大跳。

「啊，安，你都長這麼高了！」瑪麗拉好像還有些不相信似的吸了口氣。

瑪麗拉對於安快速抽高的身形，產生了一種莫名其妙的失落感。她喜歡的那個孩子已不知不覺地消失了，取而代之的是個有顆聰明腦袋、總是一副認真眼神、個子高眺的十五歲少女。瑪麗拉雖然仍像愛著童年的安一樣對待眼前這名少女，但心裡總有一種說不出的孤獨感。

那天夜裡，安和黛安娜一起參加祈禱會，剩下瑪麗拉獨自一人坐在陰暗的角落中，她的淚水不禁直往下流。這時，馬修提著燈走了進來，看到這個情景，不禁驚慌地盯著瑪麗拉，弄得瑪麗拉又破涕爲笑。

「我正在想安的事，這孩子已經完全長大了，一想到明年冬天她就不在這裡了，還眞有點捨不得。」

「她會經常回來的。」馬修安慰地說。他心中的安仍是四年前那個性格天眞活潑又可愛的小姑娘，「到那時候，通往卡摩地的鐵路支線就鋪設完成啦。」

「不過，還是和生活在同個屋簷下不一樣啊。」瑪麗拉悶悶不樂地嘆息，「沒辦法，你們男人是不了解這些的。」

安的變化同樣表現在外表上，她變得穩重、成熟多了，幻想雖然常有，話語卻變得少了。

瑪麗拉注意到這個變化，問道：「安，和從前相比，你的話少多了，也不用長句子了，到底是怎麼回事？」

安闔上正在讀的書，紅著臉笑起來。她出神地望著窗外，室外春光明媚，常春藤紅紅的新芽紛紛冒出了頭。

「怎麼說呢？不知道爲什麼，就是不太想開口。」安說道，像沉思一般用食指按住下巴。「我喜歡思考美好的事情，然後像寶貝似的珍藏在心裡。長句子也不太想使用了，小時候總盼著長大後能說長句，好不容易長大，卻又不願意說了。長大在某些方面是愉快的，但和我以前所認為的那種愉快不同。學的、做的、考慮的東西很多，所以就沒什麼心思花在使用長句子上了。史黛西老師也一直教導我們說，簡短的句子強而有力，寫作文時也要盡可能寫得簡潔、精練。起初是很困難，我以前總把所想到的文句用在作文上，盡可能長、盡可能誇大其辭。那種句子不管多少我都能想出來，可是現在我已經習慣老師的作法，明白還是這樣最好了。」

「最近，故事社怎麼樣了？沒再聽你提起過。」

「早已不存在啦。現在沒有那種閒工夫了，而且我們也已經厭煩了。什麼戀愛兇殺、男女私奔等都讓人覺得無聊。史黛西老師也時常為了練習作文而讓我們寫故事，但是在艾凡里，我們實際上編不出什麼故事，只能寫些和我們身世有關的東西。老師嚴厲地批評了我們，在沒發現我們的毛病之前，我還眞沒想到自己的作文會有那樣的問題，我覺得很羞愧，想查出原因。老師說，如果能培養出對自己文章嚴厲的眼力，寫出來的作品就會變得文采飛揚了，所以，我決心努力依循老師的話去做。」

「離考試還有兩個月時間，你覺得自己能通過嗎？」

「不太清楚。有時覺得沒問題，有時又感到非常不安。為了學業，我們非常拚命，老師也對我們進行了徹底的訓練。即使如此，或許還是無法通過。每個人都有一個頭痛的科目，我當然是幾何學了。琴是拉丁語，露比和查理是代數，穆迪說自己可能會在英國史上栽跟頭。我想這樣一來大體上就一目了然了。眞希望一切能快點結束，不知道爲什麼，我有點疲憊了。有時半夜醒來忍不住就會想，我要是沒考上的話，該怎麼辦才好啊？」

「那就再回學校重讀啊。」瑪麗拉滿不在乎地說。

「可是那多沒面子呀，沒考上多讓人感到羞恥呀。特別是假如吉伯他們都考上了，那就更不用說了。而且我考試時常會怯場，到時候肯定會弄得一塌糊塗。我要是有琴·安德羅斯那樣的膽量就好了，她對什麼都不在乎。」

安嘆了口氣，毅然把目光從滿是春天魅力的窗外世界收了回來。窗外的淸風，藍天以及吐綠的新芽似乎在向安招手，但她對此全然不顧，又埋頭看起課本來。

第32章

金榜題名

六月過後，就是學年末了。史黛西老師在艾凡里學校的執教生涯也接近尾聲。傍晚，安和黛安娜悶悶不樂地從學校回來，兩人通紅的眼眶和濕透的手帕都表示了史黛西老師的離別演說同三年前菲利普老師的演說一樣感人。

黛安娜站在長滿針樅樹的山腳下，回頭向校舍望去，不由得嘆了口氣。

「眞的結束了的感覺。」黛安娜鬱鬱寡歡地說。

「黛安娜比我還好呢，到了九月，你還能返回學校。」安說著，把全濕的手帕翻了過來，裡面也是濕的。「而我，運氣好的話，可能永遠和艾凡里學校分別了。」

「就算是回到學校，學校也變了，史黛西老師不在了，安、琴和露比也都不在了，我不得不孤零零地一個人坐在桌後。以前一直和安坐在一起，但如今，誰也不能和我一起坐了。過去我們在一起非常快樂，現在一想到大家馬上要各奔東西，我就受不了。」說著說著，黛安娜的兩行熱淚流了下來。

「別哭了，你要是不哭，我還能忍住悲痛。林德夫人常說，越是心情不好，越應該振作。我覺得，我下學年還有可能回艾凡里學校，我預感自己可能考不上，而且時間愈接近，這種預感就愈強烈，眞令人害怕。」

「怎麼，史黛西老師的模擬考，你的成績不是很好嗎？」

「好是好，但那是因爲我對老師的考試不會怯場呀，一想到正式入學考試，我就嚇得心臟撲通撲通直跳。而且，我的准考證號碼是十三號，喬西．帕伊說，十三是個很不吉利的數字。我雖然不信邪，但也別給我十三號呀。」

「我要是也能一起考就好了，一定會感到很神氣吧。到了晚上，你就不得不拚命用功了。」

「大家都已經向史黛西老師保證再也不碰課本了。老師說，現在看書只會導致過度疲勞，引起混亂。每天最好走出去散步，儘量不去想考試的事，晚上早點睡覺。雖說這是個好建議，但實際要照著它做可就難了，所謂好建議大抵如此。以前，普里茜在考前一週的每晚都睡得很少，拚命死記硬背。我現在也和普里茜差不多，很晚才睡。在城裡那段時間，喬瑟芬姑婆說希望我到她的海濱森林住所住下，這眞讓我感激。」

「在城裡的這段時間能寫信嗎？」

「星期二晚上我就寫信給你，說說第一天考試的情況。」安發誓道。

「那麼星期三我就到郵局去等。」黛安娜也起誓道。

禮拜一安進了城，黛安娜依約於星期三等候在郵局前，終於收到安的來信。

親愛的黛安娜：

現在是週二晚上，我是在海濱森林住所的書房裡為你寫這封信的。昨天夜裡，我一個人睡在客房裡，感到非常孤獨、寂寞，心想要是有你在該多好呀。

因為和老師約好了不能勉強讀書，可是不能打開歷史書看看的滋味非常不好，就像以前不能看小說的感覺一樣，非常糟糕。

史黛西老師來接我去學校，途中我們順便到琴和露比那裡。我跟露比拉手時，覺得她的手像冰一般涼。喬西一見到我便發牢騷說她也一夜沒睡好。即使考上了，也沒有足夠體力撐得住皇后學院課程的壓力，雖然我努力想喜歡上喬西，可至今仍沒半點效果。

一進校園裡，到處都是人。從島內各地聚集而來的學生把學院擠得水洩不通。最先映入眼簾的，是坐在石階上的穆迪·斯帕約翰，他一個人在那兒嘟囔著。我問他在幹什麼，他回答說是為了鎮定下來，正在反覆背誦九九乘法，他還求我別再打擾他，只要稍停一下，就會把記住的東西全忘掉了。

考場已經準備好，老師不能一起進去。我倚靠著琴，她不慌不忙，非常沉著，讓我羨慕得不得了。而我心裡有事便會流露在臉上，彷佛連別人都聽得見我的心跳聲。

不久，一個男人走進來，開始分發英語試卷。一拿到試卷，我的手馬上就涼了，腦袋也直發暈。一瞬間，我覺得自己的心情和四年前向瑪麗拉詢問能否收養我，讓我住進綠色屋頂之家的心情是一樣的。還好，過一會兒我就恢復正常了，頭腦也一直清醒著。

中午回來吃了頓午飯，因為下午要考歷史，便又返回學院。歷史的難度相當大，年代都弄亂了。儘管如此，今天考得還算過得去。可是，黛安娜，明天是幾何學考試。沒辦法，我只好打開幾何學課本，硬著頭皮看。忍耐需要有極大的意志，如果九九乘法能發揮作用的話，我從現在就開始背，一直背到明天早晨。

傍晚，我去找朋友，途中遇見了穆迪・斯帕約翰。穆迪覺得自己的歷史考得不好，他說自己辜負了父母的期待，想坐早上的火車回家。他說比起當牧師來，還是當木匠舒服。我勸他堅持到最後，如果不考到最後，不是對不起史黛西老師嗎？我有時會想，自己要是個男孩子該多好呀，可是一見到穆迪，就又為自己是個女孩兒，而且不是穆迪的妹妹而感到慶幸。到了同學宿舍一看，只見露比已經呈現半瘋狂狀態。在英語考試中，她犯了一個嚴重的錯誤。她剛安靜下來，就到外面吃霜淇淋了，大家都說，要是黛安娜在就好了。噢，黛安娜，如果我幾何學考試無法過關的話，該如何是好呢？那樣，林德夫人準會想，安果然栽在幾何學上了。

太陽如常地升起、落下，可對我來說，如果失敗了，太陽還是不要升起來的好。

你忠實的朋友

安・雪莉

不久，所有考試都結束了。安也在週五傍晚回到家，她覺得有些疲倦，卻有種自己考上了的直覺。黛安娜在綠色屋頂之家等候她歸來，兩人好像多年未見似的，為再次重逢而感到高興。

「回來了，安。我真高興你回來了；你這一走，好像離開了幾十年似的。考得怎麼樣？」

「除了幾何學，我想都還不錯，幾何學考得怎麼樣我不太清楚。我很討厭幾何學，覺得怎麼學好像都學不會似的。啊！還是家裡好，綠色屋頂之家是世界上最美的地方。」

「別人考得怎麼樣？」

「女孩子們都說考得不好，但實際上都考得很好。喬西說幾何學這玩意兒太簡單了，連十歲小孩子都會做。穆迪．斯帕約翰還是歷史不行，查理則敗在代數。不過，現在成績還不清楚，還要等上半個月才會發表成績。我竟然還要提心吊膽地生活兩星期，真想就這麼睡著，一直睡到成績發表再醒來。」

至於吉伯．布萊斯考得怎麼樣，打聽也沒有用。黛安娜對於這一點非常清楚，所以她只是安慰好友：「沒關係，一定能考上的，不用擔心。」

可是安立刻道：「如果考不出高分，那還是考不上的好啊。」黛安娜知道安的脾氣。即使是好不容易勉強合格，她也不會對自己滿意。每當安回想起考試，心裡就會很不是滋味。安把戰勝吉伯當成自己的目標，考試期間，她繃緊了全身神經，全力以赴地投入競爭當中。

吉伯有好幾次都和安在路上相遇，但他們都與對方視而不見般錯身而過，而且每次碰到吉伯時，安總會比以前更加神氣地揚起下巴。每當別人勸解雙方和好時，安的這種慾望就越強烈。但一碰見吉伯，又會在心底重新發誓，在考試中絕不能敗在吉伯手下。

安知道艾凡里的學生們都在關注是誰會取得勝利，吉米·格羅和耐德·懷特還為此打賭。所以她覺得若是沒通過考試，那種屈辱說什麼也無法忍受下去。

對安來說，想取得好成績的理由還有一個，那就是為了馬修和瑪麗拉，特別是為了馬修。馬修曾說過安肯定能考得「不遜於島內任何考生」，雖然安認為這不過是幻想，不應該去指望它，但她彷彿又看見馬修那親切的眼睛在眨呀眨地，好像在懇切要求她「要想辦法，最低也要考進前十名。」於是，安拚命死記那些枯燥無味的方程式，前所未有地投入苦讀當中。

兩個星期的時間一過，安便和忐忑不安的琴、露比和喬西一起到郵局去打聽消息。大家的心情都和考試當時一樣緊張。她們顫抖著手打開「夏洛特月報」，仔細地尋找各個欄位。查理和吉伯不知什麼時候也趕到郵局，只有穆迪·斯帕約翰一個人頑固地沒有來。

「我沒有耐性去郵局，我等你們誰突然跑來告訴我我合格了。」穆迪對安說。

三週過去，可是合格成績仍遲遲未到。安緊張得再也忍受不下去，她的食慾下降，對艾凡里的新鮮事也表現得漠不關心。林德夫人大發雷霆地說郵政大臣是保守黨人，所以發生這種事是理所當然。一看見安每天拖著沉重腳步，心灰意冷地從郵局失望而歸的樣子，馬修便開始認真地考慮起來，下次選舉時，是否應該投自由黨一票。

就在安被大自然的美景深深吸引的時候，突然間，她發現黛安娜手舉著報紙，穿過樅樹林，越過獨木橋，登上了山丘。

安立刻了解到報紙上肯定刊登著什麼消息，不顧一切地站起來。是成績發表了！她的腦袋立刻眩暈，心跳節奏也迅速加快，她緊張得一步也動彈不得了。黛安娜跑過大門，興奮得連門也沒敲就直衝進房間裡，至此，她覺得好像花了整整一個小時的時間。

「安！你考上了！而且是第一名！」黛安娜喊道。「吉伯也是第一名，你們倆並列第一名！不過，安的名字登在最前面，我眞爲你感到驕傲呀！」

黛安娜把報紙丟到桌上，上氣不接下氣，喘得連話都說不出來，疲累得癱倒在安的床上。安要點起燈，還緊張得把火柴盒方向弄顚倒了。她用顫抖的手去劃火柴，劃斷六根後，好不容易才點著燈。然後一把抓過報紙——眞的！合格了！自己的名字列在兩百多個及格者的最前面！

「安考得最好了！」黛安娜終於變得呼吸平緩，說得出話來了。而安只是閃動著她那雙晶亮的大眼，一句話也沒說。

「十分鐘前，我爸爸從光河車站拿著報紙回來，是下午用火車發送過來的，如果要靠郵局，就是明天也到不了呀！我一看到合格者的名單，簡直就要瘋了！

「你們七個全都考上了！連穆迪．斯帕約翰也考上了。琴和露比相當高分，位居中間，查理也一樣，喬西十分順利地過了錄取線，雖然說只超過低標三分，但喬西肯定會像得了第一名似的趾高氣揚、得意忘形的。可以肯定的是，史黛西老師絕對會喜出望外的。

「安，你的名字在這麼多及格者中居於榜首，感受如何？要是換成我，我會高興得發狂的！現在我就有點神經錯亂了，而你竟然如此平靜。」

「我心裡好亂，雖然有一肚子話想說，但不知該說什麼才好。能考第一名，我連作夢也沒想到呀。不對，有想過一次，只有一次想過，我也許會在島內考個第一名之類的。但是由我自己這麼說，還眞有點自大，臉皮太厚了。

「對不起了，黛安娜，我必須趕快把這個消息告訴在田裡工作的馬修，然後再到街上把好消息通知給大家。」

兩人急忙跑到倉庫左邊的乾草地，馬修正在那裡捆乾草，剛好，林德夫人也站在柵欄門邊，正和瑪麗拉說著話呢。

「馬修！我考上了！是第一名，是並列第一中的第一個！我太高興了！」

馬修樂呵呵地瞧著榜單，「怎麼樣？如我以前所說的吧！這對你來說簡直是易如反掌呀。」

「你考得太好了，安！」瑪麗拉儘管高興得很，但在愛挑剔的林德夫人面前還是有所收斂。

本性善良的林德夫人發自內心地祝賀：「安確實考得很不錯，你做什麼事都是這樣痛快、漂亮，符合我的個性。安，你眞是我的驕傲，大家都在爲你感到自豪呢。」

當天晚上，在牧師館與亞倫夫人談過話，安悄悄地跪在窗邊。在柔和月光下，她喃喃地從心底感謝上帝對自己的保佑，虔誠地祈禱自己的抱負將來能逐一實現，然後便躺在白色的枕頭上進入了夢鄉，遨遊在充滿少女希望、明亮、美麗的夢幻世界中。

第33章

大飯店裡的音樂會

「安，你絕對要穿白色蟬翼薄紗那件。」黛安娜自信地推薦道。

此時，安和黛安娜這對密友正在安的房間裡談話。窗外，昏黃的天空沒有一片雲彩。「幽靈森林」上，一輪明月高掛，青色的月光和銀色的星光映照著昏暗的大地，不知從何處吹來的風鳴聲，以及遠處傳來的說話聲及喧笑聲，使人感受到夏天的氣息。

在安的房間裡，百葉窗早已被放下來，桌上燃起煤油燈。安和黛安娜兩人正忙著梳妝打扮。

四年前的這間房間，安剛來到綠色屋頂之家的那個夜晚，幾乎什麼裝飾也沒有，房間顯得冷冰冰地毫無生氣，那時的房間令安的骨髓都會打寒顫。可如今，這個房間卻徹底改變了。多虧了瑪麗拉這些年來的努力，這個房間終於變成一處生氣勃勃、可愛的女孩房了。

儘管這個房間並沒有變成安朝思暮想的那樣，鋪上粉色玫瑰圖案的天鵝絨地毯，掛有粉色絲綢面料的窗簾，但是隨著年齡增長和歲月流逝，安漸漸對這些東西也感到無所謂了。

她的床上鋪了一床乾淨的被子，窗上掛的是淺綠色薄紗織布窗簾。窗簾沿著高高的窗線垂到地面，隨著微風輕輕舞動。雖然房內並沒有金銀織錦，牆上也僅僅貼著淡淡的，像蘋果花般的壁紙，但經過安的巧思，卻透露出更高雅的氣氛。

安把從亞倫夫人那裡得來的三張趣味畫裱上框，掛在牆上，把史黛西老師的照片擺在最醒目的位置，下方書架上插著一束修剪過的鮮花。今晚，花瓶裡插的是白百合，房間裡到處洋溢著百合的香氣。

儘管房間裡沒有任何一件桃木家具，白色的書箱裡卻裝滿了各式各樣的書籍。有軟墊的柳編搖椅，被主人用薄紗織布講究地圍上一圈褶邊，上面畫有粉色丘比特和紫色的葡萄穗子。椅子旁的牆上掛著一面古色古香，拱形的鍍金鏡子。另外，房間內還有一張低矮的白色床架。

安和黛安娜如此刻意打扮，原來是爲了參加白沙鎮大飯店的音樂會。這場音樂會是住在大飯店內的客人爲了贊助沙．勞特達瓦醫院而舉辦的，附近演藝界的所有名流都將受邀來到大飯店參加演出。

即將演出的節目都很精彩，包括由白沙鎮的巴布．迪斯頓教會合唱團的成員巴薩．薩姆松和巴爾．庫勒組成的二重唱、新橋鎮的密魯頓．克拉克演出的小提琴獨奏、卡摩地的溫尼．阿狄拉．布萊亞演唱的蘇格蘭民謠、還有史賓瑟山谷的羅拉．史賓瑟和艾凡里的安．雪莉表演朗誦。

安感到非常地興奮，心情難以平靜。若是幾年前的安，肯定會說這是一件永遠不能忘記的「劃時代的大事」。

馬修因爲這是自己可愛的安靠自己的努力掙來的榮譽，所以他感到非常得意，幾乎有些飄飄然了。瑪麗拉的心情也和馬修一樣，但是她只能把驕傲和自豪埋藏在心底，死也不肯從口中說出來。畢竟讓安到那種年輕人聚集、吵嚷的社交場合，著實不能讓人贊同和放心。就在安和黛安娜在樓上梳妝打扮的時候，她嘟囔地對馬修說了些看法。

一切準備妥當後，安和黛安娜將邀約琴和她的哥哥比利．安德羅斯一起乘坐馬車到白沙鎮大飯店去。除了他們，艾凡里還有不少人要去，城裡也有許多人會參加。音樂會後，全體演出人員將被招待進行晚宴。

「哎，黛安娜，你眞的覺得白色蟬翼薄紗好嗎？」安還是有些不放心地問。「我覺得藍色花的薄紗織布料要更好一些，而且樣式不也很流行嗎？」

「不過，我推薦的這件更適合你呀。軟軟的，穿起來飄逸動人。薄紗織布料就不行了，質地太硬，讓人感覺到是件盛裝，而蟬翼紗則非常像是你身體的一部分呀。」

安嘆了口氣，最後還是聽從了黛安娜的意見。黛安娜對時裝的鑑賞力非常了得，最近一段時間很多人都會聽從她的勸告。

黛安娜今天晚上不能和紅頭髮的安做出同樣打扮，她穿著一件野玫瑰般粉色的禮服，非常漂亮。因爲她並不是演出者，所以覺得自己在這種場合穿什麼都是次要的，她把心思都用到了安身上，非常注意安應該穿什麼衣服，梳什麼樣的髮型。爲了艾凡里的名譽，應該把安打扮得卽便是女王也會對黛安娜的設計感到滿意。

「唉呀，這裡的褶邊稍稍有一點兒凸出來——啊，算了吧，繫上腰帶吧，把鞋穿上。頭髮分成兩部分，粗的編成三股，在中間位置繫上大的白色絲帶——嗯，前額捲髮就這樣輕飄飄地放下來吧。這個髮型對你來說太適合了，你梳這個髮型好像聖母一樣，亞倫夫人也說你像吧？我要把這朵好看的白玫瑰別在你耳後，家裡只開了這麼一朵，爲了安今晚的演出，我把它摘下來了。」

「戴一串珍珠首飾怎麼樣？上星期馬修從街上買給我的，他要是看到我戴上了，肯定會很高興的。」

黛安娜噘起嘴巴，把頭傾向一邊仔細選擇角度，最後做出結論，還是配戴上首飾比較好，便把項鍊戴到安纖細的脖子上。

「這樣一來，就凸顯出你的文雅氣質了。」黛安娜由衷地說。「你的儀態眞是太優美了！不過也許是因爲身材好吧。我現在快成胖子了，雖說還沒到那種程度，不過我只好就此死心了。」

「那樣不就有了可愛的酒窩了嗎？」安說著，一邊看向美麗又生氣勃勃的黛安娜，一邊可愛地笑道：「吃點生奶油，酒窩好像就會出現，有酒窩眞好呀。我對酒窩已經不抱幻想了，我一輩子都長不出酒窩來的，不過因爲我的夢想已經實現了許多，所以不該再有什麼抱怨了。你看我現在怎麼樣？」

「已經可以了。」黛安娜剛說完，瑪麗拉便出現在門口。

瑪麗拉的白頭髮變多了，身材依然乾瘦，臉龐修長，只有臉色比以前柔和多了。

「請，瑪麗拉，請看看我們的朗誦家，很漂亮吧？」

瑪麗拉用一種令安感到奇怪的聲音說：「應該打扮得更規矩、正經些，倒是這個髮型我挺中意的。但是，如果就這麼外出到滿是灰塵的路上，衣服就完了，就穿這一身到外面去，不會太單薄了嗎？基本上，我認爲蟬翼紗是世界上最不實用的東西，連馬修自己買回來時也這麼說。不過最近對馬修說什麼都是白費，雖然我說的話他也聽，可他現在也不願聽我嘮叨了。因爲他買東西都是要給安的，連卡摩地的店員也認爲馬修是個冤大頭，她們只要一說這東西漂亮、流行，馬修就會掏錢買。安，要小心別讓車輪子把裙子下襬刮壞了，另外，再帶一件厚外套。」

說著，瑪麗拉便急忙下樓。她想，安的頭髮經那麼一梳，顯出這孩子是那麼地可愛，眞教人感到自豪。自己不能去聽音樂會，聽不到安的朗誦太遺憾了。

「外面很潮濕，這件禮服是不是不行呀？」安擔心地問。

「沒事。」黛安娜邊說邊推開百葉窗。「多美妙的夜晚呀，不會有露水的，能看見月光。」

安也站到黛安娜身旁。

「窗戶是朝東的，所以能看到早晨的太陽怎樣升起來，令人非常喜悅。看到早晨從對面平緩的山丘開始來到，從楓樹的縫隙間能看到陽光閃亮的光芒，每天都不相同。沐浴在早晨的第一道陽光中，感覺到心靈都得到了淨化。黛安娜，我非常喜歡我的房間。下個月如果我到城裡去了，不就要和這個房間分別了嗎？這可怎麼辦才好呢？」

「喂，今晚可別說進城的話，那會令人悲傷的，不能再想了，今晚就想痛痛快快地玩。你不是準備要登台朗誦嗎？心裡在不是撲通撲通地直跳嗎？」

「我真的一點也不在乎呀，因爲我在人們面前朗誦過很多次，已經什麼都不怕了。我朗誦過〈少女的誓言〉，這是首令人傷感的詩。羅拉．史賓瑟說她表演喜劇。比起讓人發笑的東西，我還是喜歡令人悲泣的。」

「觀衆若是安可，你想朗誦什麼呢？」

「什麼安可，肯定不會的。」安笑而不理。她確實也暗自想到她的朗誦可能會得到安可，明早吃飯的時候，再把當時的情景說給馬修聽吧。

「啊！聽到馬車聲了——是比利和琴，咱們走吧。」

比利．安德羅斯非常希望安能坐在副駕駛座上。可是對安來說，和琴、黛安娜一起坐在後邊是最好的了，那樣就可以盡情地說笑；而和比利坐在一起，似乎沒有什麼可期待的了。

比利生了一張圓臉，個子頗高大，是個溫吞的二十歲青年，非常不健談。因爲比利非常崇拜安，能夠和身材纖細的安一路坐車到白沙鎮去，他非常高興，滿臉得意。

安側著肩跟黛安娜她們說話，偶爾也和比利說上幾句，趕著馬車到白沙鎮太令人高興了。比利只是笑瞇瞇地聽，等他想起要插話時，話題已經換了。

今晚參加音樂會的人們都很激奮。在前往大飯店路上，人車絡繹不絕，笑聲迴盪在四周。

馬車在大飯店門口停住。從車上下來的三人抬頭望去，只見飯店的建築在夜色中顯得耀眼輝煌，分外醒目。音樂會委員正站在門前迎接他們，安隨著那位女士來到演員休息室，夏洛特鎮交響樂團的演員早已擠滿那個空間。面對眼前一切，安竟然有些怯場了。她心裡有些害怕，覺得自己是一個鄉下人，連剛才在家裡還認爲是華麗過分的禮服，怎麼一到這裡竟變得那麼簡樸平常。在這些身穿華麗高貴絲綢服裝的貴婦人當中，安感到自己的禮服太普通了。如果與身邊那個舉止高雅的婦人所配戴的鑽石相比，自己那條用珍珠串成的首飾簡直太微不足道了。還有，和其他人裝飾著在溫室裡培育出的豔麗花朵相比，安頭上插著的玫瑰顯得是那麼地寒酸。

安一脫掉帽子和外套，簡直立刻成了角落裡最不引人注目的無名氏，她眞想馬上回到自己的家——綠色屋頂之家去。

這時，飯店的大禮堂舞台被燈光照得通明，安越發感到不安。刺眼的光線令人頭暈目眩，香水味及周圍嘰嘰喳喳的說話聲使安愣在當場，不知所措。從舞台布幕的縫隙往外瞧，只見黛安娜和琴正坐在後邊觀眾席上，一副愉快高興的神情。

安的身旁是一位穿著粉紅色絲綢禮服的胖女人，另一邊是一位穿著帶白色花邊禮服、個子高䠷、看上去有些傲慢的女孩子。安被夾在這兩人中間，那個胖女人就不時轉身，把身體橫過來，隔著眼鏡直盯著安。安對於被別人近距離觀看感到非常反感，眞想大聲訓斥她一頓。而穿白色花邊禮服的女孩則與她鄰座的人用懶洋洋的口氣說什麼農民呀、農民的女兒呀、鄉村藝人等等。安聽了這些，心裡暗想，自己就是到死，都會憎恨這個穿白色花邊禮服的女孩。

這天晚上，令安更不走運的是正好有一位專業的朗誦家住在這間大飯店裡，她也將在晚上的音樂會上獻藝。她是一位舉止高雅、儀態漂亮、有雙烏黑眼睛的女士，身穿一件飾有月光網眼、閃閃發亮的銀灰色長禮服。她的美妙嗓音、烏黑秀髮以及配戴的寶石都顯得美妙絕倫。表演時，她用變換自如的聲音表現了非同凡響的感受力，觀眾聽了她的表演全都被征服了。

這時的安已經完全忘了擔心，她的眼中閃爍光芒，聽得入神。朗誦一結束，安便激動得用手把臉捂上。

在這位專業朗誦家獻藝後，其他人無論如何也無法再朗誦了。安原本以爲自己的朗誦還挺不錯，這下可怎麼辦？啊，眞恨不得立刻生出翅膀，飛回綠色屋頂之家！

就在安心煩意亂、不知所措的時候，忽然聽見台上有人呼喚她的名字。安費力地站了起來，步履蹣跚地走上舞台，穿白色花邊禮服的女孩似乎有點心虛地說了什麼，然而安並沒有注意到。看到安臉色蒼白地出現在舞台上，觀眾席上的黛安娜和琴都爲她捏了一把冷汗，兩個人緊張地把手緊緊握在一起。

安怯場了。雖說到目前爲止，她曾不知多少次在眾人面前朗誦過，不過，像今晚這種場合，在如此大規模的音樂廳裡，在眾目睽睽之下，以及有如此眾多的明星聚集的盛會之上表演朗誦，對安來說，還是有生以來第一次。

安完全被嚇倒了，連身體都僵硬了，她感到周圍到處是閃光和異樣的感覺，覺得自己這下子是徹底被打敗了。穿晚禮服的女人們批判著她，議論紛紛，顯露出她們的富有和文化。安已經亂成一團。台下這些人和坐在辯論俱樂部長椅上的朋友、鄰居們那樣充滿善意的臉，完全不同呀！坐在這裡的人們，聽了安的朗誦，會毫不留情地批判、進行譴責。他們會像那個穿白色禮服的女孩子那樣，說一個鄉下姑娘懂什麼朗誦，安感到淒慘和絕望。

她的心情沉重，嚇得兩腿直打哆嗦，胸口撲通撲通直跳，一句話也說不出來了。如果此時她怯場了，可能一生都要活在屈辱之中。卽便這樣，安在接下來的一瞬間還是想從舞台上逃走。

安睜開眼睛往台下一看，突然吃驚地盯住觀衆席上一個人。原來在後邊座位上，吉伯笑嘻嘻地坐在那裡。安彷彿看到吉伯戰勝自己，正在嘲諷地笑著。

當然，這不過是她的想像而已，實際上並非如此。吉伯只不過是因爲今晚音樂會的氣氛而無意識地微笑。還有，他對今晚穿著白紗禮服、身材修長的安以及她驕傲的神情感到非常欣賞，並沒有笑得過分。他的身邊是喬西．帕伊，臉上則確實像是戰勝對手似的，充滿了嘲笑的味道，不過安對喬西並不在意。

安深深呼吸了一口氣，自豪地把臉揚起，勇氣和決心像電流般迅速流遍她的全身。在吉伯面前，她絕不能失敗，絕不能成爲笑柄。

不安和緊張一下子全消失了，安開始朗誦。淸脆美麗的嗓音迴響在大廳各個角落。安完全恢復了沉穩、自信，與剛才的嚴重怯場不同，她現在輕鬆自在極了。

朗誦一結束，觀衆席上立卽響起暴風雨般的掌聲。安高興得兩腮通紅地回到座席，穿粉色禮服的胖女人一把拉住她的手，並且用力地握著。

「啊，太好了！我完全像個孩子似的哇哇大哭起來。觀衆在喊安可了。」

「啊，眞的嗎？」安有些慌亂地說：「我不上場馬修會失望的，馬修一直說我會被安可的。」

「若是那樣，讓馬修感到失望可不行呀。」穿粉色禮服的婦人說著便笑了。

安的兩眼清澈，兩頰緋紅，輕鬆地再次登上舞台。這次她選擇了與衆不同、有趣又奇異的題材進行朗誦，聽衆漸漸地被安朗誦的魅力所吸引。

音樂會一結束，粉色禮服的胖女人儼然成了安的保護人，向大家介紹起安。大家愛極了安的朗誦，專業朗誦家埃班茲夫人也來到安的身邊，用優美的聲音稱讚她，說安對題材內容的理解十足深刻，連穿白色花邊禮服的那個女孩也對安一再地讚揚。

隨後，是來到裝飾得富麗堂皇的餐廳進餐。和安一起來的黛安娜和琴也被邀請用餐。此時卻到處找不到比利。原來，比利不願意沾安的光來吃飯，他躲起來了。

等宴會一結束，比利和馬車已經一起在外面等候。三個女孩子愉快地在寂靜的白色月光下起程回家。安深深吸了一口氣，凝視著漆黑楓樹梢上的清澈天空。

在這清澈、沉寂的夜晚，心情是多麼舒暢美好呀！漆黑的四周能聽到海的咆哮，黑暗之中的懸崖像是童話王國裡，守護岸邊的強壯巨人般地聳立著。

「太妙了！」馬車一動，琴就嘆了一口氣。「眞想成爲有錢美國人哪！夏天住在大飯店裡，身上配戴寶石，穿袒胸式的禮服，每天吃霜淇淋和雞肉沙拉，這比當學校裡一個老師快樂多了。安今天的朗誦是最棒的。雖然一開始時我還有點擔憂，不過我現在覺得，你的朗誦簡直比埃班茲夫人要好太多了。」

「不，不應該那麼說。」安急忙說道。「那樣說就太離譜了，我沒有埃班茲夫人朗誦得好，她是專業人士，而我只是個學生呀。我不過是擅長朗誦罷了，大家感到滿意，我也就滿足了。」

「很多人都稱讚安呀。」黛安娜說。「以稱讚的口氣談論安的人還眞不少，對安朗誦的部分尤其欣賞。在我和琴的後面坐了一位美國人，頭髮、眼睛都是黑色的，我覺得他是個非常浪漫的人。他還爲喬西．帕伊畫了幅畫呢，喬西母親的表妹和那個人的同班同學結婚了。哎，琴是不是聽到那個人這麼說：『舞台上那個梳著提奇亞諾式髮型的女孩是誰呢？臉蛋像畫出來似的。』他是這麼說的，怎麼樣？安。可是，提奇亞諾式的髮型是什麼？」

「翻譯過來，就是說紅頭髮。」安說完笑了。「提奇亞諾是有名的義大利畫家，他喜歡畫紅頭髮的女人。」

「你看到那些女人的鑽石了嗎？」琴嘆息道：「眞是耀眼奪目呀，哎！難道有錢不好嗎？」

「其實，我本身就很富有呀。」安充滿自信地說。「十六年來，我的人生閱歷太豐富了。我和大家相同，每天都像女王一樣地幸福生活、幻想著，我感到自己活得特別充實。快，快，快看那大海，那是光和彩組成的夢幻世界，即使有幾百萬，鑽石珠寶擁有幾千箱，也不能和如此美妙絕倫的大自然相比。假如有人願意用錢、珠寶鑽石和我豐富、自由的生活交換，我還不同意呢！如果我像那個身穿白色花邊禮服的女孩子的話，那就糟了。那個女孩子一坐下來，就覺得這個世界上任何人都是傻瓜似的。難道要像她那樣，板著臉生活一輩子嗎？穿粉色衣服的那個女人，雖說她很親切和藹，卻是個矮胖子，簡直像個啤酒桶。埃班茲夫人長著一雙非常悲哀的眼睛，肯定是因爲她那雙不幸的眼，才會有那種臉龐的。琴，難道說你眞的想成爲那種人嗎？」

「啊，我還是弄不明白。」琴好像無法完全理解：「我想如果有了鑽石，會得到安慰吧。」

「啊，總之，我不想成爲我以外的任何人，一輩子也不想靠鑽石來得到安慰。」安像宣誓般地說：「我只要用珍珠串成的項鍊，這對綠色屋頂之家的安來說就是最大的滿足。這串珍珠，依附了馬修對我的愛。」

第34章

皇后學院的女學生

在接下來的三星期，整個綠色屋頂之家一直在爲安的入學而忙得不可開交，似乎有做不完的針線活兒、叮囑不盡的話、決定不過來的事情。

光是安要穿的漂亮衣服，馬修就準備了好幾件。瑪麗拉只有這次破例，無論馬修提出買什麼或拿什麼，她都沒反對，反而還答應得特別痛快。不僅如此，一天晚上，瑪麗拉又拿著一塊綠色的薄布料來到安的房間。

「安，你看看這塊布料，做件漂亮的晚禮服怎麼樣？雖說你的衣服已經不少，沒有必要再做了，但我想在城裡出席晚會時，肯定會需要件講究的盛裝。聽說琴、露比和喬西每人都做了一件晚禮服，唯獨你沒有。上星期，我請亞倫夫人陪我進城，特地挑了這塊布料，打算請埃米里·吉利斯做一件。埃米里這個人聰明手巧，做起衣服來特別在行。」

「噢，瑪麗拉，這太好了！謝謝您這麼周到，能得到您這般熱情關懷，我眞不知道該說些什麼才好了。」

沒幾天，埃米里依照要求，做了件百褶裙式的晚禮服。

這晚，安特意爲瑪麗拉和馬修穿上這件晚禮服，在他們面前朗誦〈少女的誓言〉這首詩。看著安那神氣十足的樣子和優雅的舉止，瑪麗拉不禁又回憶起安第一天來到綠色屋頂之家那晚的情形。那個身穿不像樣的灰色混紡衣服，膽怯地站著的古怪孩子身影又浮現在她的眼前，從那雙充滿淚水的眼睛裡，可以窺視出她內心的極度悲傷。

一想起那時的安，瑪麗拉不由得流下眼淚。

「瑪麗拉，是不是我朗誦的詩讓您感動落淚了？」安高興地說道，彎下腰在瑪麗拉的臉上吻了一下。

「淨瞎說，才不是呢。」瑪麗拉回答，她覺得被詩之類的東西感動而傷心落淚是件丟臉的事。「我剛才不知不覺又想起你小時候的事情。你長大了，變成大姑娘了，要總是那麼小，那該有多好呀。安，你現在個子長得這麼高，人也出落得漂亮極了，再穿上這件禮服，簡直都快讓我認不出來了。一想到你就要離開艾凡里，我心裡總是空蕩蕩的。」

「瑪麗拉！」安說著，一頭撲進瑪麗拉懷裡，用手捧住那張滿是皺紋的臉，以一副極為認真的神情凝視瑪麗拉的淚眼。

「其實我一點兒也沒變呀，只不過是稍稍修剪一下，讓枝葉伸展開來罷了。站在您面前的確實是我呀，和以前的安沒什麼兩樣。無論我走到哪裡，無論我外表上怎麼變化，那都沒關係，我的心裡還是瑪麗拉那個可愛的小女孩安呀。我要讓瑪麗拉和馬修在綠色屋頂之家中，永遠幸福地生活下去。」

安把自己那張年輕可愛的小臉緊緊貼在瑪麗拉飽經風霜的臉上，手則搭到馬修肩上。

此時此刻，瑪麗拉只有想著，要是總能這樣親熱地摟著安，該有多好呀。馬修眨眨眼，慢慢地站起身走到外面。夏季的夜空下，馬修慌亂不安地穿過院子，在白楊樹下的柵欄前停住腳步。

「我這麼寵愛安，她卻一點兒也沒變得任性。」馬修似乎在誇獎安，自言自語道，「我偶爾也愛管管閒事，不過什麼毛病也沒管出來。這孩子聰明過人，長得漂亮，心地也好——這是最最重要的。安眞是蒼天對我們的恩賜呀，如果說這是運氣的話，那麼便是史賓瑟夫人帶來這個幸運的錯誤。可我卻不承認自己有這種運氣，這只不過是上天的旨意罷了。上帝大概預料到我們需要這個孩子吧。」

安進城的日子終於來臨。九月的一個晴朗早晨，安含淚同黛安娜和瑪麗拉道別後，便隨著馬修上路了。

送走安，黛安娜爲了忘掉離別的痛苦，就和卡摩地的堂兄妹們一起到白沙鎮的海邊遊玩。瑪麗拉自從安離開後，一天到晚除了幹活還是幹活，想藉此忘記安已離家，可是卻怎麼也忘不掉，感到心如刀割。

那天晚上，瑪麗拉望著走廊盡頭的女孩房，一種強烈的孤獨感油然而生。她身影淒涼地上床準備就寢，腦袋一碰到枕頭，便又想起安，隨卽暗自啜泣起來。

安和艾凡里其他夥伴們都按時趕到城裡，然後馬不停蹄地直奔皇后學院。

第一天是新生認識以及和教授們見面，並根據各自的志願分班。雖說忙得讓人頭昏眼花，但還是很令人愉快的。

安按照史黛西老師的建議，決定選擇兩年制的學程。吉伯．布萊斯也是一樣。也就是說，如果順利的話，根本不用兩年，只要一年就可以完成學業，取得一級教職員資格證書。但是這門課程的難度也相對提高許多，對學生有非常嚴格的要求。琴、露比、喬西、查理以及穆迪．斯帕約翰都沒有那麼好學的熱情和野心，若能取得二級教員資格證書，就足夠他們心滿意足的了。

安和五十多名新生一進入教室，便感到慌亂了。除了教室對面的吉伯外，別的新生她一個也不認識。而且安覺得，即使認識吉伯也沒有多大意義，一時間情緒低落極了。

儘管如此，能和吉伯同班對於安來說仍是件高興的事，因爲這樣她就能繼續以吉伯爲對手競爭下去。如果缺少了當時那種競爭意識，安就會感到束手無策，迷失奮鬥方向的。

她心想：若是缺少了這個，我會永不安寧的。吉伯似乎充滿了信心，瞄準好獎牌，而我需要的正是堅定的信心。吉伯長了一個好看的下巴，以前倒是從未注意過。琴和露比假如也選一級的課程該多好呀。不過，要是習慣了這樣的環境，那種心虛膽怯的感覺也許就會無影無蹤了。

「在這些女孩中，哪個能成爲我的朋友呢？想來還眞是有意思。當然了，我已經和黛安娜約定好，即使和皇后學院的哪個同學合得來，都不能成爲密友，只能結交幾個一般朋友。

「那個穿著紅衣服、茶色眼睛的女孩，看起來人還不錯，精神十足，像一朵盛開的紅薔薇。

還有那個朝窗外張望，金髮的女孩也很不錯，多漂亮的金髮呀！什麼時候能和她們倆認識，成爲能互相挽著手臂走路，互取綽號的好朋友呢？可是現在，我不認識她們，她們也不認識我，也許和我交朋友的事，她們連想都沒想過，眞讓人寂寞死了。」

那天黃昏，安獨自站在寢室裡，益發感到孤獨。琴她們幾個在城裡都有親戚，所以不能和安住一起。喬瑟芬·貝瑞小姐要安住到海濱森林去，但那裡距學院太遠了，所以她沒有去住，於是貝瑞小姐就爲她找了間公寓。馬修和瑪麗拉也曾囑咐安，希望貝瑞小姐幫忙找個合適的住所。

「出租公寓的是個沒落的貴婦人，她的丈夫是個英國軍官，對於租客是什麼身分條件相當嚴苛。安住在這裡，能避免和其他性情古怪的人接觸，飲食也合胃口，離學院又不算太遠，可以說是個環境優雅、寧靜的好地方。」

正如貝瑞小姐所說的那樣，這裡是個生活、學習的好地方，然而，這些對於被強烈的思鄉情緒所困擾的安來說，實際上卻一點兒作用也沒有。安環視了一下這間狹小的寢室，牆上一幅畫也沒有，只貼著令人掃興的壁紙，室內除了一張小小的鐵床和一個空空的書箱外，別無它物。

看著眼前一切，安不禁聯想到綠色屋頂之家，那處屬於自己的雪白房間。夜晚從屋內向外望去，是一片寧靜無語的墨綠色世界：花圃裡盛開著香豌豆花，果樹園沐浴著柔和的月光，斜坡下的小河歡快地流淌，河對面的針樅樹梢在夜風中不停搖曳起舞，透過樹林縫隙還可望見從黛安娜房裡發出的燈光，在這塊土地之上的，是那神祕而巨大的星空。一想起這些，安的心情頓時舒暢許多。

家鄉的這些，在此時此地卻一點兒也找不到了。窗外是堅硬的道路，電話線如蜘蛛網一般交錯縱橫。素不相識的人們在街上來來往往，街燈下映照出來的盡是陌生的面孔。安的眼眶含著淚水，但她拚命忍住，始終沒有哭出來。因爲她覺得哭哭啼啼有一種笨蛋的感覺，是懦弱的表現。

終於，安實在忍不住了，兩三滴淚順著臉頰流下來。必須想點什麼有趣的事，把淚水止住就好。可是，有趣的事都是和艾凡里有關的，越想越難受，第四滴、第五滴淚水接著流下來。週五就可以回家了，可這似乎是幾百年後的事。

啊，這回馬修已經到家了吧。瑪麗拉肯定正站在柵欄前，翹首張望小徑那邊，看看馬修回來了沒。第六滴、第七滴、第八滴……啊，已經數不下去了，馬上就淚如泉湧！這時，如果喬西．帕伊不出現，安肯定會哭得像個淚人兒一般。能見到那張熟悉的面孔，安高興極了，她早已經把她和喬西的不愉快忘在腦後。

「你能來，我太高興了。」安發自內心地說。

「你哭了吧。」喬西同情地問道，但同時又是一副嘲弄似的口吻。「想家了是吧？的確，缺乏自制力的人眞是太多了。哪像我呀，根本就不想家，和艾凡里那個偏僻、落後的小村莊相比，城裡眞如天堂一般，我早就想離開那個鬼地方了。哭哭啼啼的太不像話了，還是別哭了，安，你的鼻子、眼睛都哭紅了，再加上紅頭髮，整個人簡直紅通通的呀！話說今天在學院裡，我的情緒相當好。我們的法語老師長得非常英俊，如果你看到他的鬍子，準會興奮得心臟撲通撲通直跳。

「安，你這兒有沒有吃的？我的肚子餓得直叫，我猜瑪麗拉一定會爲你準備點什麼好吃的，我就是爲了這件事來的，要不，我早就和弗蘭克．斯特克利一起到公園聽樂隊演奏了。他是和我住在同一棟公寓的男孩子，很有人情味。他在教室裡還注意過你呢，並且向我打聽那個紅頭髮的女孩是誰。我告訴他說你是卡伯特家領養的孤兒，以前的經歷如何，大家對你一點都不了解。」

與其和喬西．帕伊在一起，果然還是不如自己一個人哭好呢。安剛冒出這個念頭，琴和露比就進門來了，兩個人都把粉色和紅色的皇后學院絲帶得意地佩戴在大衣上。喬西因爲不愛跟露比講話，所以她變得安靜起來。

琴嘆了口氣說：「唉呀，從今天早晨起，我就覺得彷彿已經過去好幾個月似的。說實在的，在家時我就預習過巴吉爾的詩了——那個老爺爺太了不起了。從明天開始，我就要練習寫二十行詩了，可是，我怎麼也靜不下心來學習。安，從你臉上的淚痕來看，你一定是哭了吧？安要是有哭，我也能稍稍恢復一下自尊心。在露比到我那兒之前，我也哭過一場，如果知道像笨蛋一樣哭的不止我一個人的話，那我也能承受得住想家的折磨了。呀，是點心？也給我一點兒！謝謝！嗯！果眞是艾凡里特有的味道呢。」

這時露比注意到放在書桌上的皇后學院活動行程表，便問安是不是已將目標瞄準了獎牌。

安的臉一下子紅起來，不好意思地回答說只是暫時這麼打算的。

「噢，你一說我想起來了。」喬西說道，「聽說學院要頒發埃布里獎學金。今天來的通知，是弗蘭克．斯特克利聽說的——他叔父是學院的理事，這事好像明天就會發表了。」

「埃布里獎學金！」安感到自己正在熱血沸騰，像是插上翅膀似的。

在聽喬西說這些話以前，安最大的目標是課程結束後取得一級地方教職員的資格。如果學業成績好，就能把獎牌也摘過來。可是，這次若能爭取獲得埃布里獎學金，將可升上雷蒙大學文學系。當喬西的聲音尚在耳邊迴響，安的眼前已浮現出自己頭戴菱形帽，穿學士服參加畢業典禮的身影。

埃布里獎學金是專門爲攻讀英國文學的人而設立的，而英國文學正是安最得意的科目。這份獎學金是新布藍茲維一個有錢的工廠主人在臨死前，把遺產一部分用以廣設獎學金而生的。它根據情況不同，分配給加拿大海洋省份的高中和中等專業學校。皇后學院以往有無這份配額無人清楚，但能肯定的是今年確實有名額。當一年學程結束，英語和英國文學取得最高分的畢業生將獲得這項獎學金——在雷蒙大學四年的學生生活中，每年付給該獎學金得主三百五十元。

那天晚上，安興奮得簡直要睡不著覺了。

「如果說誰努力學習，誰就會獲得獎學金，那我志在必得了。我要是取得了學士學位，馬修會有多高興呀。有遠大志向和抱負會使人感到生活充實，有太多想做的事令人精神振奮。一個奮鬥目標實現之後，還會有更新更高的目標在等著我去奮鬥、去實現，這就是人生的意義所在。」

第35章

皇后學院的冬天

隨著時光流逝，安的思鄉之情也漸漸淡化。當然，主要也是因爲每個週末都能回艾凡里一趟的緣故。趁著天氣晴好，來自艾凡里的學生們每週五傍晚都要利用新的鐵路支線到卡摩地去。黛安娜則領著艾凡里的年輕人來迎接他們，在一處會合後，再熱熱鬧鬧地返回艾凡里。

在金黃色夕陽的餘暉中，讓人思念的艾凡里燈火在遠處一閃一閃清晰可見。能在週五傍晚的歸途，散步於秋意正濃的山丘上，對於安來說，就是一個星期裡最快活的時光了。

吉伯・布萊斯常常和露比・吉利斯結伴走，他甚至還替露比拿書包，露比儼然成爲體面的貴婦人。她曾幻想成爲一個眞正的成年人，而事實上她也已經出落得像個大姑娘了。在母親允許的範圍內，她把裙子儘量放長些，雖然回家時會把頭髮放下來，但在城裡卻一直是盤起來的。露比長了一雙又大又亮的藍眼睛，肌膚光潔如玉，身材線條勻稱，生性活潑、愛笑，喜歡湊熱鬧。

「怎麼也想像不出吉伯的喜好是什麼。」琴小聲地對安說。

其實，安也是這麼想，但她還是不好意思開口同吉伯說話。不過，安仍舊不禁想道，如果能和吉伯這樣的朋友在一起開開玩笑、談論課業與將來，該有多麼愜意呀。安深知吉伯具有遠大的抱負和志向，但覺得如果他和露比・吉利斯談論這些，卻有點兒不太合適。

對於吉伯，安現在既沒有一絲妒恨，也沒有一絲喜愛。她和吉伯和好如初了，吉伯另外再有多少個朋友、和誰在一起，這不都是很好的事情嗎？

安在交朋友方面還是挺有才能的，女性朋友交了不少，漸漸地，安意識到自己應該再結識一些男性朋友，這樣，在看問題和考慮問題上，思路不就更寬廣了嗎？特別是回艾凡里時，下火車後，若是能和吉伯一起沿著廣闊的原野和長滿羊齒草的小徑回家，不就可以就各自眼前展開的新世界，和各自的希望和抱負進行愉快的交談了嗎？

吉伯對於事物有他自己的看法，他希望自己成爲一個聰明的青年，在人生中多吸收有用的營養，同時爲社會貢獻出自己的一切，讓生活變得更有意義。

露比曾對琴說，吉伯跟她談他的事，有一半她都聽不懂。露比覺得弗蘭克．斯特克利長得帥，又很風趣。但要說美男子，還是得說到吉伯，這兩人哪個好，露比也分不出來。

在學院裡，安的周圍漸漸聚集了一群志同道合的朋友。她們都是些思路敏捷、富有想像力、有朝氣的女學生。其中，安和「紅薔薇」史黛拉．梅納德以及「幻想迷」普莉希拉．格蘭特的關係最好。皮膚白皙、像妖精一樣的普莉希拉，實際上是個喜好惡作劇，滿腹笑料的少女。而生氣勃勃、雙眼黑亮的史黛拉則和安一樣，情緒浮躁，愛做一些空想和虛幻的夢。

聖誕節休假一過，艾凡里的學生們都投入課業之中，不再每逢週五就回家了，學生們也都根據各自的能力和興趣集合起來。

雖然學生們誰也不願意承認，但事實終究是事實，金牌的候選人基本上確定為三個人，即吉伯·布萊斯、安·雪莉、路易絲·威爾遜。埃布里獎學金的競爭者有六個人，他們實力相當，誰勝誰負，結果難以預料。這和數學銅牌由一個從內陸省份來的，又矮又胖、穿著帶補丁大衣的古怪男孩子所奪走一樣，令人難以猜測。

露比·吉利斯在當年的學院選美中榮獲第一名。兩年制學院內，則由史黛拉·梅納德獲得了美女的頭銜，連安也擁有一些熱情的支持者。埃塞爾·墨的髮型被審查員一致認為是最時髦的髮型。另外，普通而不起眼、但總是孜孜不倦地學習的琴·安德羅斯奪得家庭科課程的所有獎項，就連喬西·帕伊也被冠上全校口德最差的大名。可以說史黛西老師教過的學生都是很有出息的。

安仍然勤奮學習，與吉伯的競爭絲毫未變，只是艾凡里時代的那種報復和怨恨心理消失了。戰勝吉伯，安就會有一種滿足感；她若是被吉伯戰勝了，也會認為對方很了不起，從前一被超過就不想活了的狹隘心態已經蕩然無存了。

學習是件辛苦的事，但苦中也有樂。安一有空便到海濱森林去玩，星期一通常就在那兒吃午飯，之後再與貝瑞小姐一起同往教堂。

貝瑞小姐雖然承認自己上了年紀，但黑色的眼睛依舊炯炯有神，一張嘴還是那麼能言善道。不過，安至今還沒領教過她的鋒芒。安對這個愛嘮叨的貝瑞小姐是打從心底尊敬、喜愛的。

「這個安呀，好像變得越來越優秀了。我對別的孩子都膩了，哪個孩子都一樣，沒有什麼新鮮感，安卻不一樣，她像彩虹一般不斷地變化著。每當看到她，我都會感到滿心歡喜，雖然我覺得還是她的小時候有趣呀。」

不知不覺，春天已悄悄來到。儘管在艾凡里還有殘雪，但在枯色的原野上，山楂樹已經吐出新芽，樹林和峽谷間也已是一片綠意了。

然而，在夏洛特鎮，學生們卻無暇注意這季節的轉換，他們始終都在議論著考試這件事。

「想不到馬上就到學期末了。去年秋天彷彿就是昨天，從現在起又要埋頭苦讀了，下週一又要考試了吧。有時覺得好像所有考試都在一時之間壓上來，讓你無法招架。但是一看到栗樹的嫩芽都長那麼大了，天空的彩霞又那麼令人欣慰，我又覺得一切都沒有什麼大不了的了。」

安對來自己公寓的琴、露比和喬西說道。對於她們三人來說，下週的考試太重要了，比起什麼樹芽和彩霞要來得重要多了！用不著擔心不及格的安也許把考試這件事看得很輕，對將來的一切很冷靜、從容，有充分的準備。

「這兩個星期，我足足瘦了七磅。」琴嘆了口氣，「怎麼給自己吃定心丸也是白費，還是放不下心呀。其實擔心並不是壞事，這樣會有要一種拚命努力的念頭。如果整個冬天都通勤上學，花了不少錢，結果仍沒取得證書，那可就糟了。」

「我可不在乎。」喬西插嘴道。「今年考不上，明年再考一次，反正我家允許我這麼做。安，我聽弗蘭克·斯特克利說，特里梅因教授認爲金獎肯定是吉伯了，而埃布里獎學金好像非埃米里·

克雷伊莫屬呀。」

安笑了，「喬西！如果到了明天，我也許會感到厭煩，可現在我卻一點兒也不在意。只要一想到在綠色屋頂之家下面，那片窪地裡盛開著令人眼花撩亂的紫羅蘭，『戀人小徑』上羊齒草冒出毛絨的小腦袋，我覺得能否獲得金獎或是獎學金，已經無關緊要了。對我而言，我已經盡了全力，我現在終於明白『勤奮的快樂』的意義了。失敗並非壞事，失敗後再振作起來，努力奮鬥而換來的勝利是最快樂的。

「我看我們還是換個話題吧。快看屋頂上的淺藍色天空，此時此刻，艾凡里背後那片紫色帶黑的樅樹林上方該是什麼樣的天空呢？」

「琴，你打算在畢業典禮上穿什麼？」還是露比更實際一些。

「你呀，什麼時候都是挑時髦的話題說。」琴和喬西異口同聲地批評露比。

此時，唯有安一人站到窗前。她緊握雙手，托著臉頰，獨自遙望屋頂及尖塔，0在晚霞四射的天空下，在心裡編織著未來的夢。

第36章 光榮與夢想

這天早晨，所有考試結果都張貼在學院布告欄上，安和琴結伴去看。琴顯得笑容滿面。考試已經結束了，她預估不會有不及格的風險，心裡爽快舒服極了。只要能通過考試就行，她不奢望更高更好的成績，既然不抱雄心大志，也就免去許多不安與擔憂。

安白著臉，一句話也沒有，再過十分鐘就會知道誰是金獎得主，誰獲得埃布里獎學金了。

「當然，誰得獎早就確定下來了。」琴說。

「埃布里獎學金是沒希望了，據說得主就是埃米里·克雷伊，大家都這麼說。我沒辦法站到布告欄前，在大家面前看結果，我說什麼也鼓不起勇氣來。我直接到休息室去，琴，求你了，幫我到布告欄前面看看，然後再來告訴我結果。快點，如果我考得不好，乾脆說『考糟了，沒及格』那也行！還有，即使發生了什麼意外的事，也絕不要同情我，好嗎？」

琴鄭重地答應了，其實根本沒有必要這麼約定。因爲當兩人一同登上學院石階，大廳裡早已擠滿了男學生，他們把吉伯·布萊斯團團圍起來，齊聲喊道：「布萊斯萬歲！萬歲！」

安頹喪地想著：徹底失敗了！眼前瞬間呈現一片黑暗。吉伯勝利了，自己徹底失敗了——啊！馬修會有多失望呀，他一直堅信安會奪取金牌的呀。

就在這時，不知是誰喊了一聲：「爲埃布里獎學金得主——安．雪莉小姐——大呼萬歲！」

在四周一片歡呼聲中，安和琴跑進了女子休息室。

「噢！安！」琴喘著氣說道，「安，你太了不起了！我爲你感到驕傲！」

接著，女學生們一擁而上，把安圍了起來。她們一邊歡笑，一邊向安祝賀，大家都爲安出色的表現而高興，她們親密地拍著安的後背，爭相和她握手。安被簇擁著，根本無法脫身。

琴低聲對安說：「馬修和瑪麗拉會有多高興啊！快點寫信回家，告訴他們這個好消息。」

接下來的重大事件是畢業典禮。典禮在學院禮堂舉行，程序是致賀詞、高聲朗讀散文、唱歌、授與畢業證書和獎牌。

馬修和瑪麗拉都出席了畢業典禮，他們兩個只盯著台上的一個人，那人身穿淡綠色裙子、身材苗條、臉頰微紅、眼睛一閃一閃，正在高聲朗頌一篇優美散文的安。大家都在低聲議論，說道那個安就是埃布里獎學金得主。

等到安朗誦完，進入禮堂後就一直沒開口說話的馬修小聲地說：「收養這孩子眞是做對了，瑪麗拉。」

「我已經不止一次這樣想了。」瑪麗拉贊同道。

坐在兩人身後的貝瑞小姐把身子往前探，用陽傘輕輕戳了戳瑪麗拉的後背說：「你爲安感到驕傲嗎？我眞爲她感到驕傲。」

這天晚上，安和馬修、瑪麗拉一起回家。從四月以來，她就一直沒有回家，所以急得一天都等不下去了。蘋果花已經盛開，四周的氣氛也變得輕鬆、愉快，黛安娜正在綠色屋頂之家迎接他們的歸來。

一回到自己的白色房間，安就東張西望地看個不停。她幸福地深吸了口氣，窗台上擺放著黛安娜插好的薔薇花。

「噢，黛安娜，能回家眞是太好了。瞧！以粉色天空爲背景，一片樅樹林展現在我們眼前，果樹園已經是一片雪白世界了，我們又和令人懷念的『白雪女王』重逢了，哎，還有一絲沁人心脾的薄荷淸香呢。這朵茶玫瑰好像集歌聲、希望和祈禱爲一體，能這樣和黛安娜再次相會，我眞是高興！」

「那個叫史黛拉．梅納德的女孩子，你喜歡她嗎？聽喬西．帕伊說，你已經和她很好了。」黛安娜以責備的口氣問道。

安笑了起來，用水仙花束輕輕拍打一下黛安娜。

「相較之下，你對我來說更加重要。我想和你說的知心話有千言萬語，不過，這樣看你一眼，我就很高興了。我好像有點兒累了，至少明天要在果樹園的草地上舒舒服服地躺兩小時，什麼也不去想，好好休息休息。」

「你考得太棒了！已經取得了埃布里獎學金，這樣你就不用在學校教書了吧？」

「是呀，九月份要到雷蒙去深造，從現在起還有整整三個月的時間，可以盡情度過一個愉快的暑假，這樣我又可以實現各種新目標了。有琴和露比在，她們就可以勝任艾凡里教師的工作。穆迪·斯帕約翰及喬西·帕伊也都通過考試畢業了，他們也不簡單呀。」

「聽說新橋鎮理事會很早就跟琴說要請她去任教呢，吉伯·布萊斯也接到通知了。爲了不讓父母多掏錢，他只有當教師賺學費。埃姆斯老師如果轉任，他不就能在這個學校教書了嗎？」

聽見這句意外的話，安有一種莫名的失落感。她還是初次聽到這個消息，她原以爲吉伯也會到雷蒙去呢。如果自己沒有競爭對手，學習起來就不大對勁了。在男女同校的大學裡，爲了攻讀學位，若是沒有可以競爭的對手，將會使學習生活失色不少。

第二天早晨吃飯時，安察覺到馬修不太有精神，和一年前相比，他的臉色難看多了。

馬修從椅子上離開，安便不安地問道：

「瑪麗拉，馬修的身體還好吧？」

「不太好。」瑪麗拉非常擔心地說：「春天時，他的心臟就一直不太好。雖然身體這樣，他卻一點也閒不住，眞教人擔心呀。不過最近他好像好一些了，因爲僱了一個好幫手，他能稍微輕鬆一點。雖說他的身體很難再恢復到以前的狀態，可是你一回來，他就又有精神得多了，只要有安在，馬修總是非常快活的。」

安隔著桌子探出身體，用雙手捧住瑪麗拉的臉頰說：

「瑪麗拉，您怎麼也好像不如從前那麼有精神了？是不是太勞累，做太多家事了？我回來後，您該歇一歇了。今天就好，我要到最喜愛的地方轉一轉，重溫一下過去的夢，然後就輪到您好好歇歇了，事情全交給我來做吧。」

瑪麗拉苦笑一下。

「不是事情太多，是頭痛得厲害呀！最近眼睛也經常痛，史賓瑟醫生幫我調過眼鏡了，可是一點也沒有好轉。據說六月底有位眼科醫生要來島上，史賓瑟醫生說一定要找他看看。沒辦法呀，我現在看不了書，也做不了針線活，眞難受呀。

「安也眞厲害，一年就取得了一級教職員資格，還獲得了獎學金，眞了不起！瑞雪說驕者必敗，她說女人沒必要受高等教育，說這和女人的天職不符，我卻不那麼認為。說起瑞雪，安，你聽過亞比銀行的事嗎？」

「聽說情況很糟，怎麼了？」

「瑞雪也是這麼說的。她上週到咱們家來時說過這件事，馬修聽了很不放心，咱們家裡的錢全都放在這家銀行。我早就覺得錢應該存到儲蓄銀行會比較好，可是亞比先生是爸爸的老朋友，爸爸也是在他那兒存錢的。馬修說，只要是亞比先生任職銀行總裁，就肯定沒事……亞比先生早就只是掛名的名譽總裁了，他年紀大了，實際上掌權的早以換成他姪子。這些是我聽瑞雪說的，所以我對馬修說，還是馬上把存款領出來吧，他說再考慮考慮。昨天，我又碰到羅賽爾先生，他說銀行有信譽，沒問題的。」

這天陽光明媚，安一整天都沒進家門，玩得非常痛快。

她先在果樹園裡轉了兩三個小時，看了「妖精之泉」、「維多利亞島」、「紫羅蘭谷」，然後又拜訪了牧師館，和亞倫夫人熱切地談了一會兒，最後在傍晚時分和馬修一起穿過「戀人小徑」，從後邊的牧場趕牛回家。

樹林已是一片晚霞的顏色，在夕陽餘暉中，馬修垂著頭慢慢往前走，個子高䠷，挺著胸的安則攙扶著馬修。

「馬修，今天又做很多工作了吧？」安埋怨地說。「您要能少做一些，輕鬆一點就好了。」

「是呀，可是我做不到。」馬修說著打開院門讓牛進去。「我已經上年紀了，安，可是我總不知不覺地忘了自己是個老人。我做了一輩子的活了，希望在臨終時也是在工作中倒下，到另一個世界去。」

「我要是您要領養的男孩子就好了……」安痛苦地說道。「那樣至少我也能幫您做一些事，讓您能輕鬆一下。爲了您，如果可能，讓我變成男孩子我也甘願。」

「不行，不行，我說，一群男孩子也抵不上一個你呀。」馬修撫摸著安的手說：「我說的可是有道理的，獲得埃布里獎學金的不是男孩子吧？是女孩子，是咱們家的姑娘。安，我眞爲你感到驕傲呀！」

兩個人走進院子裡，馬修又對著安靦腆一笑。

這天夜裡，安回到自己的房間後，又在窗前坐了好長一段時間。她的腦海裡一會兒浮現馬修的笑容，一會兒又想著美好的未來。窗外皎潔月光照在「白雪女王」上，映出一片晶瑩、潔白。從果樹嶺對面的沼澤地裡，傳來了青蛙響亮的合唱聲。

安永遠也不會忘記這個充滿朦朧美麗、芳香清涼的夜晚。

這是悲哀到來之前的最後一個夜晚。

第37章 死神降臨

「馬修?馬修!你怎麼了?哪裡不舒服嗎?」瑪麗拉用僵硬的聲音呼喚著馬修,氣氛顯得異常緊張。這時,安正捧著一束雪白的水仙花從外面走了進來。後來,她有好長一段時間非常討厭水仙花和它的香味。

馬修手裡拿著報紙,正倚在陽台門口,神情卻有些不對,一臉鐵灰。安見狀猛地甩掉花束,穿過廚房,和瑪麗拉同時奔向馬修,可是兩人來不及,馬修已經癱倒在門檻上。

「安,快去叫馬丁!快!快!他就在倉庫裡!」

雇工馬丁剛從郵局回來,聽安一說便立刻跑到果樹嶺向貝瑞夫婦通訊。碰巧林德夫人也在那裡,於是三人急急忙忙跑到綠色屋頂之家。進門一看,安和瑪麗拉兩人正拚命設法搶救馬修!

林德夫人輕輕推開兩人,上前摸了摸馬修的脈搏,又用耳朵貼在馬修的心口上聽,最後悲傷地抬起頭來,望著安和瑪麗拉焦急不安的臉,眼淚不禁奪眶而出。

「瑪麗拉。」林德夫人嗚咽著說。「已經沒救了。」

「夫人,不!這絕不可能!這怎麼可能呢?馬修他……」

安無論如何也說不出那句可怕的話,她臉上沒有一絲血色,蒼白得嚇人。

「對不起，可是事實就是如此。安，看看馬修的臉，這種面孔我見過好幾次了，我一看就知道了。」

後來聽醫生講，馬修在生命垂危之時恐怕早已沒有疼痛感了，他看來是受到突然的刺激而死去。原來，馬修受到刺激的原因就是他手中那份報紙。那是當天早晨馬丁剛從郵局取回來的，上面報導亞比銀行破產了。

馬修去世的消息很快在艾凡里中傳開。他的好友和鄰居們都來到了綠色屋頂之家慰問，屋子裡一整天都擠滿了人。爲了照料瑪麗拉和安，以及安排馬修的後事，人們總在這兒進進出出。生前忠厚老實又靦腆的馬修．卡伯特，在這一天，有生以來第一次，成爲人們注目的焦點。馬修身穿白衣、頭戴白帽，獨自一人到另外一個世界去了。

夜幕悄悄降臨到綠色屋頂之家，古老的房屋也安靜下來。在客廳裡，馬修．卡伯特直臥在靈柩中，溫和的臉上浮現一絲慈祥的微笑，花白的頭髮垂落到臉上，他看起來好像是做著美夢睡著了一般。

靈柩的四周擺放著一簇簇鮮花，這些花還是當初馬修的母親剛結婚時栽種的，馬修生前只要一見到它們，就會常常回憶起那些美好往事。因爲馬修生前打心底喜愛這些花，所以安把它們採下來，鄭重地放到馬修身邊，這也是安能爲馬修做的最後一件事了。瑪麗拉蒼白的臉上，雙眼因爲過度悲傷而乾澀不已。

那天夜裡，貝瑞夫婦和林德夫人都留在綠色屋頂之家。黛安娜跑到安的臥室一看，只見安正單獨佇立在窗前。

「安，今天晚上我陪你一塊兒睡好嗎？」黛安娜輕聲說道。

「謝謝你，黛安娜。」安回過頭來認真地望向摯友，「我想一個人待一會兒，希望黛安娜能理解。其實，我沒有感到害怕。只是從不幸發生的那時起，我還沒時間獨處沉靜過。我想獨自靜靜地感受，但卻感受不到。是我不能相信馬修去世了，還是馬修在很久以前就離開了人世？從那時起，我就一直被痛苦煎熬、折磨著。」

對黛安娜來說，安的個性實在讓人摸不透。此刻的她，自制力太過強大，而平時感情不外露的瑪麗拉，這時卻精神崩潰，陷入了極度悲哀之中。比起不滴眼淚的安，黛安娜覺得還是瑪麗拉這種情感能夠讓人理解。她無奈地把安一人留在房間裡，不放心地走了。

安猜想著，如果只有她獨自一人，眼淚也許就會流出來。安是那麼地敬愛馬修，慈祥、親切的馬修昨天傍晚還在和她一起散步，如今卻安詳地躺在樓下昏暗的房間裡，永遠地睡著了。

起初安的眼淚怎麼也流不出來，卽使跪在昏暗的窗邊，遙望山丘那邊的星空，代替淚水的卻是悲哀所帶來的心痛。由於一整天的極度緊張和操勞，安不知不覺睡著了。

半夜時分，安從夢中醒來，周圍漆黑一片，寂靜無聲。經歷了白天的不幸，悲痛一下子湧上心頭。馬修臨終前的那個晚上，在門口和安分別時的微笑臉孔又浮現在安的眼前。她彷彿聽到馬修在說：「安，你是我的驕傲。」淚水不由得奪眶而出，安終於悲痛欲絕地大哭起來。

瑪麗拉聽到哭聲，悄悄地走進來安慰她：「好了，好了，安，你是個好孩子，快別哭了，你就是再哭，馬修也不會回來了。我也一樣，雖然心裡明白，可我怎麼也控制不住啊。馬修向來是那麼親切、慈祥的人。唉，可這都是上帝的安排呀。」

「瑪麗拉，您就讓我哭個痛快吧。」安抽泣道。「哭出來我就好受多了，陪我待一會兒，您就這樣摟著我。我不能讓黛安娜留下來陪我，她的心是那麼溫柔、善良，我不能讓她跟著悲傷。還是我們兩個待在一起就好，這是我們兩個人的悲傷。瑪麗拉，馬修他走了，怎樣才能讓他回到這個世界上來呢？」

「安，我也同樣需要你呀，如果你不在，如果這一段時間你沒回來，我眞不知道該怎麼辦才好了。安，也許你會認爲我平時總是要求嚴厲，好像我沒有像馬修那樣愛過你，其實並非如此，我這個人就是心直口快，想說什麼就說什麼。安，我是愛你的，就像是愛自己的親骨肉一樣，從你來到綠色屋頂之家的那天起，我就對你很滿意了。」

兩天後是出殯的日子。馬修．卡伯特的靈柩從家裡被扛抬出來。自此，馬修和生前種過的田地、果樹園和樹木永遠地告別了。

不久，艾凡里恢復往日生活，綠色屋頂之家也像平時一樣平靜，一切再度有秩序地運轉著。唯有安，無論看到什麼都會聯想起馬修，經常一個人暗自傷心落淚。

經歷了失去親人的痛苦，安過了好長一段時間才算穩定下來，恢復如常。只是馬修不在了，偶爾還是會讓安感到孤單。看見朝陽又升到樅樹的樹梢、花圃裡淺桃色的花蕾含苞待放，安的臉上又露出笑容。每當黛安娜跟她說起有趣的事，安總會忍不住笑出聲來。

在這個如鮮花一般美麗的世界裡，愛與友情依然感動著安的心。人生用各種聲音和安對話，吸引著安。

一天傍晚，安和亞倫夫人一起來到牧師館院子裡，忽然又有些悶悶不樂了。

「馬修不在了，可我還是這樣快活，不知道爲什麼，我總覺得背叛了馬修。今天，黛安娜和我說了件有趣的事情，我忍不住笑了起來。當時我就想再也不能笑了，我覺得笑是不應該的。」

「馬修活著時不是很喜歡安的笑聲嗎？他希望你活得幸福、快樂，不是嗎？」亞倫夫人懇切地勸說，「馬修現在只是到很遠的另一個世界去，他還是想聽到安那銀鈴般的笑聲呀。不過，我能理解你的心情，任何人都會有這種經歷的。自己所愛的人不在了，能夠和自己分享快樂的人不在了，自己卻依然這樣整天快樂，別人見了會感到討厭的吧。總認爲自己一旦恢復活力，罪惡感便也跟著升上來了。」

「今天，我到墓園去，在馬修的墓前種上了一株薔薇。」安好像在夢中自言自語似的。「很久以前，馬修的母親從蘇格蘭帶來的，就是這種白色薔薇，馬修最喜歡這種從刺裡面綻放出來的薔薇了，眞高興能在他的墓前，爲他栽上這樣一株薔薇。讓馬修喜歡的花在墓前陪伴他，他一定會感到非常欣慰的。

「天國要是也種這種花……每當夏季來臨，馬修喜愛的小白玫瑰花的靈魂就會來迎接我們。我如果不回去，瑪麗拉一個人在家，到了黃昏會感到孤獨的。」

「安如果去上大學，她會感到更加孤獨的。」亞倫夫人說。

安沒有回答，只說了句再見，便慢慢地走回家了。此時，瑪麗拉正在門前石階上坐著，安見狀也輕巧地落坐在她身邊。大門敞開著，作爲門擋的是個粉紅色大海螺。在海螺光滑的螺旋形外表上，可以看出海邊晚霞留下的一絲絲痕跡。

安把一朵淺黃色的金銀花戴在頭上，頭一晃動，就會聞到一種迷人的芳香。

「剛才你出去時，史賓瑟醫生來了，他說眼科醫生明天要到城裡，建議我去找他看看，我明天必須進城了。如果能請他配一副眼鏡給我，那就謝天謝地了。我進城期間，你一個人在家沒問題吧？我已經請馬丁陪我一起到城裡去……你要記得熨衣服，還要烤蛋糕。」

「沒關係，我讓黛安娜過來玩就是了。家裡的工作您就交給我吧，您儘管放心地看病去。我絕不會再烤糊或者加進什麼藥水了。」

「那時候你總是做些蠢事，總是惹出麻煩，說實話，那時我還眞以爲你做什麼都不行呢。你還記得染頭髮的事情嗎？」

「當然記得了，怎麼可能會忘記！」安的臉上又浮現笑容，手不自覺地摸了摸兩根粗辮子。「那時候，這一頭紅髮眞讓我苦惱了很長一段時間呢，現在回想起來就有些好笑。當時，我總覺得紅頭髮是個大麻煩。當初我被紅髮、雀斑折磨得好慘，如今雀斑眞的消失了，而且頭髮也變成了茶褐色，只有喬西．帕伊還不這麼認爲。

「昨天我遇到喬西，她說我的頭髮看起來越來越紅了，也許是我穿黑衣服的緣故吧，所以頭髮顯得比較紅。瑪麗拉，我已經死心了，喬西這個人，你就是和她再好，也是白費工夫。」

「喬西終歸還是帕伊家的人呀。」瑪麗拉說。「所以感覺很壞，你拿他們也沒有辦法。這些人到底能帶給社會什麼好處？活在這個世上有什麼意義？眞讓人弄不懂。」

「嗯，明年她還要待在皇后學院，穆迪．斯帕約翰和查理．史隆也會繼續在那兒讀書，是琴和露比告訴我的，她們倆都在學校裡教書了。琴在新橋鎮，露比好像是在西邊的什麼學校。」

「吉伯也接到通知了？」

「是的。」安的回答僅此而已。

瑪麗拉聽了，怔怔地呆在那裡。

「吉伯是個很不錯的年輕人。上個禮拜日，我在教堂遇見他，哎呀，已經長成個身材高大的男子漢了，相貌、身材都酷似他父親年輕的時候。約翰．布萊斯當年也是個很棒的小夥子，他和我曾經很要好，大家都說我們是一對戀人。」

安很感興趣，抬起頭來問道：「是眞的嗎？瑪麗拉，後來怎麼樣了？爲什麼您如今還是一個人呢？」

「後來我和他吵架啦。約翰來承認錯誤時，我沒有原諒他。當時我本來打算原諒他的，可是我很生氣，十分不快，覺得特別彆扭，想先懲罰懲罰他。可是，約翰從那之後再也沒來找過我，據說布萊斯家的人自尊心都很強，我一直覺得很內疚、後悔。」

「這麼說，瑪麗拉也有過一段羅曼史呀。」安輕輕說道。

「是呀，看不出來吧。不過，我和約翰以前的事大家都忘記了，連我自己也忘記了。只是上星期偶然遇到吉伯，才又喚起我對往事的回憶。」

第38章

道路彎彎

第二天，瑪麗拉進城去了，直到傍晚才回到家。安把黛安娜送回家後也回來了。她剛進門，就見瑪麗拉支著腦袋在廚房坐著。看到瑪麗拉無精打彩的神情，安感到背脊涼了一半。瑪麗拉這副有氣無力的樣子，安從來沒有見過。

「瑪麗拉，你累了嗎？」

「啊，是呀。」瑪麗拉費力地抬起頭。「可是我也並不完全是累，只是在想別的事情。」

「請眼科醫生看過了？他怎麼說的？」安擔憂地問。

「看過了，還徹底地檢查過一遍。醫生說以後包括看書、針線活，凡是會累壞眼睛的事情都不能做了。另外，還要注意不能傷心落淚。戴上醫生配的眼鏡，小心保護眼睛，病情就不會繼續惡化，頭痛也會漸漸好起來。如果不聽醫生的勸阻，任憑情況惡化的話，六個月後，我的眼睛就會什麼也看不見了。安，你說該怎麼辦才好呢？」

聞言，安嚇得半天說不出話來，一時也不知該說些什麼，過了一會兒，她才恢復勇氣，斷斷續續地開口：「瑪麗拉，您不能老在這件事上鑽牛角尖，這可不是醫生所希望的。多注意一些，視力就不會完全喪失。還有，如果戴上眼鏡，頭痛也會好起來的，這不是很好嗎？」

「沒指望了。」瑪麗拉難受地說。「看書、做針線活兒，如果用眼睛的事情無法做，那還有什麼樂趣呢？不如眼睛看不見的好呀，但那還不如死了算了，而且醫生還說不能哭，那我心情不好受時，該怎麼發洩呢？唉，什麼也做不了了。安，幫我倒點茶。我總有一種精疲力盡的感覺……對了，至少最近一段期間，我的眼睛出毛病這件事，對誰都不能說，如果大家知道了，肯定會來看望我，那樣我會受不了的。」

瑪麗拉一吃完晚飯，安就讓她早些去休息了。她自己也回到樓上的臥室，靜靜坐在黑暗中，一個人心情沉重地掉下了眼淚。畢業典禮結束後回到家裡，她也是坐在這裡，和那時相比，心境變化竟如此之大。當時，安的心裡充滿希望和喜悅，彷彿看到了自己瑰麗的未來。如今，安覺得好像當時的一切已經是非常遙遠的事情了。

上床休息的時候，安的心情稍稍平靜下來。她暗下決心，要鼓起勇氣正視現實，盡自己的義務和責任。

數日後的一個下午，瑪麗拉在院子裡同一個安不認識的客人談完話後，緩緩地回到了屋內。後來，安才了解到這位客人是來自卡摩地的約翰．桑德拉。看瑪麗拉的臉色，她好像同桑德拉談了什麼重要的事情。

「他來有什麼事嗎？瑪麗拉。」瑪麗拉在窗邊坐下，兩眼望著安，好像故意和醫生的禁令對抗似的，淚水流了出來。

「他是聽說我要賣掉綠色屋頂之家而特地從卡摩地來的，看樣子他好像要買。」

「什麼？您說您要賣掉綠色屋頂之家？」安懷疑是不是自己聽錯了。「瑪麗拉，您眞的打算賣掉綠色屋頂之家嗎？」

「難道說還有別的辦法嗎？事情已經到了這種地步，如果我的眼睛還好好的話，我還能住在這裡，僱個老實人幫忙做事。可是這條路是走不通的，也許到頭來，我的眼睛一點也看不見了，更不用說是料理農田果園了。

「雖說當初作夢也沒想到有一天要把自己的家給賣了，可是這樣下去，農田就會荒蕪，到最後成了誰都不想買的荒地。家裡的錢全都存到銀行了，僅有幾張去年秋天馬修買的期票。瑞雪建議我把農場賣了，另外找個地方住下來。我打算就在咱們家附近找個房子。我們現在的房子空間很狹小，建築也舊了，雖說賣不上什麼好價錢，但維持我一個人的生活也足夠了。安，感謝你自己爭取到了獎學金，這樣就有辦法了，只是有一點對不起你，那就是你放假回來沒地方住了。安呀，你今後打算怎麼辦呢？」

瑪麗拉說到這裡又忍不住掉淚。

「不能賣掉綠色屋頂之家。」安斷然地說。

「安，我也不想賣掉牠呀。可是你也知道，我一個人是無法住在這裡的，整天操心、孤獨，再這樣下去，我的腦袋會弄壞，眼睛也會失明的。就因爲這樣，我才做出了這個決定。」

「誰說讓您一個人住了！瑪麗拉，我也要留下來，我不去雷蒙了。」

「不去雷蒙了？」

瑪麗拉抬起頭來盯著安。

「爲什麼？你是什麼意思？」

「就是我剛才說的意思。我不要獎學金了。瑪麗拉進城回來那天夜裡，我就決定了。您撫養了我這麼多年，現在瑪麗拉有了困難，難道要我丟下您一個人不管嗎？

「我想了許多，也都計畫好了。瑪麗拉，您聽我說，貝瑞先生提出，明年要租用我們家的農場，所以農場這裡已經沒問題了。另外，我決定要當老師。艾凡里這邊的學校好像已經不行了，據說理事會已經決定聘用吉伯・布萊斯。不過，我可以到卡摩地那裡的學校任教，這是傍晚我在布萊亞先生的店裡聽說的。當然，如果我能在艾凡里學校任教是最理想的了。在卡摩地教書，天氣好的時候，我可以坐馬車去學校，每個週末我也會回來。瑪麗拉，我念書給您聽，讓您快樂，絕不會讓您感到無聊和寂寞的。我們兩人就在這裡，一起和睦、愉快地生活下去。」

瑪麗拉好像作夢一般地聽著安的話。

「安，你這麼做全是爲了讓我快樂，我很清楚。可是，你爲我做出那麼大的犧牲，根本沒有必要呀，我不同意你這樣做。」

安聽後笑了笑。「您別把這件事放心上，談不上什麼犧牲不犧牲。如果完全沒有辦法了，再賣掉綠色屋頂之家吧，畢竟那是最糟糕的結局了，我不願看到這種情形發生。這裡一旦發生了什麼事，我是不可能不管的。瑪麗拉，我的心意已決，不到雷蒙深造了，就留在這裡當教師，您就不必爲我擔心了。」

「可是，繼續深造不是你的心願嗎？」

「現在我的幹勁十足，只不過是目標發生了一點變化，今後，我立志成爲一名好教師。我不願眼看瑪麗拉的視力繼續惡化下去。我想，在家裡透過大學的函授課程也可以繼續深造，我已經規劃好了。這一星期以來，我反覆在考慮著這個計畫，這是我認爲最周全的計畫了，我想這也是我對您的報答吧。當我從皇后學院畢業時，我的未來就像一條大道那樣寬廣、筆直，足以展望到前方。而現在，前進的道路出現了曲折，等曲折過去，前面還有什麼我不知道，不過，我相信一定會有好機會在等著我。道路曲折對我來說更有挑戰性，前方的道路會是什麼樣子呢？是山丘、峽谷，還是平原、森林……」

「你就這樣放棄深造的機會，是不是太可惜了？」瑪麗拉還是割捨不下得來不易的獎學金。

「瑪麗拉，您別再勸了，我已經十六歲半了。以前林德夫人就說我非常固執，」安說著，自己也笑了起來。「瑪麗拉，我不是施捨同情，我討厭施捨同情。我只是覺得沒必要至此。我們都捨不得我們最愛的綠色屋頂之家，因爲只有這裡才能讓我們快樂。綠色屋頂之家對我們來說是最重要的東西，所以，我們絕對不能賣掉它。」

「安，你眞是個了不起的孩子。」瑪麗拉終於被說服了。「不知爲什麼，我感覺好像又活過來了一樣。說眞的，我再努力一點，還是應該要讓你上大學的，可是這對我來說又太勉強了，算了吧，不過還是得另想辦法補償才行。」

安決定放棄上大學，留在家鄉任教的事很快就在艾凡里傳開，人們對此各有看法，因爲他們絲毫不清楚其中原因，所以大多數人都認爲安做了件蠢事，只有亞倫夫人理解安的決定。安向亞倫夫人表明了決心，並且受到夫人讚揚，使她高興得流下熱淚。當然了，林德夫人也不像其他人一般看待此事。

一天晚上，安和瑪麗拉坐在大門前，正在享受無限芳香的夏日黃昏，林德夫人來訪了。她一屁股坐在大門旁的石頭長椅上，身後的花圃裡生長著粉色和黃色的延齡草。

「啊，總算能坐下來歇歇了，一整天淨站著說話，還得撐著二百多磅重的身體，兩條腿也受不了呀。我是眞心祈求上帝別再讓我胖下去了，瑪麗拉，你沒這種感覺吧？

「聽說安決定不上大學了，這太好了。一個女孩子受了這麼高的教育已經夠了，男女一起到大學裡學習拉丁語、希臘語這些沒用的東西，把腦袋塞得滿滿的，那多沒意思呀，唉！」

「可是，我無論如何也想學拉丁語和希臘語。去不了大學，我就在綠色屋頂之家裡學吧。」安笑著說道。

林德夫人像打了個寒顫似的把兩手舉起來。「哎喲，要這麼苦讀，早晚會累出毛病來的。」

「不會的。我想晚上回到家後會有足夠的精力的。當然了，過度勞累是不行的，我打算有計畫地安排。冬天的夜晚很長，我對刺繡又沒興趣，所以會有充足的時間讀書。您知道吧，我要到卡摩地的學校去教書了！」

「我怎麼不知道？你不是在艾凡里當教師嗎？理事會好像批准安的申請了。」

「林德夫人，理事會不是確定聘用吉伯．布萊斯了嗎？」安吃驚地站了起來。

「對，原本是的。可是，當你申請之後，吉伯便馬上去理事會。當天晚上，學校召開了理事會議，吉伯撤回了自己的申請，他說願意把機會讓給安，他本人可以到白沙鎮。顯然，吉伯是爲了安才取消申請的。他已經知道安要留下來和瑪麗拉在一起生活的原因了。這孩子確實很善良，能體諒關心他人，還富有犧牲精神。到白沙鎮教書也眞夠難爲他了，因爲他領不到食宿費，還要存上大學的學費……托馬斯回來後跟我說了這些事，我聽了非常高興，倍受感動啊。」

「我不能讓吉伯爲我做出那麼大的犧牲，我不能接受他的好意。」

「現在怎麼說都晚了，吉伯已經和白沙鎮的理事會簽了合約，你提出辭呈也沒意義了，安，你肯定會留下來的。另外，帕伊家也不會有孩子去上學了，因爲喬西是帕伊家最小的孩子了。唉呀，這二十年來，艾凡里學校每年都會有帕伊家的孩子就學，似乎他們家這幫兄弟的使命就是讓這所學校的教師不得安寧似的。咦，貝瑞先生家那邊燈光一閃一閃的，是怎麼回事呀？」

安笑了。「是黛安娜在發信號，讓我去一趟。我們小時候就經常用這種信號互相聯繫。我過去一趟，看看她找我究竟有什麼事情。」

安說完，便沿著長滿三葉草的斜坡像山羊一般跳躍著跑下去，不一會兒就消失在「幽靈森林」的楓樹叢中了。林德夫人瞇著眼，一直盯著安的背影。

「這姑娘還是那麼孩子氣十足。」

「不過，她身上也多了女人味。」瑪麗拉又恢復以前說話時的明快。

當晚，林德夫人和她的丈夫托馬斯閒聊時感嘆道：「現今瑪麗拉最大的改變就是說話不如從前那麼流暢了，但也變得圓滑起來了，唉。」

第二天下午，安又來到艾凡里那片很小的墓園。她為馬修獻上了鮮花，又為墓前的蘇格蘭玫瑰澆上水。在寧靜，安詳的氣氛中，她在墓前一直逗留到傍晚。

安起身離開時，太陽已經下山。她從「耀眼之湖」登上山坡，放眼望去，被太陽餘暉渲染得如夢幻一般的艾凡里展現在她眼前。

微風拂過三葉草地，清爽宜人，充滿帶有甜味的芳香氣息。透過農場樹林的間隙，可以望見遠處的燈火，另一邊則不斷地傳來海潮有節奏的拍打聲。西面一泓清泉的上空，被絢爛的晚霞妝點得分外妖艷。安深深地被大自然的美景所感動了。

安走到半山腰時，看見一個青年吹著口哨，正從布萊斯農場門口處迎面走來，安仔細一看，原來是吉伯。他似乎也發覺了向他走來的安，便停下口哨，有禮貌地摘下帽子致意。要不是安停下腳步，主動伸出手，他可能就打算一聲不響地離開了。

「吉伯，謝謝你爲我做的犧牲，你這樣關心、體貼，我眞不知道該說些什麼才好……」安的臉漲得通紅。

吉伯高興地握住安的手。

「安，這完全談不上什麼犧牲和感謝。爲了你，我甘願做任何事情，今後我們能再次成爲朋友嗎？過去的事，你能原諒我嗎？」

安笑著想把手抽回來，可是吉伯沒有鬆開的意思。

「我已經不在意以前的事了。在船塢那時我就想原諒你了，是我太固執、太糊塗了。我……我坦白地說吧，自從你在船塢救了我以後，我一直在爲我的做法感到內疚和後悔。」

吉伯聽了，頓時覺得心花怒放。

「今後就讓我們好好相處吧。安，其實我們生來就注定要成爲好朋友的，只是一直在抗拒著命運的安排。從現在起，讓我們互相幫助，攜手前進吧。你打算繼續深造，對吧？我也是這麼考慮的。讓我送你回家吧。」

安一回到家，瑪麗拉便盯著安問：「安，和你一起走到門口的是誰呀？」

「吉伯．布萊斯。」安沒想到說完這句話，自己的臉竟然紅了。「是在貝瑞家的山丘那兒碰到他的。」

「你們站在門口聊了三十多分鐘，原來你已經和吉伯和好了？」瑪麗拉說著，臉上浮現嘲弄似的微笑。

「以前我們一直是競爭對手，不過，他說從今以後我們還是忘記過去，面對未來，成爲好朋友得好。瑪麗拉，我們眞的說了三十多分鐘嗎？我怎麼覺得只有兩三分鐘？也好，這就當作是我和他五年沒有說話的補償吧。」

這天晚上，安坐在窗前想了許多。風在櫻樹梢前輕輕鳴叫，空氣中的薄荷氣味瀰漫在窪地的楓樹枝頭，星星在上空眨著眼睛。穿過樹林間隙，和往常一樣可以望見黛安娜房間的燈光。

從皇后學院回來後，安每天晚上都像這樣坐在窗前沉思。今晚的心情與往日相比，顯得特別興奮和激動。儘管自己面前道路變窄了，出現了曲折，但照樣鋪滿了鮮花，充滿了樂趣和幸福。

努力學習、勤奮工作使人感到充實，擁有志同道合的夥伴令人感到喜悅，胸懷大志則促使人奮發向上，這些條件安都一一具備和擁有。她與生俱來的豐富想像力，以及理想的夢幻世界是誰也奪不走的。畢竟，不論何時，前方道路也不總是筆直、平坦的。

「有上帝保佑，這個世界的一切都會是美好的。」安輕輕地低聲說道。

——《綠色屋頂之家的安》全文已完結，二部曲《艾凡里的安》敬請期待！

生平介紹

露西．蒙哥瑪麗（L.M.Montgomery），西元一八七四年十一月三十日出生於加拿大一處叫克里夫登（加拿大東南角的聖羅倫斯灣內）的小鎮。母親於她二十一個月大的時候，因爲肺結核不幸撒手人寰，父親把她寄養在外祖父母家。她的外祖父母生性嚴肅，但也經營著一座美麗的農場，她爲了排解寂寞，經常寄情於天馬行空的想像空間（這和她書中的主角非常雷同），造就了她從小就很會編故事、說故事的能力。

蒙哥瑪麗曾經這樣說過：「我無法想像沒有寫作的我會怎樣，更無法想像我不想當作家會是什麼樣子。寫作是我生活目標的重心所在，所以我傾注我所有的努力、熱情，寄託在成就我的寫作生涯。」

她從九歲開始寫作，從當時寫下的作品〈森林國王〉即可窺出其獨具的文學細胞。十五歲那年她回去與父親同住時，夏洛特鎮報（*Charlottetown Daily Patriot*）首度刊登了她的詩作〈靠近勒佛爾斯岬〉（"On Cape LeForce"），十六歲時她又先後在蒙特婁週刊（*Montreal Witness*）和亞伯特王子時報（*Prince Albert Times*）發表了〈馬可波羅遇難記〉（"The Wreck of the Marco Polo"）和〈西方伊甸〉（"A Western Eden"）。後來她的父親競選省議會自由黨席次失利，蒙哥瑪麗再度回到愛德華王子島與表兄弟同住，隨後於薩科其萬（Saskatchewan，加拿大南部一省）刊載了她的詩作〈再會〉（"Farewell"）。

1893 蒙哥瑪麗考進愛德華王子島夏洛特鎮的威爾斯王子學院（Prince of Wales College）。紐約仕女空間（*The Ladies' World*）刊登了她的詩作〈紫羅蘭魅力〉（“A Violet's Spell”），還給了她兩筆訂金。她花了兩年時間取得大學學位，並考取教師執照，然後在愛德華王子島比德福德（Bideford）一間全校只有一個班級的學校任教，她在這一段教學生涯中，每天都很早起來寫故事和寫詩。

1895 她申請請進入位於新斯科細亞省的哈利法克斯（Halifax）達荷西大學（Dalhousie University）就讀，在 Archibald MacMechan 教授門下進修英國文學。

1896 黃金時代週刊（*Golden Days*）刊登了蒙哥瑪麗寫的故事 “Our Charivari”（出版社後將標題改爲 “Maud Cavendish”）並寄了一張面額五塊錢的支票作爲稿費，接著青年會社期刊（*Youth's Companion*）以十二塊錢的稿費刊登了她的詩作 “Fisher's Lassies”。另外，她取名爲〈達荷基大學的女子世界〉（“A Girl's Placeat Dalhousie College”）的作品，主要是探討女性教育問題，該詩被刊登在哈利法克斯前鋒論壇報（*Halifax Herald*）上面。

1897 至貝蒙（Belmont）任教。蒙哥馬麗在這段時間裡經常莫名感到沮喪，同時和當時仍在神學院就讀的二表哥愛德恩．辛普森（Edwin Simpson）訂婚。

1898 蒙哥瑪麗自認為這是「瘋狂熱戀的一年」。她在下貝德克（Lower Bedeque）任教，寄宿於利德（Leard）家中，並與利德家的二男——賀門（Herman）陷入熱戀，但她沒有想和他共結連理的想法。接著她與愛德恩・辛普森解除婚約，發表了十九個短篇故事和十四首詩作。因為她的外祖父亞歷山卓・麥克奈爾（Alexander Macneill）過世，蒙哥瑪麗只好辭去教職，回去凱文迪許（Cavendish）與外祖母同住，並一直擔任郵局局長直到一九〇一年。

1899 蒙哥瑪麗完成〈金科玉律（*A Golden Carol*）〉第一版，投稿卻屢遭拒絕，於是她把那一份手稿燒毀。

1900 蒙哥瑪麗的父親過世。

1901 她開始前往哈利法克斯每日週報（*Halifax Daily Echo*）報社擔任校稿員和社會版編輯。她以「月之女神（Cynthia）」這一個筆名撰寫專欄「圍繞茶桌」（“Around the Tea Table”）。

1902 她透過米利安・奇伯筆友俱樂部（Miriam Zieber's）開始和亞伯達省（Alberta）的以法連・韋伯（Ephraim Weber）建立終生通信的筆友關係。

1903 蒙哥瑪麗結交第二位終生筆友，即居住在蘇格蘭艾洛亞（Alloa）的喬治・伯德・

麥克米蘭（George Boyd Macmillan）。

1904 蒙哥瑪麗偶然間翻閱一本古老的隨筆，其中有一篇記載一對年老的夫婦想領養一名女孩的故事，於是觸發了她的創作靈感，開始著手撰寫《綠色屋頂之家的安》（*Anne of Green Gables*），費時兩年終告完成。最初她把手稿分寄至四家出版社，但均遭到退稿命運，失望之餘，只好將手稿束之高閣。同年與艾文·麥克唐納（Ewan Macdonald）訂婚。

1906 蒙哥瑪麗在翻尋其他物品時，偶然發現《綠色屋頂之家的安》的手稿，再度細細品賞之餘，認定這是一本能引發許多讀者共鳴的佳作，遂鼓起勇氣再度向波士頓的 L.C. 帕基出版社（L.C. Page & Company）挑戰。L.C. 帕基決定斥資出版該書，並建議蒙哥瑪麗以相同人物寫第二本小說。當時出版商給她的版稅是每一本九分錢，但合約上並無針對拍成電視劇、電影、舞台劇的部分加以規範。

1908 《綠色屋頂之家的安》一出版馬上獲得熱烈迴響，其後五年更締造再版三十二次的輝煌紀錄。目前該書已被譯成八十種語言（包括點字書）風行世界，是轟動加拿大文壇的名著。蒙哥瑪麗也因而收到無數小說迷寄來的信，其中還包括馬克吐溫。馬克吐溫讚美蒙哥瑪麗「創造最甜蜜的孩童生活」，蒙哥瑪麗將馬克吐溫的信放在她的枕頭中，並開始撰寫《艾凡里的安》（*Anne of Avonlea*）。

1910 加拿大總督第四代格雷伯爵（Albert Grey）造訪夏洛特鎮（Charlottetown）的時候指名要見「安」的作者。在總督舉行的舞會中，蒙哥瑪麗送了一本她親筆簽名的書給總督。然後 L.C. 帕基公司邀請她造訪波士頓，波士頓作家協會還在歡迎酒會上表揚她的傑出表現。

1911 蒙哥瑪麗的外祖母過世，同年七月五日蒙哥瑪麗和艾文．麥克唐納結婚。他們利用當年夏日到蘇格蘭和英格蘭度蜜月，後返回利斯克戴爾（Leaskdale）的牧師住宅居住。

1912 蒙哥瑪麗的長子徹斯特．卡麥隆（Chester Cameron）出生。

1913 她開始撰寫第三本安系列的書，那一年夏天她造訪愛德華王子島，出版《黃金之路》（*The Golden Road*），並完成《雷蒙的安》（*Anne of Redmond*）的撰寫工作，出版商以《安的戀情》（*Anne of the Island*）這一書名出版此作。

1914 蒙哥瑪麗的第二個孩子修．亞歷山卓（Hugh Alexander）一出世就夭折，再加上第一次世界大戰的關係，讓蒙哥瑪麗深感悲傷且十分焦躁不安。

1915 蒙哥瑪麗前往看護染上傷寒的朋友佛雷德・坎貝爾（Frede Campbell），《安的戀情》正式問世。她和 L.C. 帕基簽的第一份合約到期，並續了一份只同意讓該出版社出版她的短篇小說精選的合約。同年三子艾文・斯圖亞特（Ewan Stuart）出生。

1916 出版《觀察者與詩人》（*The Watchman and Other Poems*），但銷售並不理想。

1917 於多倫多雜誌社的旗下刊物女人世界（*Every Woman's World*）出版一系列六本自傳式手稿，書名是《阿爾卑斯山小徑（*The Alpine Path*）》。同年《安的夢幻小屋》（*Anne's House of Dreams*）出版。

1918 秋天，蒙哥瑪麗繼堂哥喬治（George）染上西班牙流感病逝後，也染上該疾病。她前去看護坎貝爾一家。

1919 蒙哥瑪麗因爲和 L.C. 帕基出版社就再版與扣押她的安系列作品版稅問題，到波士頓處理訴訟案。她收到一張兩萬元支票作爲讓渡、放棄索取她早期安系列作品到《安的夢幻小屋》出版這一段期間的版稅之用。佛雷德・坎貝爾的傷寒轉成肺炎，緊急將蒙哥瑪麗召到魁北克聖安妮（St. Anne's），蒙哥瑪麗趕到後，佛雷德卻一命嗚呼。《彩虹谷的安》（*Rainbow Valley*）出版，艾文此刻罹患了憂鬱症。《綠色屋頂之家的安》改拍成電影。L.C. 帕基因而收到四萬元做爲拍攝電影的權利金，蒙哥瑪麗卻一塊錢也沒收到。她開始進行《安與妮娜的故事》（*Rilla of Ingleside*）的創作工作。

1920 L.C. 帕基不顧蒙哥瑪麗反對，將蒙哥瑪麗的手稿聚集成冊，以《安的傳奇故事》（*Further Chronicles of Avonlea*）這樣的書名出版上世。蒙哥瑪麗爲了與 L.C. 帕基的官司而到波士頓，進行爲期三週的訴訟調查作證，結果 L,C. 帕基敗訴，於是他們又上訴麻州最高法院，最後甚至上訴到美國最高法庭，這一場官司打了九年。

1921 《安與妮娜的故事》出版。

1922 蒙哥瑪麗完成《新月莊的艾蜜麗》（*Emily of New Moon*），並開始進行艾蜜麗系列的第二本著作的撰寫工作。

1923 蒙哥瑪麗成爲英國皇家美術協會（British Royal Society of Arts）第一位女性成員。《新月莊的艾蜜麗》出版。《安的傳奇故事》一案的判決結果對蒙哥瑪麗比較有利，麻州最高法院駁回 L.C. 帕基的上訴案。

1924 蒙哥瑪麗同意爲描繪者月刊（*The Delineator*）寫四則故事，報酬是一千六百元。

1925 美國最高法庭駁回 L.C. 帕基的上訴案。《艾蜜麗力爭上游》（*Emily Climbs*）出版，蒙哥瑪麗完成給描繪者月刊的故事稿件，並著手撰寫《藍色堡壘》（*The Blue Castle*）。艾文答應接受安大略省 Norval and Union 長老教會給他的職務。

1926 因爲艾文憂鬱症復發，蒙哥瑪麗舉家遷往諾瓦爾（Norval）的牧師住宅居住。《藍色堡壘》出版，蒙哥瑪麗並開始撰寫艾蜜麗系列的第三本書。

1927 《艾蜜麗之征》（*Emily's Quest*）出版，蒙哥瑪麗謁見英國王室成員及英國主教。

1928 蒙哥瑪麗和她的筆友以法連．韋伯首次見面，跟 L.C. 帕基公司的官司也告結束，蒙哥瑪麗完成《瑪利果的魔法》（*Magic for Marigold*）的撰寫工作。

1929 《瑪利果的魔法》出版。

1930 蒙哥瑪麗進行加拿大東部的巡迴演講工作，並開始編輯及準備日記的出版。

1931 *A Tangled Web* 出版（一年後，英國方出版社以新書名《貝琪阿姨的故事》（*Aunt Becky Begant*）出版此書）。蒙哥瑪麗第一次參加廣播演出，在節目中朗誦自己的詩作。《牧師夫人的公開信》（*Open Letter from a Minster's Wife*）出版。

1932 蒙哥瑪麗擔任教堂戲劇表演的導演。

1933 《銀樹林之戀》（*Pat of Silver Bush*）出版，蒙哥瑪麗之子徹斯特瞞著家裡偷偷結婚。

1934 蒙哥瑪麗的第一個孫子Luella（徹斯特之子）出世，第二部《綠色屋頂之家的安》電影上映，蒙哥瑪麗一樣未能受惠，接著期貨市場崩盤，造成她的財務出現困難，健康情形也亮紅燈。她和瑪莉安・凱斯（Marian Keith）以及麥貝爾・布恩（Mabel Burns Mckinley）共同合作完成她的自傳，書名定為《勇敢的女性》（*Courageous Women*）。

1935 艾文從神職工作上退休，舉家遷往多倫多郊外的Journey's End。喬治五世即位典禮中，表揚了蒙哥瑪麗一生的貢獻。

1936 《安的幸福》（*Anne of Windy Poplars*）（英國方面取的書名為*Anne of Windy Willows*，蒙哥瑪麗較喜歡這個版本）出版。她的第二個孫子出世。加拿大政府將凱文迪許的一部分（包括綠色屋頂之家、戀人艸等知名景點）指定為國家公園。

1937 《萊頓之丘的珍》（*Jane of Lantern Hill*）出版，蒙哥瑪麗預計完成兩齣《綠色屋頂之家的安》的舞台劇產品，但她和丈夫的健康都在持續惡化。

1938 蒙哥瑪麗忍受著精神的折磨，苦撐著繼續安系列的創作工作。

1939 《安的莊園》（*Anne of Ingleside*）出版，她和 RKO 簽約，授權對方將《安的幸福》拍成電影。Grosset 跟 Dunlap 開始進行蒙哥瑪麗早期作品的再版工作。蒙哥瑪麗最後一次造訪愛德華王子島。二次世界大戰爆發，讓她的病情惡化。

1940 蒙哥瑪麗的身體狀況更加惡化，除了心理上的折磨外，手臂受傷也讓她的身體飽受煎熬。她的丈夫也基於健康理由，花了很長的時間待在佛羅里達州。蒙哥瑪麗致力於安系列最後一本書《布萊特之家》（*The Blythes are Quoted*）的創作工作。

1941 蒙哥瑪麗寫了最後一封信給 G.B. 麥克米蘭（G. B. Macmillan）。

1942 蒙哥瑪麗於四月二十四日病逝於多倫多，被葬在愛德華王子島的凱文迪許墓園，她的先生於隔年病逝，最後也和蒙哥瑪麗葬在一起。

1974 《布萊特之家》出版，書名爲《回到往昔（*The Road to Yesterday*）》。

國家圖書館出版品預行編目資料

清秀佳人. 1, 綠色屋頂之家的安/露西.蒙哥瑪麗(L. M. Montgomery)原著；黃素慧譯.
—— 四版. ——臺中市：好讀出版有限公司, 2021.11
面：　公分，——（典藏經典；9）

譯自：Anne of green gables

ISBN 978-986-178-570-7（平裝）

885.357　　　　110016618

好讀出版

典藏經典 09

清秀佳人1：**綠色屋頂之家的安【經典新裝版】**

原　　著／露西．蒙哥瑪麗 L. M. Montgomery
翻　　譯／黃素慧
總 編 輯／鄧茵茵
文字編輯／游雅筑、林碧瑩、林泳誼
美術設計／李靜姿、吳偉光
行銷企畫／劉恩綺
發 行 所／好讀出版有限公司
407台中市西屯區工業30路1號
407台中市西屯區大有街13號（編輯部）
TEL:04-23157795　FAX:04-23144188
http://howdo.morningstar.com.tw
（如對本書編輯或內容有意見，請來電或上網告訴我們）
法律顧問／陳思成律師

讀者服務專線：(02)23672044 / (04)23595819#230
讀者傳眞專線：(02)23635741 / (04)23595493
讀者專用信箱：service@morningstar.com.tw
晨星網路書店：http://www.morningstar.com.tw
郵政劃撥：15062393（知己圖書股份有限公司）
如需詳細出版書目、訂書，歡迎洽詢

四版／西元2021年11月15日
初版／西元2004年6月15日
定價：280元
如有破損或裝訂錯誤，請寄回知己圖書更換

Published by How-Do Publishing Co., Ltd.
2021 Printed in Taiwan

ISBN　978-986-178-570-7

填寫線上讀者回函
獲得更多好讀資訊